KB070384

운명의
꼭두각시

WILLIAM TREVOR

Fools of Fortune

운명의 꼭두각시

윌리엄 트레버 장편소설

김연 옮김

한겨레출판

| 일러두기 |

- 이 책은《Fools of Fortune》(Penguin Books, 1984)을 우리말로 옮겼다.
- 외국 인명, 지명, 독음 등은 외래어표기법을 따르되 관용적인 표기와 동떨어진 경우 절충하여 표기했다.
- 주는 모두 옮긴이의 것이다.
- 이탤릭체는 편지글과 원서에서 강조한 부분, 고딕체는 라틴어, 굵은 고딕체는 프랑스어에 사용했다.
- 소설 단행본의 제목은《 》로, 시, 노래, 단편소설 등의 제목과 신문, 잡지명은 〈 〉로 표기했다.
- 영국과 아일랜드에서의 신교는 주로 성공회를 의미하므로 교회란 용어를 포함하여 로만 칼라, 사제, 사제관이라 표기했다.

차례

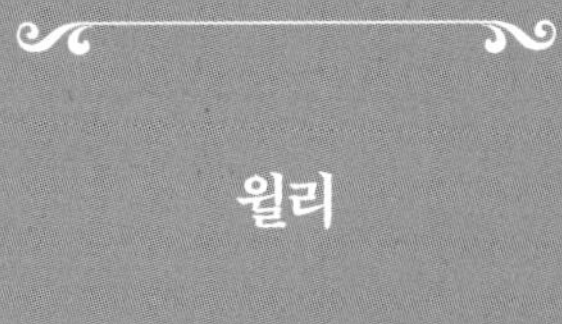

윌리

1

1983년. 잉글랜드 도싯의 우드컴 파크 대저택은 삶의 활기로 가득하다. 다소 소박한 아일랜드의 킬네이 주택은 무덤처럼 고요하다.

우드컴 파크의 웅장함을 자세히 돌아보고 정원을 거닐려면 어른은 50펜스를, 아이는 25펜스를 입구에서 내야 한다. 16세기 말 저택을 지은 가문의 후손들이 여전히 그곳에 살면서 저택의 관리를 조율한다. 후손들은 관광객을 좋아하지 않고, 그들이 조성해야 했던 관광객용 주차장이나 관광객이 버리고 가는 쓰레기도 마음에 들어 하지 않는다. 하지만 당연히 그들은 그런 이야기를 꺼내지 않는다.

저택 가까이 우드컴 가문이 그 이름을 명명한, 전통적으로 군사용 리본과 각반을 제작하는 작은 마을 우드컴은 정교한 멀리온(mullion)* 창문으로 유명하다. 대저택의 명물들을 돌아본 후에도 관광객들은 쉬이 떠나지 못하고 우드컴에 남아 코퍼 케틀과 데보라네 식료품점에서 1983년까지도 유명한 버터 스콘과 쇼트브레드를 즐기고 싶어 한다. 관광객들은 160여 년 전 당시 열일곱 살 영국인 소녀 애나 우드컴이 윌리엄 퀸턴이라는 아일랜드 남자와 결혼해, 그를 따라 아일랜드 코크주의 로크에서 멀지 않고 페르모이에서도 멀지 않은 킬네이라고 불리는 저택에서 살았다는 것을 알지 못한다. 이로부터 두 세대 후 우드컴 파크의 우드컴 집안에 비하면 보잘것없는 육군 대령이 페르모이에 연대를 주둔하게 됐고, 그 딸 또한 퀸턴가의 남자와 결혼해 킬네이의 안주인이 되었다는 것도 관광객들이 알 리 없다. 대령의 둘째 딸은 영국인 보조 사제와 결혼했는데 신랑에게는 운 좋은 혼인이었다. 우드컴 집안이 그에게 얼마간의 녹을 지급하는 우드컴 마을의 종신 교구 사제직을 결혼 선물로 주었기 때문이다. 이 부부의 하나뿐인 아이는 우드컴 사제관에서 성장했고, 영국인과 아일랜드인의 관계가 그러하듯이 후일 역사는 되풀이된다. 이 아이는 퀸턴가의 사촌과 사랑에 빠졌고, 그리하여 킬네이로 와서 사는 세 번째 영국 여성이 되었다.

지금 우리가 듣는 것은 이 사촌들의 목소리다. 1983년에 킬

---

* 출입문이나 창의 수직 틀.

네이를 보거나 그 정원을 산책하기 위해 50펜스를 내는 사람은 아무도 없다. 우드컴 파크의 뽕나무 과수원을 추억하며 킬네이에 과수원을 만든 사람은 바로 19세기의 애나 우드컴이었다고, 킬네이란 교회가 자리했던 곳이며 어쩌면 피아크리오 성인이 시작한 교회의 이름일 수도 있다는 것을 아무도 관광객에게 알려주지 않는다. 또한 퀸턴이란 성이 프랑스 노르망디 지역에 뿌리를 둔 성인 퀴엔틴에서 유래했노라고 누구도 말하지 않는다.

킬네이에서 2.5킬로미터가량 떨어진 로크는 이렇다 할 관광명소가 없고, 하나뿐인 거리를 콘크리트(concrete) 수녀원이 다 차지하고 있으며, 그 옆엔 농기구들이 늘어서 있다. 그럴듯한 찻집은 없고 간단한 음료 정도를 마실 수 있는 스위니네 차 정비소 겸 펍과 드리스콜네 잡화점이 있기는 한데 관광객들이 그곳에 오래 머무르지는 않을 것이다. 도싯과 우드컴 파크에는 과거의 향기가 잘 보존되어 있지만 킬네이는 사촌들의 목소리에서만 그 메아리가 들려올 뿐이다.

2

내 어린 시절을 당신과 함께했더라면 좋았을 텐데……. 여름엔 싱그러운 장미 향이 만발하고 겨울엔 팀 패디가 해 온 장작으로 따뜻했던 주홍색 응접실에서 당신을 기억하고 싶으니까. 아침이면 타원형 탁자 위에 산수와 문법책이 펼쳐지고 유리 잉크병 한쪽엔 붉은 잉크가, 다른 쪽엔 검은 잉크가 들어 있었다. 그 먼 과거에 난 당신이 존재한다는 것조차 알지 못했다.

"아그리콜라." 내가 라틴어를 배우기 시작한 날 킬개리프 신부가 말했다. "자, 이런 단어가 있구나."

놋쇠로 만든 장작 보관 상자 옆면엔 풍경들이 새겨져 있는데 내가 가장 좋아하는 장면은 농가의 저녁 식사였다. 여자가 음식을 차리는 동안 남자들은 탁자에 둘러앉았고, 그중 한 남자가 여자의 손을 잡으려고 등 뒤로 손을 뻗는다. 팔을 교묘히

비튼 것으로 보아 은밀한 관계임을 알아챌 수 있다. 여자는 다른 농부의 아내일까? 이 남자가 여자를 탐내는 걸까, 아니면 그들이 이미 밀회에 빠진 걸까? 금속 작업은 세밀한 묘사가 힘들어 황동에 새겨진 사람들은 얼굴이 거의 없었다. 남자들이 저녁을 먹으며 고풍스러운 모자를 쓴 게 낯설었다.

"윌리, 라틴어는 명사를 격변화시키지. 주격, 호격, 대격, 소유격, 여격, 탈격. 아그리콜라, 아그리콜라, 아그리콜람, 아그리콜라아에, 아그리콜라아에, 아그리콜라. 알겠니, 윌리?"

난 머리를 저었다.

"농부가." 킬개리프 신부가 말했다. "농부여, 농부를, 농부의, 농부에게, 농부로부터. 윌리, 개념을 이해했니?"

"못한 것 같은데요, 신부님."

"그래, 윌리, 윌리."

킬개리프 신부는 그렇게 말하면서 늘 웃었다. 성직을 박탈당했지만 우리 신교도 가정에서 그는 여전히 천직을 드러내는 로만 칼라 복장을 하고 있었다. 사제복이 그에게 어울렸다. 그는 스페인 사람들만큼이나 피부색이 짙었고 자신은 스페인 혈통이 틀림없다고 말했다. 미소는 부드러웠으며 해쓱하고 잘생긴 얼굴 속 두 눈에 쓰라림이나 삶의 치욕 따위는 깃들어 있지 않았다. 그는 불운을 겪은 이후 피츠유스터스 고모와 팬지 고모에게 하숙인으로 받아들여져 그들과 함께 별채에서 살았다. 우리 집 제분소에서 일하는 조니 레이시에 따르면 킬개리프 신부는 식비를 낼 형편이 안돼 젖소들을 돌보고 나를 가르치는 거라고 한다. 로크 출신의 그가 성직을 박탈당한 곳은 리머릭 카운티의 한 교구였다. 킬네이에서 받아주지 않았다면 리머릭의 싸구려 방에 숨어들었을 거라고 조니 레이시는 말했다. 난 킬개리프 신부를 늙었다고 생각했지만 당시 서른이 넘지 않았을 거라고 짐작한다. 그는 내가 아는 가장 품위 있는 사람이었다.

"아그리콜라는 농부란 말인가요, 신부님?"

"윌리, 이제 이해했구나."

벽난로를 둘러싼 흰 대리석에 여섯 개씩 무리 지은 백팔 개의 잎사귀가 새겨져 있었다. 네 개의 키 큰 황동 램프들에는 양파 모양을 한 유리 전구가 달렸고 중국산 카펫은 일곱 가지 색조로 짜였다. 벽난로 위 금박을 입힌 액자 속 내 증조할아버지는 대부분의 머리카락이 오른쪽으로 몰려 흡사 스패니얼처럼 보였다. 프랑스 대혁명이 일어나던 해에 태어난 그는 내 퀸턴 조상 중에 가장 범상치 않은 사람이었다. 그는 워털루 전투의 승리를 축하하기 위해 저택 진입로 양쪽에 두 줄의 너도밤나무를 심었고, 30년 후에는 아내를—벽난로 위에 그녀의 초상화도 걸려 있다—기묘하게 추모한 것으로 유명해졌다. 애나 퀸턴은 1846년 대기근 동안 굶주려 죽어가는 사람들을 위해 그녀가 할 수 있는 일을 하며 동네를 돌아다녔다. 곡식과 밀가루가 담긴 그녀의 마차는 너무 무거워서 한번은 바퀴 축이 반으로 부러지기도 했다. *고기가 더위로 상해가는데도 사람들은 내 손에서 그걸 채갔다*라고 그녀는 썼다. 그녀가 기근열로 죽자 스패니얼 얼굴을 한 남편은 킬네이에 틀어박혀 11년 동안 아무도 만나지 않았다. 죽은 아내가 남편을 자주 찾아왔다고 한다. 어느 날 아침 남편은 침실 유리창 너머로 먼 언덕에 있는 아내를 보았다. 성모 마리아의 모습을 한 영혼을. 아내는 대기근으로 상실과 궁핍을 겪은 사람들에게 토지의 대부분을 나눠 주어야 한다고 말했고, 그는 아내를 향한 끝없는 사랑으로 그렇게 했다. 당시 스물다섯 살에 이 땅들을 물려받아야 했던 아들, 그러니까 내 할아버지는 이를 씁쓸하게 바라보았다. 조니 레이시에 따르면 할아버지는 남은 땅 때문에 성가시고 싶지 않았고, 모든 일을 다시 제대로 수습한 사람은 바로 내 아버지였다.

"윌리, 명사는 격이 변하고 동사는 활용된단다."

"알겠습니다, 신부님."

1918년 봄이었고 아버지는 나를 멀리 기숙학교에 보내길 원했지만 어머니는 내가 더 나이 들 때까지 기다려야 한다며 그 말을 들으려 하지 않았다. 그날은 곧 오고야 말 거야, 어머니는 불안하게 말하곤 했다. 난 킬네이를 떠날 마음이 전혀 없었기 때문이다. 1918년에 난 여덟 살이었고, 물려받은 금발과 파란 눈, 낯선 이들이 아픈 데는 없는지 묻곤 하는 얼굴을 가진 소년이었다.

"역사 공부를 좀 해볼까?" 킬개리프 신부가 녹색 라틴어 문법책을 한쪽으로 치우며 말했다. 역사는 그를 흥분시켰다. 하지만 전투 후 이어지는 승리에, 목적을 위한 수단인 전쟁에는 의문을 품었다. 그의 영웅은 대니얼 오코넬. 아일랜드와 영국 두 나라에 가톨릭의 해방을 가져왔고 폭력 또한 좋아하지 않던 사람이었다. 킬개리프 신부는 그에 대해 자주 이야기했을 뿐 아니라 이 땅의 혁명적인 역사에 거름이 된 많은 사람을 곱씹곤 했다. 퀸 매이브와 먼스터의 왕들, 울프 톤, 에드워드 피츠제럴드 경, 사라 커런을 사랑한 로버트 에밋, 시를 썼던 토머스 데이비스. 영국은 언제나 적이었다. 대전쟁에서 적군의 피는 급류로 뒤엉켰고, 그중에도 가장 큰 조우전은 옐로 포드 전투*였다.

"그게 모든 것의 끝이어야 했어." 킬개리프 신부는 단언했다. "전혀 새로운 아일랜드의 시작, 하지만 물론 그렇지 못했지. 전쟁을 신뢰해선 안 된다."

난 그가 말하는 바를 전부 이해하지는 못했지만 아일랜드의 승리가 어떻게든 패배로 바뀌었다는 것은 잘 알고 있었다. 1598년 아일랜드의 새로운 시작에 관해 내가 배웠듯이, 아일랜드 군인들은 독일과의 전쟁에서 영국을 위해 싸웠다. 마을에서는 장정들을 찾아볼 수 없었고 병영이 있던 페르모이도

---

* 1598년 영국과 아일랜드 사이에서 일어난 전투.

마찬가지였다. “저 먼 티퍼레리까지 행진해 가자.” 로크 출신이든 셰필드 출신이든 군인들은 함께 노래를 불렀다. 한쪽 다리가 짧아서 전쟁에 나가지 못했다고 변명하며 조니 레이시는 나에게 그 노래를 불러주곤 했다.

킬네이의 정원사인 오닐은 참전하기엔 너무 늙었고 아들 팀 패디는 너무 어렸다. 반면 우리 집 제분소에서 일하던 남자들 두세 명이 군복과 짧은 머리를 자랑하던 것이 기억난다. 그들은 기뻐했지만 후에 튀르키예의 세뒬바히르에서 영국 군대인 먼스터 퓨질리어스 연대와 함께 비명에 가고 말았다. 그리고 그 전에는 전쟁이 시작되고 며칠 후 결혼한 지 겨우 한 달 된 피츠유스터스 고모의 영국인 남편이 프랑스에서 전사했다. 얼마 안 있어 고모는 킬네이에서 살기 위해 다시 돌아왔다지만. 물론 이 모든 건 내 기억 밖의 일들이다.

매일 12시 30분이면 킬개리프 신부는 응접실을 떠나 과수원 별채로 돌아갔다. 별채 뒤로 뽕나무 과수원이 펼쳐져 있어 그렇게 불렀다. 킬네이는 1770년에 지어졌고 같은 날 정원도 그 모습을 드러냈지만 과수원은 나중에 만들어졌다. 열 개의 하얀 창문이 석조 건물의 특징이었다. 기둥과 계단과 항아리들이 있고 하얀 현관문이 있었다. 솜씨 좋은 건축 기법이 슬레이트 지붕 위로 굴뚝을 보이지 않게 배치했다. 집은 디귿 형태이며 두 개의 별채가 본채 뒤쪽으로 불쑥 나와 있고 별채들 사이에 굵은 돌이 깔린 마당이 있었다. 본채의 부엌을 포함하는 주방 건물은 마당으로 통하는 길고 시원한 낙농장에 맞닿아 있고 오밀조밀한 2층 방들을 몇 개만 사용했다. 그 뒤에 오닐의 채소밭이 있었다. 과수원 별채에는 작은 부엌이 있어 고모들과 하녀 필로미나와 킬개리프 신부는 그곳에서 따로 식사를 했다. 피츠유스터스 고모와 팬지 고모는 내 아버지의 누이들로 강한 근육질 외모와 눈에 띄는 턱을 가진 피츠유스터스 고모가 넥타이를 매고 트위드 모자를 썼다면, 팬지 고모는 사과 같은 분홍 뺨에 야리야리했다. 고모들은 정원에서 자주 볼 수 있었는데 팬지 고모는 장식용으로 말릴 꽃들을 찾았고 피츠유스터스 고모는 잔디를 깎았다. 꼬장꼬장한 노인네인 오닐이 말하길 깎을 필요가 없는 잔디였고 관목에 주는 거름도 하등 도움이 안 된다고 한다. 고모들은 조랑말과 작은 마차를 가져서 로크나 페르모이로 가 많은 떠돌이 개를 거둬들였다. 아버지는 불만이었지만 못 하게 막지는 않았다.

"오늘 아침 넌 세상을 위해 어떤 좋은 일을 했니?" 라틴어를 배우기 시작한 날 점심에 아버지가 물었다. 내가 아그리콜라에 대해, 그리고 그것을 어떻게 여섯 개의 격변화로 생각해야만 하는지에 대해 이야기하자 아버지는 서둘러 화제를 바꿨다. 그는 손끝으로 이마를 만졌는데 그 동작은 너무 많거나 빠른 대화에 의해 악화되는 강박증을 드러냈다. 아버지는 모든 일에 있어 평온한 속도와 사색할 시간을 좋아했다. 그가 가장 즐기는 산책은 아버지의 다리 뒤쪽에 코를 비벼대는 검은 래브라도 두 마리와 함께 나폴레옹의 패배를 기념한 너도밤나무가 불러일으키는 침묵에 젖어 가로수 길을 걷는 것이었다. 머리 위로 나뭇가지들이 고리 모양을 그리며 얽혀 있고 이파리들은 하늘을 가렸다. 봄과 여름에 킬네이 가로수 길은 동굴처럼 고요했고 아버지는 이때를 가장 좋아했다. 아버지는 오닐이나 킬개리프 신부의 이야기를 끈기 있게 들었다. 그들이 대화를 몰아치듯 하지만 않으면. 둘 다 그러지 않는 법을 배웠다. 어머니도 말을 급히 하지 않았다. 하지만 팀 패디는 어린 탓에 때로는 그 지침을 따르기 어려웠다. 나와 여동생들도 어렵기는 마찬가지였다. 식사 자리에서 어머니는 손으로 조용히 하라는 몸짓을 해 보였고, 요리사인 플린 부인은 부엌에서 새 하녀에게 내 아버지가 시끄러운 소리나 언성 높이는 걸 싫어한다고 주의를 주었다. 아버지는 손가락 끝으로 이마를 만질 때면 항상 미소를 지었다. 당신의 심약함이 좀 어리석게 여겨진다는 듯이. 그는 결코 고요함이 당신의 당연한 권리라고 주장하지 않았다. 권리가 아니었고, 어머니의 표현을 빌리자면 그의 성향이었다. 그는 트위드 재킷 차림에 몸집이 크고 게을러 보이는 인상이었으며 세월의 풍파에 씻긴 갈색 얼굴을 하고 있었다. 그야말로 전형적인 아일랜드 영주의 모습이었다. 아버지는 스스로 당신의 가장 중요한 특성을 코크 남자들의 결점으로 꼽았다. 즉 그는 결코 스스로 마음을 먹거나 결정을 내릴 수 없었다. "난 오늘 무엇을 입어야 할지 모르겠어." 아침 식탁에서 파자마에 두툼한 테디베어 잠옷을 걸친 아버지가 어머니의 조언을 기다리며 말하곤 했다.

어머니는 키가 크고 밤빛 갈색 눈에 달걀형의 고운 얼굴이었다. 검은 머리카락은 반으로 가르마를 탔고 코는 우아하고 곧았으며 입술은 검붉은 장미꽃 봉오리 같았다. 어머니는 부드러운 권위로 집안일을, 아버지와 나와 여동생들을 관장했다. 당시 제럴딘은 일곱 살이었고 데르드러는 여섯 살이었다. 내 친조부모님은 이 저택에서 함께 살았는데 두 분 모두 지난해 같은 달에 돌아가셨다. 부엌의 플린 부인 외에도 킬네이에는 미혼의 가정부와 로크에서 월요일과 목요일에 와서 마루를 닦고 빨래를 하는 한나가 있었다. 오닐과 팀 패디는 정문 옆집에서 살았는데 그곳의 작은 정원은 접시꽃과 해마다 피어나는 다양한 풀꽃들로 다채로웠다. 오닐 부인이 살아 있질 않아 그들은 본채에서 함께 식사를 했고, 저녁 때면 한참을 앉아 있었다. 둘 다 몸집이 작았는데 오닐은 완전히 대머리였고 팀 패디는 흰 족제비 같은 인상이었다.

"당신은 오늘 오후에 뭐 할 거요?" 아버지가 그날 점심에 묻자 어머니는 여동생들과 말을 탈 거라고 했다. "그럼 윌리는? 제분소까지 걸어갈래?" 아버지가 물었다.

"숙제하는 거 잊지 말아라, 윌리." 어머니가 말했다.

"차 다 마신 후에." 아버지가 이어 말했다.

새로운 가정부가 그날 오후에 도착하기로 되어 있었다. 전

가정부가 이미 떠난 터라 플린 부인이 직접 타피오카 푸딩을 내왔다. 제럴딘과 데르드러는 라즈베리 잼을 듬뿍 얹어 먹었지만 아버지와 어머니는 크림만 넣었다. 잼을 아주 좋아하면서도 나는 어른들을 따라 했다. 아버지는 그날 아침 제분소에서 일어난 일을 이야기했는데 늙은 떠돌이 땜장이가 다 죽어가는 상태로 어떻게 그곳까지 왔다고 했다. 모든 사람이 외면하자 그는 데렌지 씨의 코담배 1온스와 땜장이에게는 아무 쓸모 없는 각종 서류들을 슬쩍했다.

"세상에, 불쌍한 늙은 아저씨야!" 제럴딘이 소리쳤다.

"불쌍한 데렌지 씨 말이지?" 데르드러가 정정했다. "*친애하는* 데렌지 씨."

동생들이 입안 가득 타피오카를 넣은 채 키득대자 어머니가 그러지 말라고 주의를 주었다. 여동생들은 별로 웃기지 않는 일에도 쓸데없이 많이 웃었다. 시골을 돌아다니는 땜장이들이 그런 것처럼, 그도 쏟아지는 비를 다 맞으며 잠을 잘지 궁금해하면서 온종일 둘은 이 외로운 땜장이에 관해 이야기할 것이다. 제분소로 가는 길에 난 아버지에게 땜장이 이야기가 사실인지, 아니면 아버지가 동생들을 즐겁게 해주려고 꾸며낸 이야기인지 물어보았다. 아버지는 미소만 지었고 난 아버지가 그저 재미 삼아 그랬다는 걸 깨달았다.

그 후 한참을 침묵 속에 걸었고, 래브라도 두 마리가 충직하게 우리의 발 바로 뒤를 따라왔다. 집에서 나오면 높이 자란 철쭉들이 출입문까지 이어졌고, 아버지와 나는 누구도 그 문을 열려 하지 않고 뛰어넘었다. 젖소들이 저 너머 경사진 목초지에서 풀을 뜯었고, 그 꼭대기에 제분소와 집이 모두 보이는 지점이 있었다. 그리고 멀리 내 증조할머니가 나타난다는 귀신 언덕이 보였다. 우리는 이제 가파른 경사면을 내려갔다. 자작나무 숲을 지나면 3월에 갈아엎고 6월에 무성하게 자라고 8월엔 풍성하게 옥수수가 열리는 들판이 펼쳐진다. 제분소에 도착하기 전 아버지가 말했다.

"음, 너는 좋아하게 될 거야. 너도 네가 좋아하리란 걸 알잖니, 윌리."

아버지는 당신이 다닌 더블린 산맥의 학교로 날 유학 보내는 것에 관해 말했다. 아버지는 가끔 킬개리프 신부의 교육만으로는 내 공부가 부족할까 걱정했고, 그래서 나를 그 학교에 보내길 원했다.

"넌 럭비를 하게 될 거야, 윌리. 아마 크리켓도 하겠지. 로크에서는 그런 경기를 볼 수가 없단다."

아버지는 우리 마을의 허접한 선수들을 떠올리면서 웃었다. 난 아버지가 말하는 경기들을 본 적이 없었다. 하지만 제분소를 오가는 길에 아버지가 두 경기의 규칙을 설명해줘서 아는 척을 했다.

"그곳은 잘 가르치기로 유명하단다, 윌리. 졸업생인 파케넘 무어가 순회재판 판사가 된 건 너도 알지?"

열정을 보여주기 위해 난 고개를 끄덕였다. 아버지는 다른 소년의 어깨 위에 올라앉아 똑같이 목말을 탄 다른 편 아이를 향해 주먹을 마구 날리는 기마전이라는 경기에 관해서도 설명했다. 신고식도 있었는데 버터 덩어리를 학교 식당의 나무 천장으로 세게 튕겨 올리는 것이 전통이었다. 그럴 때 반장은 지팡이로 신입생들을 때릴 수 있었다.

우리는 제분소에 도착했다. 나는 아버지를 따라 사무실로 갔다. 데렌지 씨가 회계장부에 숫자들을 옮겨 적고 있었다. 최근에 석탄을 새로 바꾸고 화덕을 청소한 벽난로에서 불이 활활 타고 있었다. 데렌지 씨는 날마다 샌드위치를 싸 와 점심시간에 책상에서 먹었다. 그러고 나서 날씨가 마음에 들면 산책을 나갔고, 그가 수로의 물을 빤히 내려다보는 모습이 자주 목격되었다. 데렌지 씨는 킬네이 제분소와 내 아버지에게 헌신적인 남자였다. 그러니까 팬지 고모에 대한 헌신과는 다른 방식으로 말이다. 그의 빨간 머리카락이 해골 같은 얼굴 주변에 후광처럼 흩날렸고, 파란색 서지 정장은 뼈가 튀어나온 부분에 윤이 나면서 여기저기가 번쩍거렸다. 이 양복의 위쪽 호주머니에 펜과 연필들이 나란히 꽂혀 있었는데 그런 단정한 모습이 그의 빈틈없는 성격을 보여주었다. 그는 비와 더위를 싫어했고 팬지 고모가 이 나간 컵으로 물을 마시면 주의를 주었다. 원래 카타르 패스틸(catarrh pastilles)*이 든 깡통에 코담배를 항상 챙겨 다녔다. 작고 납작한 깡통엔 파란 바탕에 빨간 글씨로 *포터의 비법*이라고 쓰여 있었다.

제분소에서 일하는 다른 사람들과 달리 데렌지 씨는 신교도여서 고모에게 청혼할 자격이 부여되었다. 하지만 스스로 사회적으로 부족하다고 여겨 고모에게 청혼하는 게 가당치 않다고 생각했다. "세상에, 이 사람아. 팬지에게 어서 말을 하고 결혼하라고." 아버지가 이렇게 부추기면 그는 몹시 당황하면서 고개를 돌리곤 했다. 그는 일요일 오후마다 과수원 별채에 와서 팬지 고모와 함께 산책을 하고는 하숙하는 로크의 스위니네 펍으로 돌아갔다. 스위니네에서 일어난 모든 일을 아는 것 같은 조니 레이시에 따르면 데렌지 씨는 연한 홍차와 함께 여러 가지 깊은 생각들을 걱정스레 하면서 일요일 저녁을 보낸다고 한다.

"지금 2월 간접비를 계산하는 중입니다, 퀸턴 사장님. 안녕, 윌리."

데렌지 씨가 말했다.

"안녕하세요, 데렌지 씨."

"점심으로 간과 타피오카 푸딩을 먹었지." 아버지가 말했다. "스위니 부인의 샌드위치는 먹을 만한가?"

"그럼요, 좋습니다, 퀸턴 사장님."

언젠가는 내가 이 제분소를 물려받으리란 걸 알았다. 여기

---

* 기침, 감기 치료제의 이름.

서 일하게 된다는 것과 아버지가 곡물이나 제분기에 대해 배운 것을 나도 배우게 된다는 생각을 하면 기분이 좋았다. 난 제분소 자체가 좋았다. 제분소의 회색 돌들은 담쟁이덩굴로 부드러워졌고 다락과 창고 문들의 적갈색 페인트는 세월이 흐르면서 햇볕에 그 빛을 바랬다. 지붕 한가운데의 초록색 시계는 언제나 1분이 빨랐다. 나는 이곳의 냄새를 사랑했다. 옥수수의 따뜻하고 건조한 냄새를, 공기 중에 먼지가 떠돌지만 그 청결함을 사랑했다. 나는 흐르는 물줄기 위로 톱니가 맞물리며 커다란 바퀴가 회전하는 것을 지켜보는 게 즐거웠다. 활송로의 목재는 닳아서 매끄러웠고 가죽끈들이 열렸다 뒤로 떨어졌다 다시 열렸다. 자루에는 우리 이름인 *Quinton*이 원을 그리며 적혀 있었다.

제분소 사람들은 데렌지 씨와 조니 레이시 말고는 이름을 잊어버렸다. 그 대신 얼굴은 떠오른다. 1916년 아일랜드에서 폭발적으로 일어나 여전히 진행 중인 혁명에 대한 논쟁들도 기억난다. "나는 데벌레라(Eamon de Valera)*와 스타우트 한 잔도 마시지 않겠어." 신랄한 목소리가 터져 나온다. "난 건널목에서도 그 옆에 서 있지 않을 거야." 그러면 데벌레라는 어느 누구하고도 스타우트를 마시고 싶어 하지 않을 거라는 냉정한 답변이 뒤따른다.

---

* 아일랜드의 유명한 정치인(1882~1975).

한 남자는 키가 크고 말랐고, 다른 남자는 장대한 콧수염으로 얼굴이 반쯤 덮였고, 세 번째 남자는 언제나 검은 모자를 썼다. 조니 레이시는 그만의 스타일이 있고 항상 웃었다. 본인 이야기를 할 때면 웃느라 얼굴에 주름이 일었다. 이들은 우리 집안일과 제분소 일을 하는 사람들이었지만 종종 프랑스 못을 먹을 줄 아는 페르모이 출신의 난쟁이 부인, 내기에 이기기 위해 말을 타고서 펠란네 가게 유리창을 뚫고 들어간 병영 군인도 있었다. 자신이 아일랜드 왕이라고 주장하는, 미첼스타운에서 온 정신 나간 남자와 벼룩을 좋아해 그것들을 기르는 여자도 있었다. 조니 레이시는 난봉꾼으로 명성이 자자했고 짝다리에도 불구하고 댄스 플로어를 달구는 스타였다. 그는 특히 폭스트롯을 좋아해서 이따금 여자를 팔로 휘감는 시늉을 하며 내게 그 스텝을 보여주었다. 끝부분이 약간 들쭉날쭉한 둥근 모양의 귀신 언덕이 여자의 가슴 같다고, 카네이션 향이 나는 기름을 바른 말끔한 머리를 흔들며 그가 말했다. 유쾌한 바람둥이, 아버지는 그를 그렇게 불렀다.

그 봄날 오후에, 자주 그러듯이 나는 사람들이 일하는 제분소를 서성였다. 데렌지 씨는 청구서를 들고서 두 번이나 급히 들어왔다. 그의 성실한 신교도 목소리가 거센 물소리나 기계 소리보다도 더 크게 울렸다. 1년 중 바쁜 시기가 아니었다. 활송로는 수리 중이었고 자루들은 정돈되어 있었다. 조니 레이시와 장대한 콧수염의 남자는 저울로 무게를 재고 있었다. 난 그들을 위해 30분 정도 저울추를 옮겼다. 그러고 나서 일이 많이 남은 아버지를 기다리지 않고 집으로 발걸음을 옮겼다. 아버지는 래브라도들이 불 앞 그의 발치에 늘어진 사무실에서 데렌지 씨가 가져온 청구서들을 찬찬히 검토하고 모든 서류에 답신을 보냈다. 제분소를 돌아다니며 일꾼들과 대화를 나누기도 했다. 이 모든 일에는 시간이 걸려서 나는 주로 혼자 집에 돌아오는 걸 더 좋아했다. 철쭉 울타리에 있는 출입문까지 목초지의 경사면을 달려 내려가 집을 둘러싸고 반원으로 깔린 자갈들을 밟으면 저벅저벅 소리가 났다. 나는 지금도 그렇게 킬네이에 다가가는 상상을 한다. 그 끝에 하얗게 칠한 높은 철문이 있는 너도밤나무 길은 아버지가 주장하듯 매우 인상적이었지만, 어린 시절 난 자작나무 숲과 들판을 가로질러 걷는 것을 가장 좋아했다.

집으로 들어서면서 여전히 더블린 산맥에 있는 학교를 생각했다. 그 학교 전통에 나를 쉽게 적응시키려던 아버지의 친절한 노력이 작은 공포의 원천으로 둔갑해 나는 밤마다 잠들지 못하고 대나무 지팡이로 얻어맞는다는 건 어떤 걸까 생각했다. "아, 아니요, 퀸턴 씨. 윌리는 너무 섬세해서 그런 곳은 맞지 않아요." 난 페르모이의 의사 호건이 나를 이렇게 진단하도록 만들 수 있었다. 하지만 반대로 내 섬세한 외모가 오해를 불러일으킬 수 있다는 것도 알았다. "견과류처럼 단단한 건강을 가졌어요." 주치의 호건이 한 번 이상을 이렇게 진단했기 때문이다.

“우리는 그 떠돌이 땜장이를 못 보았어.” 데르드러가 티타임 중에 말했다. “오빠는 늙고 불쌍한 그 사람을 봤어?”

난 고개를 저었다. 내 무뚝뚝함은 혼자가 아닐 때 대개 사라지는데 이번에는 그렇지 않았다. 아버지의 학창 시절 책가방은 아버지가 아직 그곳에 있다고 일러준 다락에서 꺼내면 되었다. 아버지와 나는 이름 첫 글자가 똑같았다. 흰색 페인트로 가방의 이니셜을 새로 칠하고 황동 자물쇠 역시 깨끗하게 닦을 수 있다고 아버지는 말했다.

“아니, 못 봤는데.” 내가 대답했다.

우리는 커다란 마호가니 테이블에 꽤 간격을 두고 떨어져 앉았다. 차 마시는 시간에는 언제나 식탁에 하얀 리넨이 깔려 있었다. 달걀 샌드위치, 갈색 빵, 소다 빵, 그리고 건포도가 든 빵이 놓였다. 아직 따뜻한 스콘과 커피 케이크도 있다. 어머니는 내게 제분소에 별일 없냐고 물었다. 내가 그렇다고 대답하자 어머니는 한때 퀸턴가의 땅이었던 귀신 언덕 근처 블루벨 초원까지 말을 달려 오래된 채석장 길로 돌아왔다고 했다. 이따금 나도 혼자 제럴딘의 조랑말 ‘보이’를 타고 달리는 길이었다.

“새 하녀의 이름은 조세핀이다.” 어머니가 커피 케이크를 자르면서 말했다. “팀 패디가 페르모이에 데리러 갔어.”

“키티는 국화 화병을 깨뜨려서 잘린 거예요?”

제럴딘이 물었다.

"음…… 실은 키티는 결혼을 한단다."

"내가 뭐랬어?" 데르드러가 극적으로 눈을 빛내며 소리쳤다. 두 여동생이 승리의 순간을 나타낼 때 하는 습관이었다.

"난 키티 언니가 딸기코 남자랑 결혼할 줄 알았어." 제럴딘이 경멸하듯 콧방귀를 뀌었다. "언니가 그러지 않길 바랐는데."

"그 남자분을 딸기코라고 부르면 안 될 것 같다." 어머니가 제지했다. "붉은 얼굴색이 꼭 술을 많이 마시는 사람이라는 걸 의미하지는 않는단다."

"플린 부인이 그 남자는 술을 많이 마신다고 했어요. 키티 언니 속을 아주 문드러지게 할 거라고도 했고요. 솔직히 난 아무하고도 결혼 안 할 거예요."

"키티랑 딸기코 남자는 신혼여행을 갈까?" 데르드러가 묻자 제럴딘은 둘이 어느 해안에서 술이나 퍼붓는 모습이 상상된다고 말했다. 둘은 웃음을 참을 수 없다는 듯 어머니가 그만하라고 할 때까지 주먹으로 입을 꾹 눌렀다.

키득거림이 가라앉고 각자에게 허락된 커피 케이크를 한 조각 먹고 나자 데렌지 씨를 만났을 때 그가 무슨 말을 했느냐고 제럴딘이 내게 물었다. 데렌지 씨의 말은 여동생들에게 엄청난 관심사였다.

"'안녕.' 이게 다야."

"팬지 고모 안부를 물었어?"

"절대 안 물어."

"오빠한테 코담배를 권했어?"

"아니, 오늘은 안 그랬어."

"나는 데렌지 씨가 팬지 고모랑 결혼해서 우리 집에 살면 좋겠어. 데렌지 씨가 정원을 산책한다고 생각하면 너무 근사하지 않아?"

"누군가와 결혼해야 한다면……." 데르드러가 말했다. "난 데렌지 씨랑 하겠어."

"정말, 나도 그럴 거야."

얼마 안 있어 여동생들은 마구간으로 갔고 어머니는 내게 필요하다면 숙제를 도와주겠다고 했다. 나는 그래달라고 말했다. 응접실의 타원형 탁자에 어머니랑 함께 앉아 하나에 3파딩*인 빨래집게 다섯 다스의 가격을 계산하거나, 대륙붕에 대해 알아보는 것이 즐거웠다.

그날 우리는 킬개리프 신부가 아주 중요하다고 생각하는 분쟁, 영악한 영국이 훗날 패배로 돌변시킨 아일랜드의 승리에 관해 탐구했다. *"1598년 8월 15일."* 나는 큰 소리로 읽었다. *"뉴리에서 행군을 시작한 헨리 배그널 장군 부대는 블랙워터 강에서 휴 오닐과 레드 휴 오도널이 이끄는 부대에 대패했다. 온전한 승리였다. 그리고 방방곡곡에서 영국에 저항하는 아일랜드인들이 무기를 들었다."*

---

* 페니의 4분의 1에 해당하는 옛 영국 주화.

이윽고 우리는 역사책을 한쪽으로 치우고 어머니는 그 유명한 전쟁 후 이어진 영국군의 오랜 주둔에 대해, 아일랜드 군인들이 대외 전쟁에서 영국의 승리를 도왔음에도 과거에 그랬던 것처럼 그들이 현재 아일랜드를 어떻게 이용하고 있는지에 대해 이야기했다.

"나는 부활절 봉기가 성공하길 바랐어. 그랬다면 지금쯤 모든 것이 다 끝나 있을 텐데." 어머니가 말했다.

그러나 어머니가 이야기하는 동안 어느 시점에서 내 마음은 더블린 산맥에 있는 학교로 흘러갔다. 나는 어머니에게 이걸 말할 순간이 왔을 때 어머니가 내게 공감해주리란 걸 알고 있었다. 결정하는 사람이 어머니고, 모든 상황을 잘 이해하는 사람도 바로 어머니였다. 어머니는 프랑스어와 독일어를 했고 수학의 복잡성을 이해했다. 어머니는 킬개리프 신부의 수업이 더할 나위 없이 충분하며 기숙학교는 전혀 필요치 않다는 점을 아버지보다 훨씬 더 잘 이해할 것이다.

"자, 조세핀이 곧 오겠다." 어머니는 당신에게 영감을 불어넣은 전쟁과 혁명에 관한 이야기가 의심할 여지없이 나를 우울하게 만들었음을 시사하는 무거운 분위기를 누그러뜨리고 미소 지으며 일어났다. "언젠가는 다 괜찮아질 거야." 어머니가 덧붙였다.

난 대수학 방정식을 풀고 랭커셔 지역 천연자원에 대해 지루하게 기술한 책을 읽었다. 〈버려진 마을〉*의 일부를 외웠다. 그리고 타원형 탁자에서 책들과 잉크를 챙겨 구석에 있는 큰 장식장 서랍에 펜, 연필, 압지와 함께 넣었다. 아버지는 응접실에서 내 수업의 흔적이 저녁 전까지 말끔히 치워지길 원했다.

난 집 뒤편에 있는 두 별채 사이의 굵은 돌이 깔린 마당으로 나갔다. 팀 패디가 물을 뿌려 마당을 솔질하고 있었다. 그는 와일드 우드바인 담배를 피우면서 그의 방식대로 고개를 비스듬하게 기울여 인사했다. 하루 중 이즈음은 마당도, 크고 오래된 낙농장도 즐거웠다. 소젖을 짜고 난 후 모든 것이 다시 말끔해지고, 양동이들이 뒤집혀서 일렬로 놓여 있고, 닭과 오리들이 팀 패디의 청소가 끝나길 입구에서 기다렸다. 때때로 그는 솔 자루에 기대어 나이가 차자마자 어떻게 먼스터 퓨질리어스 부대에 입대할 건지 이야기했다. 그의 흰 족제비 얼굴이 흥분으로 번들거렸다. 마을에서 술과 향기로운 여인들이 넘쳐나는 이국 도시의 모험과 사교에 관한 이야기를 들은 것이다. "너는 이 코크 땅에서 가장 멍청한 등신이야." 그의 나이 든 아버지가 그를 향해 퉁명스럽게 불평하곤 했다. "파멸의 길을 자초하지 말고 네가 지금 있는 곳에 머물 순 없겠니?" 그러나 스스로 지적했듯이 그는 온 세상이 그를 스쳐 지나가더라도 영원히 마당의 굵은 돌들을 청소하고 있을지도 몰랐다.

---

* 아일랜드 시인 올리버 골드스미스(Oliver Goldsmith, 1730~1774)의 시.

그날 저녁 나를 봤을 때 팀 패디는 여유 있게 대화하기 위해 입에서 와일드 우드바인을 떼지 않았다. "새로 온 하녀는 키티보다 더 이뻐!" 데르드러와 같이 마당을 지나가면서 제럴딘이 소리쳤다. "새 하녀는 아름다운 머리카락을 가졌어." 데르드러가 말했다.

난 꽤 관심이 있었음에도 무심한 척했다. 팀 패디가 일을 끝마치고 담배꽁초를 던지는 것을 지켜봤다. "가서 새 하녀를 보지 않을래?" 결국 그가 제안했다. "정말 괜찮은 여자야."

나는 키티가 처음 왔을 때 어머니가 오닐의 채소밭을 보여줬던 것이 생각났다. 하지만 내가 그곳에 갔을 땐 오닐 혼자 자신이 파놓은 이랑 사이에 쭈그려 앉아 감자를 심고 있었다. 말을 걸었지만 대답하지 않았다. 그는 나나 내 여동생들과 거의 대화하지 않았다.

나는 높은 벽돌담에 있는 문을 지나 채소밭을 빠져나왔다. 그 문은 좁다란 아치에 달렸고 제분소의 목조와 같은 색으로 칠해졌다. 데렌지 씨가 코크에 있는 해군 물품 창고에서 이 적갈색 페인트를 빅토리아 여왕 통치 말년의 싼 가격으로 대량 판매한다고 언젠가 말한 적이 있었다. 나는 새로 온 하녀를 볼 수 있길 기대하며 문 옆에 서서 그 말을 떠올렸다. 아버지가 높은 철쭉 길을 천천히 걸어 제분소에서 돌아왔다. 래브라도들을 느긋하게 뒤에 거느리고. 아버지는 곧장 주방으로 가서 매일 저녁 그러듯이 위스키를 한잔 마실 것이다. 그러고 나서

〈아이리시 타임스〉를 가지고 가죽 안락의자에 자리를 잡을 것이다.

얼마 전까지 설강화가 폈던 잔디밭에 데이지들이 수를 놓기 시작했다. 로크에서 저녁 삼종기도를 알리는 맑은 종소리가 실려 왔다. 난 오닐이 감자밭을 홀로 가로질러 가고, 팀 패디는 마당에서 청소하고, 체격 좋은 플린 부인이 부엌에 잠깐 멈춰 서고, 고모들의 하녀 또한 움직임을 멈추는 광경을 그려보았다. 멀리서 고모들의 떠돌이 개들이 하울링했다. 저녁 들판을 가로질러 달리면서.

"이 아가씨가 조세핀이란다." 거실의 프랑스식 여닫이 창문을 통해 정원으로 발을 내디디며 어머니가 말했다. 새로 온 하녀는 이미 유니폼으로 갈아입었다. 키티가 썼던 것과 똑같은 하얀 모자 아래 그녀의 머리카락은 데르드러의 말처럼 금발이었고 부드러웠으며 입술이 상당히 도톰했다. 그 얼굴의 유약함이 손에서 드러날 법도 했지만 키티처럼 손만은 갈라지고 거칠었다. 무슨 이유인지 난 얼른 알아챘다.

"안녕하세요?"라고 인사하자 조세핀은 수줍게 대꾸했다.

어머니는 조세핀이 일을 시작하도록 다시 거실로 데리고 갔다. 우리 집이 완벽하다는 것을, 킬네이는 내가 기억하는 이래로 항상 그랬다는 것을 그때 난 알지 못했다.

3

우리가 그때 풋사랑이든 뭐든 서로 사랑했던 걸까? 당신은 라스코맥이나 캐슬타운로쉐에서 살았을지도 모른다. 아니 그 어디도 아닌 여기 로크였을지도. 지난 수많은 세월 난 종종 당신이 가까이 살고 있다고 생각했다. 눈을 감으면 일요일 교회에 있는 당신 모습이 보였다. 당신의 파란 드레스, 모자 끈에 달린 조화 장미. 의자 너머로 당신을 흘긋 보았다. 나 자신을 어찌할 수 없어서, 데렌지 씨가 팬지 고모에게 눈길이 머무르는 걸 어찌할 수 없는 것처럼.

"오 주여, 저를 꾸짖되 분별로 하시며……." 나이 든 캐넌 플루잇은 일요일 아침마다 간청했다. "주의 진노로 하지 마옵소서. 주께서 저를 없어지게 하실까 두렵습니다." 플루잇 부인은 오르간을 연주했다. 오늘의 시편 낭독과 〈테 데움〉*에 이어 사도신경을 외웠다. 아버지는 두 개의 성경 구절을 낭독했다. 제럴딘과 데르드러는 서로 팔꿈치를 툭툭 치며 데렌지 씨의 고모를 향한 추앙을 관찰했다. 둘이 지루해져 잇새로 바람을 불면 어머니는 그런 동생들을 향해 눈살을 찌푸렸다.

데렌지 씨가 헌금을 걷었다. 여동생들이 제일 짜릿해하는 순간이었다. 팬지 고모가 자신의 추앙자에게 추앙을 돌리는 순서였기 때문이다. 물론 고모는 조신하게 추앙했다. 고모는 데렌지 씨가 나무 접시를 캐넌 플루잇에게 전달할 때 자긍심으로 달궈진 홍조가 사과 같은 얼굴에 퍼져나가도록 앞을 똑바로 응시했다. 플루잇은 접시를 더 크고 윤이 나는 청동 쟁반에 올려놓고, 그것을 전능하신 신에게 바쳤다.

"퀀턴 씨, 대단히 감사합니다." 캐넌 플루잇이 교회 마당에서 변함없이 말했다. 데렌지 씨에게는 헌금을 걷어주어 고맙다고 인사했다. 동네의 다른 신교도 가족들이 주위에 둘러서서 농사나 날씨에 관해 이야기를 나누었다. 그중 많은 사람이 우리 친척이었고, 지역의 관습처럼 사촌이 사촌과 결혼했다. 열을 지어 우리는 머리 위로 검은 철제 아치가 있는 교회 마당의 묘지 문을 지나가곤 했다. 데렌지 씨는 팬지 고모와 함께 큰길을 따라 걸었고 아버지와 피츠유스터스 고모는 때때로 과거의 추억들을 떠올렸다. "보라색 옷을 입은 저 여자는 누구

---

* 찬양 성가.

지?” 한번은 아버지가 이렇게 물었던 것을 기억한다. 그러자 피츠유스터스 고모가 우리 집안과 먼 친척이고 아버지가 다섯 살이었을 때 블랙베리 아이스크림을 그 여자에게 쏟았다고 알려주었다. 어떤 식으로든 관련이 있는, 꽤 많은 먼 퀸턴 사람들이 있었다.

예배를 드리는 동안 우리 마차와 피츠유스터스 고모의 마차는 스위니네 뜰에 두었다. 말과 조랑말은 꼴자루에서 귀리를 우적우적 먹었다. “조심히 들어가십시오.” 데렌지 씨가 우리에게 인사하면서 팬지 고모와 피츠유스터스 고모가 마차에 오르는 걸 도와주었다. 데렌지 씨는 팬지 고모에게 일요일 오후엔 늘 그러듯이 킬네이에 들를 거라고 약속했다. 그리고 우리와 고모들의 마차가 뜰을 떠나면 그의 손은 호주머니로 들어가 코담배가 든 깡통을 찾았다. 이 동작은 제럴딘과 데르드러를 넘치는 기쁨으로 인도했다. 제럴딘은 데렌지 씨 같은 사람이 흠모하니 팬지 고모는 세상에서 가장 운이 좋은 사람이라고 말했다. “얘들아, 장난 그만해라.” 어머니가 꾸짖었지만 동생들은 데렌지 씨가 정중한 신사라는 말은 정말 진심이라고 주장했다.

킬네이에는 또 다른 연애사가 있다. 아니 최소한 그런 소문이. 조니 레이시는 킬개리프 신부가 리머릭 카운티에서 성직을 박탈당한 이유가 현재 시카고에 있는 가톨릭 학교 여학생 때문이라고 내게 말했다. 캄캄한 고해실에서도 반짝이던 그녀의 치아, 타일 위를 똑똑 두드리는 구두 굽 소리, 검은 스타킹을 신은 가냘프고 맵시 있던 발목에 대해 조니 레이시가 생생하게 묘사할 때조차 난 성직을 박탈당한 이유에 의문을 품지 않았다. 마치 그곳에 있었던 것처럼 조니 레이시는 어떻게 킬개리프 신부가 주교의 관저에서 한 시간 동안이나 무릎을 꿇었고 간청하는 그의 손에서 어떻게 순식간에 신부 서품 반지가 낚아채졌는지 이야기했다.

난 이 모든 것에 큰 흥미를 느껴 어느 날 오후에 로크까지 걸어가 가톨릭 예배당에 들어갔다. 플린 부인은 이 예배당을 성모 마리아 성당이라고 불렀는데 난 우리가 다니는 아일랜드 성 안토니오 교회보다 더 듣기 좋다고 생각했다. 신도석은 니스를 칠한 소나무였다. 벽에는 성화들이, 제단 위에는 십자가가 있었다. 불 밝힌 초들이 예수 성심상을 감쌌고, 고해실의 녹색 커튼은 햇볕에 말려야 할 것처럼 먼지 냄새가 났다. 제구실에는 두 개의 유리문으로 잠긴 진열장 안에 더 많은 초가 들어 있었다. 머리에 큼지막한 왕관을 쓰고 은총을 위해 한 손을 들어 올린 어린 예수상 아래 붉은 전구가 희미하게 빛났다. 벽 고리엔 중백의 한 벌이 걸렸고 구석에는 빗자루가 있었다. 나는 킬개리프 신부와 그 여학생이 이런 제구실에 함께 서 있었을까 궁금해졌다. 나는 그의 손이 그녀에게 가닿기 위해 내밀어졌을까 궁금했다. 장작 보관 상자의 그림 속 남자가 여자를 향해 손을 뻗듯이.

“끔찍한 죄이지.” 조니 레이시가 어두운 목소리로 말했다. “주교가 그렇게 지칭했었지. 윌리, 끔찍한 죄라고.”

하지만 팀 패디가 넌지시 그 이야기는 좀 과장되었다고 말했다. 팀 패디는 조니 레이시를 질투한다고, 페르모이 무도장에서 그의 능수능란한 수완과 성공을 부러워한다고 소문이 나 있었다. 조니 레이시가 비스킷과 단것을 사 주곤 하던 여자들, 그날 밤 무도회장에서 가장 예뻤던 여자들에 대해 팀 패디는 내게 우울하게 말했다. 그리고 어느 날 팀 패디가 덧붙였다.

“조세핀 같은.”

그 말을 할 때 팀 패디는 온실을 칠하고 있었다. 그는 말하면서 고개를 비스듬히 기울이고 접합제 선을 따라 흰 붓을 움직였다. 온실 안에서는 그의 아버지가 씨를 골라내고 있었다. 아버지가 거기 없었다면 팀 패디는 대화를 하기 위해 담배에 불을 붙이고 자리를 잡았으리라는 걸 난 알고 있었다.

“네 여동생 말이 맞았어.” 그가 말했다. “조세핀은 키티보다 미인이지.”

“난 네가 키티를 좋아하는 줄 알았는데, 팀 패디.”

그는 붓을 페인트에 적시며 흰 족제비 코에 주름을 지었다. “난 키티라면 신경도 안 써.” 그는 한쪽 눈으로 아버지의 굽은 머리를 보며 다시 접합제의 가장자리를 따라 페인트 붓을 당겼다. “조세핀은 달라.” 그가 말했다.

오닐이 온실에서 나와 아들에게 유리에 어떤 페인트 자국도 남기지 말라고 경고했다. 노인의 심술궂은 성미는 관절염 때문이었다. 통증이 심해지면 숲속의 짐승들처럼 채소밭과 꽃밭 사이를 손과 무릎을 대고 기어다녔다. 관절염과 대머리가 그를 팀 패디의 할아버지로 여길 만큼 늙어 보이게 만들었다.

"도련님과 빈둥대지 마." 온실로 다시 들어가기 전 그가 중얼거렸다. "어서 네 일이나 해."

팀 패디는 인상을 쓰며 나무와 접합제의 좁은 면에 페인트칠을 계속했다. 난 가서 싹이 튼 완두콩들과 그 덩굴손을 끌어당기기 위해 흙 속에 박힌 잔가지들을 유심히 바라보았다. 들쥐를 잡기 위해 콩들 사이에 덫이 놓여 있었다.

팀 패디는 조세핀과 사랑에 빠졌다고 난 혼잣말했다. 그것은 킬네이의 세 번째 사랑 이야기였다. 내가 차를 마시러 들어가니 조세핀이 오후에 입는 검은 복장 차림을 하고 있었다. 당시에는 몰랐지만 그녀는 열여덟 살이었다. 후일 내가 그녀에게 더 이상 수줍어하지 않고 그녀도 나에게 그럴 때, 그녀가 킬네이에 도착하기 일주일 전이 열여덟 번째 생일이었다고 말해주었다. 이 일을 주선한 사람은 페르모이에서 편자공으로 일하는 그녀의 아버지라고 했다. 그녀의 아버지는 내 어머니의 편지를 받았는데 어머니는 데렌지 씨를 통해 조세핀의 존재를 알았고, 데렌지 씨는 스위니네 펍의 스위니 부인을 통해서였다. 어머니는 페르모이로 가서 그 가족과 면담했다. "얘는 뭐든지 빨리 배워요." 조세핀의 아버지가 어머니를 안심시켰고, 어머니는 한두 가지 질문 후 마음에 든다고 선언했다.

3주 뒤 집을 떠나던 날 아침에 조세핀의 아버지는 한 시간 동안 이야기를 나누고서 조세핀을 그들의 사제에게 보냈다. 신부는 신교도 가정에서 가톨릭 신념을 지키는 법을 가르쳤다. "금요일에 생선이 식탁에 없으면……." 하고 그는 말했다. "달걀을 주는지 보아라." 그러나 그런 곤란한 일은 절대 일어나지 않았다. 가장 간단한 해결책으로, 킬네이의 모든 사람이 금요일이면 생선을 먹었기 때문이다. 플린 부인과 오닐, 팀 패디도 금요일엔 고기를 먹을 수 없었다.*

조세핀은 처음부터 킬네이를 좋아했다. 그녀는 제럴딘과 데르드러가 차 마시는 시간에 키득대도 신경 쓰지 않았고, 비록 그 앞에서 접시나 도자기를 덜걱거리면 안 되었지만 내 아버지를 편한 사람으로 여겼다. 아침 식사 자리에 앉아 오늘 무엇을 입을까 고민하는 멋진 사람이라고 그녀는 생각했다. 그러나 그녀가 알지 못했던 세상에서, 그리고 거대하게 여겨지는 이 집에서 편안함을 느낄 수 있던 것은 다름 아닌 어머니 덕분이었다. 층계참과 반층계참, 앞 계단과 뒤 계단, 부엌 통로, 주홍 응접실의 중국산 카펫, 복도의 워터퍼드 크리스탈 화병들, 거실의 끝없는 도자기 인형들, 은빛 꿩들, 자단나무 쟁반들. 이 모두가 만화경의 화려한 색깔처럼 그녀 주위를 빙빙 도는 낯

* 가톨릭은 금요일에 온혈동물의 고기를 먹는 것을 금함.

선 것들이었다. 수프 숟가락은 동그랗고, 후식 숟가락은 타원형, 큰 포크는 반드시 왼쪽에, 작은 포크는 후식 숟가락과 함께 위쪽에 놓아야 했다. 불쏘시개는 레인지 가까이 두어야 하고 그레이비 그릇과 수프 튜린들은 붙박이 찬장의 첫 번째 선반에 두어야 했다. 고기는 고기 저장소에, 우유 통들은 차가운 슬레이트 석판 위에 두어야 했다.

플린 부인은 조세핀에게 아침과 저녁 두 번 씻고, 6시 15분에 일어나라고 명령했다. 식당에서는 누가 말을 걸지 않는 한 이야기하지 말고, 채소 접시들은 식사하는 사람의 왼편으로 낼 것. 또한 이전에 킬네이 여자들의 마음을 아프게 만들었고 한쪽 다리가 짧은, 보기보다 더 나이 많은 조니 레이시를 조심하라고 경고했다. "네, 플린 부인." 조세핀은 어색하고 당혹스러운 처음 며칠간 이 대답을 끊임없이 되풀이했다. 벽난로의 쇠 살대와 놋쇠를 윤이 나도록 닦고 바닥을 한없이 쓸고 또 쓸었다. 흰 에나멜 대야와 물 주전자가 있는 그녀의 작은 다락방도 다른 어느 곳만큼이나 낯설었다.

조세핀이 맞은 첫 일요일 오후에 팀 패디는 플린 부인으로부터 임무를 받고 조세핀을 제분소로 데려갔다. 플린 부인은 아마 팀 패디가 조니 레이시처럼 골치 아프게 굴기엔 싱그러운 청춘이라 괜찮다고 생각했을 것이다. 물이 방아에 세차게 떨어지고 벽의 담쟁이 이파리에는 봄날의 성장인 얼룩이 점점이 박혀 있었다. 팀 패디는 1분이 빠르고 1801년이라고 쓰인,

박공지붕 가운데 있는 초록색 시계에 관심을 보였다. 둘은 함께 사무실 창문의 창살 너머를 응시했다. 팀 패디는 데렌지 씨의 등받이 없는 의자와 내 아버지의 책상과 회전의자를 가리켰다. 그들은 높고 흰 정문을 지나 너도밤나무 가로수들을 따라서 먼 길을 빙 둘러 킬네이로 돌아왔다. 그들은 자갈이 깔린 마당에 이르기 전에 오른쪽 길을 택해 집 뒤편으로 갔다. "쉬는 날에는 프랑스식 여닫이 창문 앞을 서성대지 마." 팀 패디가 규칙을 설명했다. "평소에 일하며 백 번도 더 그 문을 지나다니더라도." 조세핀은 그 말을 이해했다. 그것은 그녀가 도착한 날 어머니가 정원을 구경시켜주던 것과 같았다. 15분 동안 조세핀은 킬네이의 손님이었고, 그녀는 그런 기분을 다시는 느끼지 못하리란 것을 알았다. 그 일요일 저녁 그녀는 플린 부인, 오닐, 팀 패디와 6시 티타임을 위해 부엌에 앉았다 그러고 나서 유니폼을 입으려고 위층으로 올라갔다.

수년이 흐른 후 조세핀이 그 모든 것을 내게 이야기할 때 우리는 마이클 콜린스가 처음 킬네이를 방문했던 게 언제였는지 궁금해했다. 그러다 그날은 조세핀이 우리 집에 오고 몇 달이 지난 1918년의 초여름이었을 거라고 함께 결론을 내렸다. 그녀는 내 아버지가 복도에서 말하던 것을 기억했다. "이렇게 만나 뵙게 되어 영광입니다, 콜린스 씨." 그녀는 자신이 순간 의아했던 것도 기억했다. 마이클 콜린스가 내 아버지 같은 사람이 그런 예우를 갖출 만한 인물로 보이지 않았기 때문이었다.

그녀는 당시 그가 혁명군 지도자란 걸 몰랐다. 그와 내 아버지는 서재에서 두 시간 넘게 머물렀고, 그녀가 위스키에 넣을 따뜻한 물을 들고 들어갔을 때 그들은 대화를 멈추었다. 콜린스의 두 부하는 집 앞 자갈 마당에 주차된 자동차에서 대기 중이었다.

"조세핀." 아버지가 말했다. "그분들에게 스타우트를 내다 드려."

그해 여름 유럽에서의 전쟁은 승리했지만 이것이 명백하지 않아서 아일랜드는 모든 것이 불안정했다. 데벌레라는 링컨 감옥에 수감 중이었고, 아일랜드의 궁극적인 지위에 관해 데벌레라와 콜린스의 의견 차이가 커지고 있었다. 지금은 알지만 그때를 돌이켜 보면 난 내 아버지와 콜린스의 친분이 어떻게 시작되었는지를 짐작하기 어려웠다. 아일랜드 자치 운동을 둘러싼 퀸턴 가문의 오랜 정체성과 어떤 식으로든 연관이 있었겠지만. 이와 관련해 우리는 많은 사람으로부터 우리 계급과 오래된 영국과 아일랜드 관계의 배신자로 여겨졌다. 땅을 나눠주었던 내 증조할아버지의 기행은 코크주와 그 너머의 부자들에게 영원히 기억되고 있었다. 조니 레이시는 1797년에 일어난 사건에 대해 들은 이야기를 전해주었다. 페르모이에 주둔해 있던 앳킨슨 소령이 한 무리의 군인들을 이끌고 라스코맥으로 말을 타고 달려가 길거리에서 여섯 사람을 사살했다. 돌아오는 길에 소령이 말들을 쉬게 하려고 킬네이에 들렀는데 차갑게 거절당했다. 이 푸대접 또한 페르모이 병영에서 잊힌 적이 없었다.

"당신은 영국인이죠, 퀸턴 부인?"

콜린스가 첫 방문 후 집을 떠나면서 공손히 묻는 것을 난 들었다.

"네, 전 영국인이에요."

어머니의 목소리에 미안함은 실려 있지 않았다. 내가 서 있던 복도 쪽에서는 어머니를 볼 수 없었지만, 그의 눈길을 되돌려주는 어머니의 밤 같은 눈빛이 정체성이 도전받거나 화가 났을 때 그랬듯 맹렬히 타올랐으리라 짐작했다. 아일랜드엔 정의가 살아 있지 않고 아일랜드를 바로 세우는 데에 꼭 아일랜드인일 필요는 없다는 것이 어머니가 주장하는 바였다. 어머니는 마이클 콜린스에게 자신이 육군 대령의 딸이라고 말하면서도 대령의 연대가 영국으로 귀환하기 직전에 비난과 불신 속에 결혼식을 올렸다는 이야기는 하지 않았다. 어머니도 나에게 말했지만 세월이 지나면서 그 냉담한 분위기는 누그러진 게 틀림없었다. 할아버지와 할머니가 킬네이를 꽤 자주 방문했고 여기서 행복해했던 것을 내가 기억하기 때문이다. "난 여길 떠나고 싶지 않아"라고 할아버지는 말씀하시곤 했다. "킬네이는 손볼 데가 전혀 없어." 그는 어머니처럼 키가 컸고 아주 꼿꼿하게 서 있었다. 난 그의 목소리를 좋아했고 할아버지와 할머니가 인도에서 군 복무를 하기 위해 영국을 떠났을 때 섭섭해했다. 그들은 다시는 아일랜드를 방문하지 못했다.

"두 분께 진심으로 감사드립니다." 마이클 콜린스가 현관에서 말했다. "선생께 신의 가호가 함께하길."

*

계절이 바뀌었다. 시간은 서두르지 않고 천천히 흐르거나 적어도 그렇게 보인다. 사건들은 나름의 이유로 내 기억 속에 단편적으로 남아 있다. 순간과 그 순간의 분위기가 저 먼 어린 시절을 이룬다. 칠레삼나무가 죽었다. 새로운 개들이 고모들의 목록에 더해졌다.

킬개리프 신부는 그의 방식으로 은근히 우리 역사 수업에서 그가 고심하는 주제인 전쟁의 어리석음을 탐구했고 옐로 포드 전투를 예로 들어 그 불합리함을 여실히 입증했다. "그 대머리 영국 여왕이……." 그가 나직이 중얼거렸다. "로버트 데버루 백작을 파견하는 것으로 영국의 패배에 응답했지. 백작은 또 하나의 숙명적인 전쟁을 위한 무대를 마련했고. 여왕이 그 백작의 목을 베기로 결정했을 때 아일랜드의 운명은 다시 풍전등화의 처지에 놓였어. 이번엔 킨세일 전투에서."

부드러운 태도나 잘생긴 용모는 그의 흥분에도 여전히 빛을 발했다. 내가 마이클 콜린스에 대해 언급했지만 그는 혁명 지도자의 방문에 흥미나 호기심을 전혀 나타내지 않았다. 그는 낮은 목소리로 말했다. 사람들이 대니얼 오코넬을 기억하길, 사람들이 그의 평화주의 정신을 이행하길. 그는 내 증조할머니 애나 퀸턴의 대기근 시절 활동에 대해서도 이야기했다. 응접실에 있는 초상화 속 증조할머니는 평범해 보였지만 킬개리프 신부는 그녀의 자비를 상찬하고 미모 또한 인정했다. 그는 그녀의 고난에 대해 많이 알고 있었다. 증조할머니는 근처 병영의 장교들에게 가서 그들 주위에 보이는 비참함과 굶주림을 영국 정부에 말해달라고 간절히 부탁했다. 우드컴 파크에 있는 가족들에게도 영국 정부가 나서도록 도와달라고 간청했다. 영국 정부를 향한 그녀의 비난이 너무나 격렬해서 결국 그 편지들은 봉인된 상태로 반송되었다. *넌 우리 가문의 이름에 먹칠을 해왔어*. 분개한 그녀의 아버지가 편지에 썼다. *우리 조국을 향한 네 터무니없는 비난은 멈추지 않을 테니 더 이상 선택의 여지가 없다. 너와 의절하겠다.* 반송된 편지는 내 아버지의 소유물로 제분소 금고에 보관되었다. 그 사안에 관심이 있던 킬개리프 신부는 편지를 모두 읽었다. 난 아버지가 그걸 읽는 수고를 했으리라고는 생각하지 않는다.

때때로 킬개리프 신부가 팀 패디를 도와 가축을 돌보고 응접실에서 나를 가르치는 게 행복한지 궁금했다. 난 시카고의 그 여성에 대해 어떻게 생각해야 할지 몰랐지만, 킬개리프 신부가 내 증조할머니의 연민을 너무나 따뜻하게 언급하고 초상화 속의 슬픈 눈이 자주 내 눈길을 붙잡아서 그에게 있어 내 증조할머니는 거의 살아 있는 존재라고 여기게 되었다. 고해실에서의 그 여성만큼 확실히 살아 숨 쉬는 존재였다.

"참, 운명의 꼭두각시라니." 제분소로 가는 길에 내가 킬개리프 신부에 대한 의견을 들으려고 했을 때 아버지가 한 말이었다. 더 이상 말하지 않았지만 난 아버지가 킬네이의 거의 모든 사람에게 이와 같은 평가를 내린다는 것을 알고 있었다. 아버지가 즐겨 사용하는 표현이었다. 그리고 그 특별한 시절에 팀 패디에겐 딱 들어맞는 표현이었다. "그녀가 나에 대해 말한 적 있어?" 팀 패디가 겸손하게 물었고, 난 조세핀이 팀 패디는 재밌는 사람이라고 말하는 걸 들었다고 거짓말했다. 하지만 그녀를 더 재밌게 해주는 남자는 유쾌한 조니 레이시였다. 댄스홀에서 폭스트롯과 입담으로.

플린 부인이 안 된다고 했는데도 조니 레이시는 자주 부엌에 들어왔다. 그와 조세핀은 저녁에 산책을 나가고 팀 패디는 혼자서 처량하게 토끼 덫을 놓았다. 결국 그는 조세핀과 조니 레이시 둘 다 하고 대화하지 않게 되었고, 우드바인 담배를 입에서 한 번도 떼지 않은 채 마당의 굵은 돌 위를 거칠게 물로 쓸었다. "어떡해, 팀 패디는 조세핀을 너무 사랑하는 거야!" 데르드러가 소리쳤다. 그녀와 제럴딘이 정원에서 온전히 이 불행한 청춘을 지켜보며 아침 시간을 보낸 후였다. 그가 사과나무에 머리를 부딪치는 걸, 밴시(Banshee)*의 울부짖음처럼 절규하는 걸 보았다고 그들은 말했다. 어느 토요일 밤에 조니 레이시가 조세핀을 페르모이의 댄스홀에 데려갔고, 팀 패디는 스위니네 펍에서 만취해 그 뒷마당에 큰대 자로 뻗어 있는 걸 데렌지 씨가 발견했다. 괴롭긴 하지만 팀 패디를 위해서라고 주장하며 여동생들은 그 달빛 아래의 장면을 연기하는 걸 즐거워했다. 엎어진 팀 패디에게 데렌지 씨가 몸을 구부리며 코담배를 좀 하겠냐고 묻는 그 장면을.

우리를 둘러싸고 있는 건 이런 불안한 사랑이었다. 심지어 팬지 고모를 향한 정중한 구애에도 불구하고 데렌지 씨는 때때로 쓸쓸해 보였다. 아버지가 말하는 걸 들었는데, 데렌지 씨는 사랑꾼은 아니라고 했다. 사랑꾼은 바로 조니 레이시라고. 데렌지 씨는 회계장부와 청구서들, 스위니네 하숙집 2층의 고독한 프로테스탄트 세계에 속한 사람이었다. 그렇지만 그는 30여 년 동안 팬지 고모를 사랑했다고 한다.

난 킬개리프 신부나 데렌지 씨와 팬지 고모가 불행하길 원치 않는 것 이상으로 팀 패디가 불행하길 바라지 않았다. 모든 것이 어떤 식으로든 결국엔 다 괜찮길 바랐다. 오닐의 아픈 관절이나 플린 부인의 과부 형편은 어떻게 할 수가 없다. 비록 늙은 정원사가 버럭 성질을 내고 플린 부인의 부엌 규칙이 엄

---

* 아일랜드 민담에 나오는 요정으로 가족 중 죽는 이가 있을 때 울어서 이를 예고한다고 전해짐.

격하더라도 그들 누구도 불만이 있어 보이지는 않았다. 조세핀이 일하면서 이따금 부드러운 목소리로 노래하면 내 동생들은 그녀가 사랑에 빠졌기 때문이라고 이야기했다. 최소한 그녀는 행복했고, 나도 나를 끈질기게 괴롭히는 유일한 공포만 빼고는 행복했다.

"정말 이해가 안 가요." 어머니에게 말했다.

"넌 학교에 가야 한단다. 윌리."

"끔찍해요, 그곳은."

"네 아버지가 그런 끔찍한 곳으로 널 보내지는 않지."

"아버지는 킬개리프 신부님 교육이 소용없다고 생각하는 건가요?"

"아니지, 절대 그렇게 생각하지 않지."

"그럼 아버지는 왜 저를 보내고 싶어 하시는 거예요?"

"넌 다른 남자아이들을 만나야 해. 운동경기도 하고 여러 가지 활동에 참여도 하고. 킬네이가 세상의 전부가 아니란다. 너도 알잖아."

"하지만 어른이 되면 전 여기에 살 거예요. 언제나 킬네이와 함께할 거예요."

"그래, 안다, 윌리. 하지만 바로 그 때문에라도 넌 다른 곳이 어떤지를 알아야 해."

난 대답하지 않았다. 내 수고가 쓸모없으리란 걸 말을 꺼내자마자 깨달았다. 지금 내가 할 수 있는 일은 아버지에게 내 감정을 고백하는 것뿐이었고, 아버지가 날 한심하게 보기라도 할까 긴장되었다. 엄격한 학교에 입학하려면 몇 년은 더 있어야 한다고 어머니는 말했다. 어머니가 내게 건넨 유일한 위로였다.

마을 남자들이 전쟁에서 돌아왔다. 그들 중 한 명만 제분소로 왔는데 약간 비대칭인 잿빛 얼굴을 가진 도일이라는 남자였다. 어떤 이유인지 그는 사람들 사이에서 인기가 없었다. 조니 레이시가 말하길 아버지는 제분소에 일꾼이 부족해서 마지못해 그를 다시 받아들였다고 했다. 그에겐 뭔가 의심스러운 구석이 있었고, 난 그를 결코 알지 못했다. 대신 비록 내가 그 내용을 정확하게 아는 것은 아니었지만, 이 나라의 혼란스러운 상황과 데벌레라가 옳은지 그른지에 대한 다른 사람들의 의견을 주의 깊게 들었다. 더블린에 대안 정부가 세워져 제국주의 정부와 혁명 정부 간 싸움이 계속되고 있다는 것을 알았다. 난 이런 흥미로운 이름들을 들었다. 카할 부르하, 마르키에비시 백작 부인, 테렌스 맥스위니. 하지만 이들이 어떤 사람들인지는 몰랐다. 데벌레라의 링컨 감옥 탈옥은 마이클 콜린스의 작품이라고 했다. 최소한 그에 대해서는 알고 있었다.

어머니가 콜린스를 처음 만났을 때 그를 좋아했다는 말을 듣고 놀란 기억이 있다. 그래서 복도에 어색한 기운이 흘렀던 것이다. 그러나 어머니는 상대방이 기분 나쁘게 하려는 의도가 없었는데 불쾌해지는 것에 대해 스스로를 책망하는 경향이 있어서 그날 어머니가 불쾌함을 표현한 것은 이상한 일이었다. 콜린스는 솔직한 웃음을 지었다고 어머니가 주장했다. 그의 파란 눈엔 부드러움이 깃들어 있었다. 그가 암살을 명령했다면 그 명령에는 정의가 있었다. 그런 죽음은 어머니의 조국이 독일 황제의 군대에 맞서 한 전쟁과 별반 다르지 않은, 전쟁의 한 요소였기 때문이다. 어머니는 아버지보다 더 열정적으로 혁명의 대의를 지지했다. 그리고 콜린스의 첫 방문 이후 아버지가 콜린스에게 다시 연락을 취하도록 만든 사람도 바로 어머니였다. *친애하는 콜린스 씨께,* 지금도 남아 있는 아버지의 편지는 이렇게 시작했다. *일전에 저희를 방문하신 뒤로 저는 우리가 토론했던 많은 문제를 생각해왔습니다. 말씀대로 우리가 동의한 것을 선생이 남긴 주소로 보냈습니다. 하지만 뭔가 미흡한 건 아닌가 하는 생각이 듭니다. 다시 만날 수 있다면 우리가 동의한 사항에 보다 이익이 되리라 사료됩니다. 페르모이에 가는 금요일을 제하고 전 언제나 이 집에 있습니다. 집에 없으면 집에서 20분도 채 걸리지 않는 제분소 사무실에 있습니다. 근처를 다시 지나가신다면 술 한잔, 혹은 점심이나 저녁을 기꺼이 대접하고 싶습니다. 충심을 담아. W. J. Quinton.*

군복 색깔 때문에 '블랙 앤드 탠즈'로 알려진 영국 군대가 확산 중인 불복종을 진압하기 위해 아일랜드에 파병되었다.

제1차 세계대전 동안 독일과 전쟁을 치르며 더욱 잔인해진 그들은 명성대로 무자비한 남자들이었고, 많은 수가 이 과업을 수행하도록 감옥에서 풀어준 사람들이라고 했다. 시골 지역을 쑥대밭으로 만들었던 아일랜드 총잡이들도 무자비해져갔다. 그들은 잔혹했고 지형지물을 잘 알아서 소규모 전투에서 더욱 성공적이었다. 페르모이에도 블랙 앤드 탠즈군이 있었고, 이들은 우리 근처에서 간헐적이지만 격렬한 전투를 벌였다.

어쩌면 마이클 콜린스의 방문이 전투를 더욱 가까이 끌어들였는지도 모른다. 두 번째 왔을 때 그는 혼자였다. 하지만 이 때를 제하고는 그와 아버지가 대화를 나누는 동안 부하들이 자동차에서 대기했다. 두 번째 방문에서만 유일하게 오토바이를 타고 도착했다.

"우리를 위해 이렇게 시간을 내주셔서 영광입니다." 6월의 지나치리만치 더운 날 콜린스와 아버지가 응접실의 프랑스식 여닫이 창문 옆에 서 있는 곳으로 어머니가 날 데려가면서 말했다. 콜린스는 어딘가 불편해 보였다. 갈색 모터사이클 가죽 재킷을 입은 그는 키가 크고 살집이 있었으며, 눈에서 나타났다 사라지는 성마른 빛에 반하는 우직함이 묻어났던 것을 기억한다. 당시에는 몰랐지만, 혁명이 그를 유명하게 만들지 않았다면 그는 우체국 직원으로 일하고 있을 터였다.

"다시 오게 되어 기쁩니다, 퀸턴 부인."

"얘는 윌리입니다." 아버지가 말했다.

"안녕, 윌리."

우리가 겪고 있는 폭염이 계속되길 바라면서 그들은 날씨에 대해 이야기했다. "제가 채워드리겠습니다." 아버지가 그의 잔에 손을 뻗으며 말했다. "괜찮습니다." 콜린스가 말했다.

점심으로 토마토 수프, 큼직하게 썬 고기 요리, 서머 푸딩과 와인이 나왔다. 대화 주제는 산만했다. 아버지는 제분소에 대해 이야기했고 콜린스는 들었다. 그가 말할 차례에도 그는 침묵을 더 좋아하는 것처럼 보였다.

"글랜도어를 아실 것 같은데요, 콜린스 씨." 그의 침묵을 깬 사람은 어머니였다.

"잘 알지요, 퀸턴 부인. 제가 그 근방 출신입니다."

"근사한 곳이죠."

"그럼요, 물론이죠."

여동생들은 그날 우리랑 함께 점심을 먹지 않았고, 킬개리프 신부가 아침에 응접실로 오지 않았으니 토요일이 틀림없었다. 창문들은 열려 있었고 꽃 내음이 스며들었던 것을 기억한다. 비록 한마디도 못 했지만 난 모터사이클 복장을 한 유명한 혁명가와 함께 앉아 있는 것을 영광으로 생각했다.

"넌 오늘을 기억하게 될 거야." 우리가 여동생들을 찾아 정원을 함께 걷고 있을 때 어머니가 말했다. 아버지와 콜린스는 커피를 마시며 서재에 있었다. 나는 그를 다시 볼 수 없었지만 가로수 길에서 그의 오토바이가 내는 굉음을 들었다. 그리고 그날 저녁 부모님이 나누던 대화의 단면이 생생하게 남아 있다. 둘은 어둑해지는 응접실에서 이야기를 주고받았다. 의견이 약간 일치하지 않았지만 언쟁은 아니었다.

"그가 온 것은 자금 때문이야, 에비."

"어쩌면. 하지만 그렇더라도."

아버지가 한숨을 쉬었다. 잠시 아무 말도 하지 않았다. 이윽고 아버지가 다시 말했다.

"도일이 협박을 당했어. 그 사람을 다시 받는 게 아니었는데."

"도일이 그 사람들을 위해서 첩자 노릇을 하고 있다는 거예요?"

"누가 알겠어? 누가 알겠냐고! 봐, 에비, 내가 당신에게 단언하는데 우리가 할 수 있는 최선은 콜린스에게 자금을 후원하는 거야. 킬네이에서는 무슨 훈련이든 간에 절대 있을 수 없어. 절대 안 되는 일이라고."

나는 발소리를 죽이며 어두운 계단을 올라갔고, 그 후 아버지의 준엄한 목소리에 적이 놀라 깨어 있었다. 킬네이에서의 군사훈련에 관한 대화를 킬개리프 신부가 들었더라면 어떻게 생각했을지 궁금했다. 그리고 어머니의 바람이 관철되지 못해 안타까웠다. 잔디밭이나 관목 숲에서는 혁명가들보다 더 흥미로운 것이 없었다. 나는 모터사이클 복장을 한 마이클 콜린스와 그들을 꿈에서 보았다. 하지만 아침에 일어났을 때 가장 처음 떠올린 것은 콜린스에게 돈만 내주어야 한다는 아버지의 권위에 찬 주장이었다. 그의 우유부단함, 결단력이 부족하다는 자기주장은 토론에서 유리하기 위해 고안된 껍데기뿐인 기질이란 말인가? 나는 잠시 생각했지만 결론을 내리지 못했다.

"아니, 난 그 사람을 보지 않았다." 내가 콜린스 씨를 보았냐고 묻자 킬개리프 신부가 대답했다. "넌 다른 할 일이 있지 않았니?"

"신부님, 그래도 그의 오토바이 소리는 들으셨죠?"

"들은 것 같지 않구나. 자, 이야기해봐라. 뉴질랜드는 온화한 기후를 가지고 있다. 왜 그렇지?"

여전히 폭염이 계속되던 어느 토요일 저녁, 부모님과 두 고모들은 우리 집과 별반 다르지 않은 로크 반대편 집에 사는, 다아시라고 불리는 사람들과 저녁을 하러 갔다. 난 더위 때문에 잠이 오지 않아 시간을 보내려고 동생들 방으로 갔다. 우리는 제럴딘의 침대에서 카드놀이를 했고, 그러다 아주 놀랍게도 음악 소리가 들린다는 것을 알아차렸다. 부엌에서 나오는 소리 같아 우리는 잠옷 차림으로 뒤쪽 계단을 살금살금 내려갔다. 불행히도, 부엌에 들어서자마자 하필 부엌 통로를 가로질러 가던 플린 부인과 맞닥뜨리고 말았다. 우리는 큰 소리로 호되게 야단을 맞았지만 여동생들의 거듭된 호소로 마침내 부엌에 들어갈 수 있었다. 기이한 광경은 계속 입술을 씰룩거리며 키득대던 여동생들을 한순간에 침묵하게 만들었다. 나 역시 놀랐다. 오닐이 커다란 떡갈나무 탁자에 자리를 잡고 평소와 다름없이 심술궂은 표정으로 아코디언을 연주하고 있었다. 조니 레이시는 조세핀에게 댄스 스텝을 가르쳐주었고, 팀 패디와 우리가 전에 한 번도 본 적 없는 볼이 빨간 여자가 탁자에서 우드바인을 피우고 있었다. 플린 부인은 얼굴에 홍조를 띠었다. 다른 사람들은 웃고 있었다. 레인지 가까이, 등받이가 높은 의자에서는 고모들의 하녀 필로미나가 차를 마시고 있었다. 페르모이의 거리에서 거지들이나 연주하는 악기를 나이 든 오닐이 연주한다니 상상도 못 한 일이었다. 아무도 그가 그런 악기를 가지고 있다고 우리에게 말해주지 않았고, 우리는 정문 옆집에서 흘러나오는 아코디언 선율을 들어본 적이 없었다. 그리고 도대체 빨간 뺨의 여자는 누구란 말인가?

"저 여자는 브라이디 스위니야."

플린 부인이 속삭였다. 그녀가 말하는 동안 팀 패디가 우리를 보고 부엌 건너편에서 손을 흔들었다. 더는 처량해하거나 자기 연민을 보이지 않으면서.

노래가 끝나자 또 다른 연주가 시작되었다. 이번엔 다른 리듬이었고, 두 커플은 부엌을 빙글빙글 돌았다. 팀 패디와 여자는 여전히 우드바인을 태웠고 조니 레이시는 마치 깃털이라도 되는 양 조세핀을 가볍게 움직였다. 그가 춤을 출 때면 다리가 짝짝이라는 걸 누구도 눈치채지 못했다.

"자, 너희 셋은 어떠니?" 음악이 끝나자 조니 레이시가 우리 쪽으로 오면서 말했다. "데르드러, 나랑 춤을 춰보지 않으련?"

오닐은 평소처럼 우리에게 아는 체하지 않았다. 아코디언 연주에 열중해 우리가 부엌에 있는 동안 그는 한 번도 고개를 들지 않았던 것 같다. 조니 레이시는 데르드러에 이어 제럴딘과 춤을 추었고 조세핀은 나에게 왈츠 추는 법을 가르쳐주려고 했다. 팀 패디는 우리에게 브라이디 스위니를 소개해주었다. 스위니네 펍의 그 스위니 가족의 일원이라고 했다. 그는 마치 조세핀을 사랑한 적 없는 사람처럼 말했다. 턱을 잔뜩 치들고 황제처럼 최대한 거만하게 미소를 지었다. 이 모든 게 날 상당히 당혹스럽게 했다.

"너희는 사내들을 꽤 울릴 거야." 머리에서 강한 카네이션 향기를 풍기며 조니 레이시가 여동생들에게 말했다. 그는 웃으며 우리에게 반 페니를 주었다. "*뉴스가 뭐야? 뉴스가 뭐야?*" 그가 갑자기 〈킬란에서 온 소년 켈리〉를 부르기 시작하자 오닐이 그 노래를 연주했다.

"아, 참 사랑스러운 아이들이야." 브라이디 스위니가 말했다. 팀 패디는 그녀의 손을 잡고 있었고, 그녀는 그의 허리에 팔을 두르고 그에게 몸을 잔뜩 밀착했다. "너희들은 수업을 많이 받겠구나." 그녀가 말했다. "세상에, 난 수업 같은 거 견딜 수가 없어." 그녀는 우리에게 수수께끼를 냈는데 토끼 가죽을 벗기는 것에 관한 무언가였고, 조니 레이시는 노래 부르다 말고 호주머니에서 하모니카를 꺼냈다. 그는 솜씨 좋게 연주하며 아코디언의 경쾌한 가락 위로 날카로운 소리를 덧대었다. 난 스위니 여자가 그를 주시하는 걸 보았다. 여전히 팔은 팀 패디의 허리에 두르고 있으면서 말이다. 조니 레이시가 그녀를 향해 한쪽 눈을 찡긋했다. 난 조세핀이 앉아 있는 레인지 쪽으로 얼른 시선을 돌렸다. 하지만 조세핀은 눈치채지 못했다. "*에니스코디는 불타고 웩스퍼드는 승리했다.*" 조니 레이시가 노래했다. 난 그때 킬개리프 신부가 부엌에 들어온 것을 알아챘다.

그는 아무 말 하지 않고 살짝 웃으며 문 옆에 서 있었다. 내 부모와 고모들의 외출을 틈타 축제가 벌어지고 있었다. 집안에서 어떤 지위도 갖지 않은 킬개리프 신부는 문제가 되질 않았다. 현직 사제였다면 그의 입장과 동시에 음악과 춤은 멎었을 테고, 그가 승인했다는 게 확실해지고 나서야 다시 시작되었을 것이다. 그가 퀸턴가의 친척이거나 내 부모님의 친구였다면 부엌에 당혹감이 일었을 것이다. 팀 패디는 특유의 방식대로 킬개리프 신부을 향해 고개를 비스듬하게 기울였다. 조니 레이스는 친근하게 경례를 올렸다. 나는 그가 전에 이 부엌에 왔었더라도 내가 그와 함께 여기 있는 것은 처음이라는 사실을 깨달았다. 그는 여전히 웃으며 문 옆에 잠시 더 서 있었다. 음악과 춤 덕분에 즐거워 보였다. 그리고 그는 떠났다.

"너희도 이제 올라가라." 플린 부인이 말했다. 뒤 계단을 올라가는 내내 우리는 조니 레이시가 다른 노래를 부르는 소리를 들었다. 킬개리프 신부도 과수원 별채의 자기 방에서 이 노랫소리를 들을지 궁금했다. 고모들의 떠돌이 개들이 짖기 시작했다. 예기치 않은 소란으로부터 개들을 보호하기 위해 그가 창문을 닫아놓았기 때문일지도 몰랐다. 왜 내가 킬개리프 신부를 계속 생각하는지 이유를 알 수 없었다. 그의 스페인 사람 같은 외모가 머릿속에 생생했고, 그의 목소리는 논쟁과 설득만이 유일한 방법이라고 부드럽게 주장했다. 그의 방에 가본 적이 없었지만 성스러운 붉은빛과 성모 마리아상, 그리고 벽에는 십자가상이 있을 거라고 짐작했다. 대니얼 오코넬과 증조할머니에 대한 연민을 곰곰이 떠올리다 킬개리프 신부가 가톨릭 여학교의 그 소녀만 아니었으면 리머릭 카운티에서 인정과 존경을 받았을 거라고 생각한 건 뜻밖이었다. 그리고 그때, 아주 강렬하게, 팀 패디가 옳았다는 것을 깨달았다. 조니 레이시의 이야기는 진실을 아는 데 혼란을 가져온다고 넌지시 말했던 것. 킬개리프 신부를 안다면 가톨릭 학교 여학생하고의 연애에는 말이 안 되는 무언가가 있었다. 난 소녀의 치아가 고해실에서 반짝이는 것을 보았고 타일 위를 걷는 경쾌한 발걸음 소리도 들었다. 그런 그녀가 과연 존재하기나 했을까?

그날 밤 잠들 수 없었다. 킬개리프 신부에 대해 계속 생각하다 조세핀과 조니 레이시와 팀 패디와 브라이디 스위니에 대해 생각했다. 브라이디 스위니의 눈 속으로 빨려 들어가던 윙크를 지켜보았고 조세핀이 그걸 전혀 눈치채지 못하던 것도 기억했다. 만약 조니 레이시가 조세핀 대신 스위니 여자랑 산책을 간다면 팀 패디는 또다시 비참해질 테고, 물론 조세핀도 그럴 것이다. 결국 난 침대에서 나와 창문을 통해 정원을 내려다보았다. 밤 10시가 지났는데도 여전히 밝았다. 블랙 앤드 탠즈 군인 한 명이 철쭉들 사이에 숨어 있고 난 아버지의 엽총을 들고 계단을 살금살금 내려가 잔디밭을 가로지르는 상상을 했다. 양손을 머리 위로 든 그를 내가 부엌으로 끌고 가자 모두가 놀라는 상상을.

아코디언 연주가 내 창까지 떠올라 왔다 갑자기 그쳤다. 그리고 다시 시작되지 않았다. 팀 패디와 스위니 여자가 정원으로 슬그머니 다가왔다. 내가 여전히 지켜보는데 그들은 철쭉숲 사이에 숨었다고 생각하며 서로 키스를 했다. 짙어지는 어둠 속에서 무언가 하얀 것이 반짝이는 걸 보고 난 그것이 스위니 여자의 페티코트란 걸 알았다. 그녀의 꽃무늬 스커트가 잔디 위에 있었고 내가 지켜보는 가운데 그녀는 그 옆에 누웠다. 팀 패디도 누웠다. 그들의 키스는 멈추질 않았고 팔은 여전히 서로를 껴안고 있었다. 페티코트가 허리까지 뭉쳐 올라간 곳에서 난 그녀의 맨살을 볼 수 있었다. 팀 패디의 두 손이 그녀의 속옷을 잡아당기고 그녀의 손이 그를 도왔다. 그때 저 멀리 가로수 길에서 마차가 덜컥거리는 소리가 들려오더니 연인들이 사라졌다.

다음 날 미사가 끝나고 조세핀은 조니 레이시와 결혼하고 싶다고 어머니에게 말했다. “사모님, 그가 지난주에 페르모이의 저희 집에 갔었어요.” 그녀가 말했다. “가족들은 그가 괜찮은 사람이란 걸 알아요.” 교회로 가는 길에 어머니가 이 소식을 우리에게 전하자 아버지는 조세핀은 오랜 세월 우리 집을 거쳐 간 하녀 중에서 가장 얌전했어, 라고 말하며 못마땅하다는 듯 고개를 저었다. “운명의 꼭두각시들이라니…….” 그가 중얼거렸다. “둘을 위해 주님께 기도해야겠구나.” 예배가 끝난 후 데렌지 씨가 스위니네까지 걷기 위해 팬지 고모 옆으로 발걸음을 옮겼을 때 아버지가 큰 소리로 말했다.

“데렌지, 그 소식 들었어? 결혼 얘기가 있어.”

팬지 고모의 얼굴은 노을빛이 되었고 데렌지 씨는 흥분해 깡통에서 코담배를 집었다. 아버지가 데렌지 씨와 팬지 고모의 혼인 문제를 꺼내면 언제나 침묵을 지키던 피츠유스터스 고모는 담배와 성냥을 찾기 위해 커다란 핸드백을 더듬었다. 고모는 부단하게 담배를 피웠지만 길거리에서는 절대 태우지 않았다. 마차가 스위니네 뜰을 떠나면 고모는 커다랗고 감사한 한숨과 함께 첫 담배에 불을 붙였다.

“모든 것이 이 더위와 함께 바싹 말랐네요.” 데렌지 씨가 아버지의 말을 듣지 못하기라도 한 듯 말했다. “그걸 알아채고 있었죠.”

그와 팬지 고모는 앞장서 걸었고, 어머니는 피츠유스터스 고모에게 조세핀이 비범한 여자라 이 결혼이 걱정된다고 했다.

"그가 조세핀의 속을 썩일까?" 제럴딘이 물었다. "그 술꾼 남자와 키티처럼?"

하지만 아무도 대답하지 않았다. 이따금 가장 심각한 표정을 짓는 피츠유스터스 고모는 담뱃갑을 만지작거렸다.

"맞아요……." 마침내 피츠유스터스 고모가 입을 열었다. "비범한 여자."

"그리고 그는, 물론, 농탕질한 거고."

"그들은 시작도 전에 이혼 법정에 있을 거야."

아버지가 호탕하게 웃었다. 아버지는 양쪽으로 제럴딘과 데르드러의 손을 잡고 걸었다. 난 어머니와 피츠유스터스 고모 뒤로 제일 끝에서 걸었다.

"난 당신이 이 일을 심각하게 받아들이길 바라는데."

어머니가 화를 내며 질책했다.

"물론이지, 둘은 시도는 해볼 수 있어. 두고 보자고."

"맞아요, 시도는 할 수 있죠."

피츠유스터스 고모가 말했다.

*

킬개리프 신부가 멕시코만류에 관한 재미없는 이야기를 할 때였다. 난 응접실 창문을 통해서 아버지가 평소답지 않게 철쭉나무들 아래를 허둥지둥 서둘러 오는 것을 보았다. “에비!” 아버지가 집을 향해 소리쳤다. “에비! 에비!” 그것 또한 평소답지 않은 모습이었다.

“무슨 일이 생긴 거야.” 내가 말했고 우린 둘 다 귀를 기울였다. 계단에서 다급한 발소리가 들렸고, 10분 후 팀 패디가 마차를 끌고 창문을 지나가더니 부모님이 그 마차를 타고 사라졌다. 킬개리프 신부는 지리 공부를 계속하려고 했지만 우리 둘 다 집중할 수 없었다. 차를 들고 오며 잿빛 얼굴을 한 도일이 살해당했다고 말한 사람은 조세핀이었다.

킬개리프 신부는 성호를 그었다. 조세핀은 울고 있었다.

“나무에 목이 매달렸어요.” 그녀가 말했다. “혀가 잘리고.”

그녀가 응접실을 떠나고 나서 긴 침묵이 이어졌다. 차와 비스킷이 담긴 쟁반은 타원형 탁자에 손대지 않은 채 그대로 남았다. 도일을 다시 받지 말았어야 했다던 아버지의 말을 떠올렸다. 내가 그것에 대해 뭔가 말하려 할 때 킬개리프 신부가 동시에 입을 열었다.

“어떻게 사람들은 그런 일을 저지르고도 평온할 수 있지?”

“누가 그런 일을 저질렀는데요, 신부님?”

“난 모르지, 윌리.”

그는 남은 오전 시간에 찰스 디킨스의 《오래된 골동품 가게》를 읽어주었다. 하지만 넬과 할아버지의 모험 대신 난 도일의 비대칭인 잿빛 얼굴과 그의 입에서 콸콸 쏟아지는 피를 보았다. 킬개리프 신부가 과수원 별채를 향해 나서자 여동생들이 복도에서 나를 잡아끌었다. "도일의 혀는 어떻게 한 거야?" 제럴딘이 계속 물었다. "그걸 가져간 거야?"

우리 셋은 모두 부엌으로 갔는데 플린 부인은 조세핀만큼이나 아는 게 없어서 우리는 팀 패디를 찾았다. 그는 "지랄 맞게 불쌍한 놈"이라는 것 말곤 더 이상 아무 말도 하지 않았다. 우리는 양파밭까지 뒤쫓아 가서 감히 오닐에게도 물어보았다. 정말로 그가 우리에게 말했다. 꺼지라고.

아버지와 어머니는 점심때에도 돌아오지 않았다. 제럴딘, 데르드러, 그리고 나는 매우 낯선 모양새로 식당 테이블에 둘러앉았다. 아버지가 아래층에서 어머니를 불렀을 때 제럴딘은 어머니와 방에 있었다. "그들이 도일을 목매달았어." 그들이 계단참에 함께 섰을 때 아버지가 한 말이었다. "그는 밤새 실종됐었어." 난 여동생들에게 목을 매는 죽음에 대해 설명했다. 왜냐하면 내가 킬개리프 신부에게 질문했을 때 몸의 무게가 목의 한 부분을 뚝 끊어버리는 거라고 들었기 때문이었다. 데르드러는 울기 시작했다. 눈물이 그 애의 차가운 라이스 푸딩으로 똑똑 떨어졌다. 제럴딘은 데르드러를 혼냈다.

"도일은 블랙 앤드 탠즈와 관련이 있었어." 아버지가 그날 오후에 설명했다. 하지만 도일이 러드킨 중사에게 동네에 관한 정보를 팔았다는 말 외에 설명은 없었다. 도일은 어떤 정치적 성향도 없었기에 공화주의자도 제국주의자도 아니었다.

"그들은 그의 혀를 변절의 도구로 여겼지." 아버지가 말했다.

데르드러는 나무에 매달린 시체와 피 흘리는 혀를 까치가 집어 가는 꿈을 꾸었다. 제럴딘은 까치까지 넣어 그림을 그렸고, 그 그림에서 도일은 째려보는 검은 눈의 악마 형상을 한 짐승으로 표현되었다. 그런데 어머니가 그림을 발견하고는 생전에 아무리 비열한 삶을 살았더라도 죽은 사람은 반드시 존중받아야 한다면서 몹시 화를 내며 태워버렸다.

"아, 이제는 잊어버리는 게 최고지." 데렌지 씨는 내가 그 살인에 대해 물었을 때 이렇게 대답했다. 그는 붉은 머리카락을 위아래로 풀럭이면서 고개를 흔들었다. 그는 다른 이야기를 시작했다. 그가 두려워한다는 걸 내가 알고 나서야 우리의 대화는 끝이 났다. 조니 레이시에게 묻자 블랙 앤드 탠즈는 그들의 스파이에 대한 의리로, 정당하게든 정당하지 않게든 다른 희생자를 찾아내어 죽음에 대한 복수를 한다고 말했다. "난 밤에 뜰을 가로질러 가지 않을 거야." 플린 부인이 선언했다.

하지만 일상은 다시 안정을 찾았고 킬네이의 그 무더웠던 여름을 생각하면 먼지를 털거나 윤을 내면서 부르는 조세핀의 속삭이던 노랫말이 여전히 들려온다. 피츠유스터스 고모는 잔디를 깎고, 나이 든 한나는 마을에서 와서 마루를 닦고 빨래를 하고, 팀 패디는 플린 부인을 위해 뒷문에 시금치를 놓아두고, 오닐은 높은 델피니움꽃들 사이에서 활처럼 등을 구부리고 있다. 제분소 마당은 한낮의 태양에 익어가고, 아버지는 가로수 길을 걷고, 그의 래브라도들이 옆에서 구부정하게 산책한다. "*나는 늙었지만 술을 마시고 싶어.*" 어머니가 주홍색 응접실에서 앨프리드 테니슨의 시를 외고는 침묵 속에 더하여 읊는다. "*향신료를 내게 가져다줘, 술을 내게 가져다줘.*" 어머니가 말하는 동안에도 도일의 그림자가 다른 모든 곳에서 떠돌듯이 응접실을 서성인다. 데르드러의 꿈속에서 까치는 혀를 향해 급강하하고, 파리들은 양의 시체 위에 자리를 잡는 것처럼 피 위에 앉는다. 언젠가는 다 괜찮아질 거라고 어머니는 다시 말한다. 아버지는 블랙 앤드 탠즈가 머지않아 영국으로 소환될 거라며 날 안심시킨다.

9월 초 고모들은 2주 동안의 여름 휴가를 위해 바다로 떠났다. 어느 금요일 아침에 그들의 많은 여행 가방이 마차에 실렸고 팀 패디는 그들과 페르모이 기차역까지 함께 갈 만반의 준비를 하고 대기 중이었다. 고모들은 욜에 있는 미스 미드의 하숙집에서 머물렀고, 아버지는 그들과 함께 떠나려면 같은 기간에 휴가를 내라고 데렌지 씨를 부추겼다. 아버지는 팬지 고모가 약혼을 하고 돌아올 거라 장담했지만 데렌지 씨는 그 제안은 단연코 부적절하다고 여겨 넘어가지 않았다.

"굿바이, 굿바이." 우리는 마차를 향해 소리쳤고 피츠유스터스 고모와 팬지 고모가 손을 흔들었다. 개들이 과수원 별채에서 짖어댔고 킬개리프 신부는 서둘러 개들을 진정시켰다. 고모들이 부재하는 동안 그의 또 다른 임무였다. 필로미나는 쌍

둥이 자매와 지내기 위해 라스코맥에 갔다.

그날 오후에 아버지와 내가 페르모이에 있을 때 나는 아버지가 도일의 친구인 러드킨 중사라고 알려준 군인을 보았다. 그는 길모퉁이에서 한 손으로 바람을 막으며 담배에 불을 붙이고 있었다. 아버지를 알아보고서 불을 감싸던 손을 들어 인사를 했다.

"그는 막 리버풀에 있는 청과물 가게를 물려받았어." 아버지가 조용히 말했다.

아버지는 러드킨이 모퉁이를 도는 것을 지켜보더니 어느 날 밤 여기 페르모이에서 그를 만난 적이 있노라고 했다.

"아, 아주 마음에 드는 사람이었어. 그 가게에 대해 이야기할 때 꽤 취했었지."

나는 금요일의 페르모이 외출을 즐겼다. 일주일 전에 주문한 식료품들을 찾고 어머니와 플린 부인을 위한, 때로는 고모들을 위한 가정용품들을 구입했다. 우리는 항상 차와 샌드위치를 먹으러 그랜드 호텔에 갔고, 그곳에서 아버지는 내가 모르는 사람들과 대화를 나누었다. "어, 젊은 친구." 하더니 남자는 더 할 말을 찾지 못해 웃으며 내 머리를 가볍게 두드렸다. 다른 사람들은 내 키에 대해 언급하거나 내가 퀸턴가의 눈을 가졌다는 것을 알아봤다. 아버지가 바에서 친구들과 이야기하는 동안 나는 로비에서 기다리는 것보다 차를 마시고 남은 쇼핑을 할 수 있도록 먼저 호텔에 가는 것을 가장 좋아했다. 가게 사람들은 늘 어머니와 고모들의 안부를, 그리고 가끔은 플린 부인의 안부를 물었다.

러드킨 중사를 본 그 금요일에 우리는 맞춤한 녹색 뜨개실을 찾고 방수천을 주문해야 했다. 드와이어네 철물점에서 볼트 세트를, 약국에서 감기약을 가져와야 했다. 아버지가 호텔에 있는 동안 내가 그 일을 다 했다. 그리고 6시에 우리는 킬네이를 향해 출발했다. 나는 그 블랙 앤드 탠즈 중사 생각이 머릿속에서 떠나질 않았다. 아버지가 혐오스럽게 말하던 군대의 군인이 길에서 아버지에게 인사한다는 게 이상하게 느껴졌기 때문이었다.

"내가 그를 만났던 날 밤 그는 가엾은 도일과 함께 있었어." 내가 묻자 아버지가 설명했다. "직원을 밖에서 우연히 스치는 일은 절대 일어나지 않아야 했는데, 윌리."

난 그걸 받아들였고 이해했다. 아버지가 말했다.

"있잖냐, 도일은 곤란한 처지에 있었어. 벨기에에서 저 중사와 함께 싸웠지."

난 도일이 결혼했었는지 물었다. 아버지는 고개를 저었다. 잠시 후 아버지가 덧붙였다.

"그 일은 절대 일어나지 말았어야 했어, 윌리. 목을 매단 건 끔찍한 일이지."

아버지는 신중하게, 또 평소답지 않게 강경히 말했는데 이는 콜린스의 부하들이 킬네이에서 훈련하는 걸 허락할 수 없다고 하던 때를 상기시켰다. 우리는 마차에 나란히 앉았고, 아버지가 술과 대화를 위해 스위니네 펍에 들를 수 있도록 로크에 내렸다. 나는 뜰에서 기다렸고 스위니 부인이 비스킷 접시를 내왔다. 이후 우리는 길을 나서 두 줄로 늘어선 색색의 아담한 집들 사이로 드리스콜네 잡화점과 성모 마리아 성당을 통해 천천히 마을을 지나왔다. 마침내 킬네이 가로수 길로 들어서자 아버지는 금요일에 집으로 올 때 자주 그랬듯이 들릴락 말락 하게 콧노래를 흥얼거렸다.

"전 학교에 가기 싫어요." 아버지와 나 사이에 흐르는 행복한 기류에 자신감을 얻어 아버지를 보지 않고 말했다. 긴 흥얼거림 끝에 마침내 아버지가 대답했다.

"우리는 널 교육받지 못하도록 둘 수 없다, 윌리. 우리가 그럴 수 없다는 걸 넌 알잖니."

말은 정확하고 단호했지만 어조는 그지없이 나른했다. 킬네이의 하얀 문을 지나 두 줄로 늘어선 너도밤나무 길을 따라 나아갈 때 서두르지 않는 우리의 걸음과 잘 어울렸다. 래브라도들이 우리에게 뛰어오르며 집 앞 자갈길에서 법석을 떨었고 떠돌이 개들은 집 주위를 뛰어다녔다. 아버지는 제럴딘과 데르드러를 위한 선물을 가지고 있었고, 그 애들에게 선물꾸러미를 주는 모습을 보면서 난 아버지가 그렇게 중히 여기는 학교에 가야 한다는 걸 깨달았다. 아마도 그 문제에 연연한다면 부끄러운 일이 될 거라고, 그 문제를 더 언급한다면 아버지만

큼이나 내 눈에도 스스로가 보잘것없어 보일 게 불가피하다고 처음으로 느꼈다. 비록 여동생들에게 더 관심을 기울이며 그 사실을 숨기려 애쓰지만, 나는 아버지가 가장 사랑하는 자식이었다. 난 그 누구보다도 아버지를 사랑했다.

콧구멍이 따끔해 잠에서 깼다. 나는 그대로 누워 있었다. 그게 무엇인지는 확실하지 않지만 뭔가 다르다는 것을 알았다. 소리가 났다. 숲에 휘몰아치는 먼 광풍 같은.

너무 졸려서 제대로 생각하지 않고 다시 잠들었다. 크게 부르는 소리에 이어 여동생들의 비명과 개들이 짖어댔다. 몰아치는 소리가 더 가까워졌다. "윌리! 윌리!" 팀 패디가 외쳤다.

난 팀 패디의 품에 있었고, 이윽고 잔디의 축축함이 느껴진다 싶더니 다리와 등 전체로 통증이 시작되었다. 조랑말들과 어머니의 말이 거칠게 숨 쉬며 울었다. 그들의 발굽이 마구간 문들을 쿵쿵 때리는 소리를 들을 수 있었다.

하늘엔 별들이 있었다. 오렌지빛이 내 시야 가장자리를 스치고 지나갔다. 소음은 천둥처럼 들리는 요란한 굉음과 함께 탁탁거리는 소리로 바뀌었다. 움직일 수 없었다. 우리 모두 똑같다고 생각했다. 제럴딘과 데르드러, 어머니와 아버지, 조세핀과 플린 부인. 우리는 고통 속에서 젖은 잔디 위에 누워 있었다. 고모들은 욜의 미스 미드네 하숙집에 잠들어 있고 필로미나는 라스코맥에서 자고 있을 것이다. 내가 아는 사실은 킬개리프 신부가 죽었다는 거였다.

이 악몽의 열기 속에 응접실의 두 초상화, 그러니까 개 형상의 증조할아버지와 평범하지만 자비로운 애나 퀸턴이 떠다녔다. 난 마치 응접실에 있기라도 한 듯 교과서들을 챙겨서 구석에 있는 큰 장식장에 두었다. 그런 다음 마차에 타서 아버지에게 킬개리프 신부가 왜 성직을 박탈당했는지 물었다. 내가 고해실에서 본 반짝이는 치아는 애나 퀸턴의 것이었다. 그래서 킬개리프 신부가 그녀의 편지들을 읽었던 것이다. 아버지가 말했듯이 먼 곳의 학교를 가게 되면 그런 것들을 이해하게 될 수도 있다. 그게 내가 학교에 가야 하는 이유였다. 나는 데렌지 씨와 팬지 고모의 사랑을, 그리고 팀 패디와 스위니 여자의 다른 사랑을 이해하게 될 것이다.

"움직이지 마, 윌리. 움직이지 마. 그대로 누워 있어." 나에게 속삭인 사람은 조세핀이었다. 그리고 거기에 다른 목소리들이 있었다. 남자들이 소리치며 물었다. "넌 누구야?" 질문이 있었고, 누군가 말했다. "그는 오닐이지. 이 집 정원사. 저 자식은 그 아들이고." 총소리가 들리고, 또 한 번 총성이 났다. 탁탁거리는 소리의 일부 같았다. 하지만 총성이 내가 누운 곳과 더 가까웠기에 나는 탁탁 소리가 아니라는 것을 알았다 "오, 성모 마리아시여……." 조세핀이 속삭였다.

남자들이 내 옆을 지나갔다. "차에 술 있어?" 하고 묻는 목소리. "제기랄, 난 술이 필요하다고." 다른 소리가 말했다. "어이 영웅, 정신 줄 좀 잡아."

더 많은 총성이 울렸고 차례차례 개들이 짖기를 멈췄다. 말과 조랑말들은 풀려난 모양이었다. 그들이 어딘가로 질주하는 소리를 들었기 때문이다. 무언가가 다리에 닿았다. 군화 끄트머리라고 생각했고, 그것이 통증을 유발했지만 신음하면 안 된다는 것을 알았다. 조세핀이 움직이지 말라고 속삭였을 때 그게 무슨 의미인지 알았다. 떠나는 남자들 눈에 띄면 안 되었다. 정문 옆집에서 왔을 오닐과 팀 패디는 그들에게 발각되었다. 눈을 감았다. 어둠 속에서 내가 본 것은 도일이 나무에 목매달려 있는 제럴딘의 그림과 응접실의 불길이 그 그림에 무해한 검은 주름을 만드는 광경이었다.

4

kisses, 니스칠한 교실 탁자 위에 긁어 파놓은 단어다. *젖통을 드러낸 빅 릴리*, 이 말은 흰 도료 칠된 화장실 세 번째 칸막이에 쓰여 있다. 출입구를 장식하는 이니셜과 날짜들은 한때 날 매혹시켰다. 그 출입구는 제분소에, 탁자는 코크에, 하얗게 칠한 화장실은 내 아버지도 다닌 학교에 있다. 키시즈는 여자의 별명이다. 빅 릴리는 야간 경비원의 부인이다. 이름 첫 자들은 세대를 내려오면서 제분소에서 일한 사람들 것이다.

교실은 어머니와 나, 조세핀이 함께 사는 코크주의 성 패트릭 언덕 꼭대기 윈저 테라스의 건너편 머시에 스트리트에 있었다. 왜 나를 위해 이 학교를 선택한 건지는 알 수 없었지만 내가 더블린 산맥에 있는 학교에 가기에는 너무 어리긴 했다. 머시에 스트리트 시범학교에는 스물세 명의 남녀 학생들이 있었고 모두 프로테스탄트였다. 학교는 미스 할리웰이 운영했다.

"윌리 퀸턴." 내가 도착한 날 아침 그녀가 말했다. "애들아, 이쪽은 윌리 퀸턴이란다."

조세핀은 나와 함께 도시를 가로질러 걸어왔고, 난 그녀가 말한 대로 장을 보며 돌아가는 여정을 생각했다. 조세핀과 함께 있었으면 했다. 어머니가 특별히 내 것이라고 해주는 어머니 방의 침대 옆 의자에 앉아 있고 싶었다. 교실에 있는 아이들은 날카로운 얼굴과 쌀쌀맞은 도시 아이들의 눈빛을 하고 있었다. 미스 할리웰이 내 이름을 되풀이해 말하자 한 여자아이가 키득댔다.

"자, 얘야……." 할리웰 선생이 말했다. "어떤 반에 들어갈지 궁금한데? 애들아, 윌리는 뭔가 학자다운 분위기를 풍기는구나."

할리웰 선생은 깡말랐고 시든 앵초꽃 같은 인상이었다. 어머니가 그녀를 젊은 여자라고 표현하는 걸 들었는데 젊은 여자 같지는 않아 보였다.

"기하학?" 그녀가 물었다. "대수학? 넌 둘 다 이미 시작했니? 그리고 프랑스어도? 게다가 역사와 지리까지? 라틴어와 함께 산수도. 우리는 네가 그 수업들을 다 받았을 거라고 생각한단다."

그녀가 날 보고 미소 지었다. 얼굴의 지친 꽃잎들이 잠깐 되살아났다. 그녀는 공감을 표했지만 이건 그녀의 평소 분위기가 아니란 걸, 엄밀히 말하면 그녀는 화가 나 있다는 걸 교실 안의 누구라도 알아챌 수 있었다.

"프랑스어는 전혀 배우지 않았는데요." 내가 말했다.

"아."

그녀는 커다란 탁자에 앉았고, 그 주위에 가장 상급반 학생들이 포진했다. 더 작은 탁자들에는 하급반 학생들이 두세 명씩 앉았다. 녹색 교실 벽은 번쩍이는 지도들과 차트들로 뒤덮여 있었다. 상급반이 문장의 도해와 분석 혹은 프랑스어 동사의 정교함과 씨름하는 동안, 할리웰 선생의 목소리가 Apple의 A, Boot의 B, Cat의 C처럼 사물이 그려진 읽기 차트 위 지휘봉의 움직임을 따르고 있다는 것을 난 곧 알게 되었다.

"얘야, 프랑스어는 유감이구나."

"킬개리프 신부는 프랑스어를 몰랐어요. 어머니가 가르쳐주실 참이었죠."

"아."

그녀가 다시 미소 지으며 말했다.

"킬개리프? 재밌는 이름이구나. 사제시니, 윌리?"

킬개리프 신부는 그가 마당에 모습을 나타냈을 때 총에 맞았지만 오닐, 팀 패디와 달리 부상에서 살아남았다. 소식을 듣자마자 욜을 떠나 돌아온 고모들은 킬네이의 파괴되지 않은 유일한 곳인 과수원 별채에서 그를 간호했다. 블랙 앤드 탠즈가 자동차로 서둘러 뜨면서 한 마지막 행동으로 인해 정문 옆 집은 완전히 불에 타버렸다.

할리웰 선생이 킬개리프가 재밌는 이름이라고 했을 때 난 아무 말도 하지 않았다. 교실 안에 즐거움이 얼굴에서 얼굴로 번져갔다. 키득거리는 소리가 더 많이 났다.

"불쾌한 소리는 그만!" 그녀가 날카롭게 말했다. 노여움이 뺨에서 타올랐다. "킬킬거릴 사안이 있음 누구라도 손을 들고 이유를 말해. 사제시니, 얘야?"

"킬개리프 신부는 사제예요."

"그렇다면 그분이 프랑스어를 모른다는 게 그리 놀랄 일은 아니겠구나."

낄낄거리는 것은 아니지만 눈치를 보면서도 떠들썩한 웃음소리가 퍼졌다. 할리웰 선생이 침묵이 흐르기를 기다렸다가 말했다.

"아일랜드의 사제들은 여행을 많이 하지 않지. 여행으로 명성을 얻은 건 아니란다, 윌리."

난 고개를 반쯤 끄덕였다. 킬개리프 신부에게 불충한 느낌이 들었다. "제 생각에 수도사들은……." 신부님이 내게 이야기한 것을 그대로 말했다. 수 세기 전 아일랜드 수도사들은 이교도 유럽인들에게 그리스도 신앙을 전파하며 쉬지 않고 여행을 했노라고.

할리웰 선생이 머리를 저으며 가로막았다. 그녀의 눈동자가 반짝였고, 난 그녀의 눈에 고인 눈물이 놀랍게도 나를 향한 염려 때문이라는 걸 깨달았다. "거기 앉거라, 얘야." 선생은 나보다 더 어린아이들이 앉아 있는 탁자를 손가락으로 가리키며 부드럽게 명령했다. "가엾은 윌리……." 그날 아침 늦게 내게 내준 숙제를 검사하면서 그녀가 속삭였다. 선생은 내가 뒤처져도 탓하지 않았다. 신부가 날 가르쳤다는 걸 알기에 어떤 걸로도 책망하지 않았다. 그녀의 손이 내 머리를 슬쩍 어루만졌다. 그녀의 눈동자가 연민으로 반짝였다.

"우리는 최선을 다할 거야." 그날 하루 끝에 그녀가 속삭였다. "우리 함께 최선을 다하자꾸나, 얘야."

난 무엇보다도 동정을 원하지 않았다. 주홍 응접실은 더 이상 존재하지 않았다. 팀 패디는 두 번 다시 솔 자루에 기대지 않을 테고, 플린 부인도 근사한 정장을 차려입고 일요 미사에 가지 못할 것이다. 난 아버지와 함께 다시는 경사진 목초지를 올라 자작나무 숲길을 지나서 제분소로 걸어가지 않을 것이다. 그러나 밤에 잠자리에서 난 더 이상 흐느끼지 않았다. 무의식적으로 손톱을 써서 다른 손 손바닥을 쥐어뜯지 않고도 아버지와 여동생들을 생각할 수 있었다. 심지어 내가 그토록 많이 들었던 천국, 이제 궁금해할 더 큰 이유가 생겼음에도 여전히 어렴풋한 땅으로 남은 천국에 있는 제럴딘과 데르드러를 상상할 수 있었다. 플린 부인과 팀 패디와 오닐도 그곳에 있다고 여겼다. 물론 나의 아버지도.

"우리 함께 최선을 다하자꾸나, 얘야." 할리웰 선생이 속삭였다. "난 너와 친구가 되기 위해 여기 있단다, 윌리."

어머니와 나는 고모들, 킬개리프 신부와 함께 과수원 별채에 살 수도 있었다. 하지만 어머니는 그럴 수 없다고 말했다. 킬개리프 신부는 이제 혼자서 젖소들을 돌봤다. 어머니의 말과 조랑말들은 사람들에게 나눠 주었다. 아버지의 래브라도들은 다른 개들과 함께 그날 밤 총에 맞았다.

"저는 정말 괜찮아요, 할리웰 선생님."

"윌리야, 그럼 넌 괜찮고말고."

그 첫날 이후 난 윈저 테라스의 집에서 머시에 스트리트 시범학교까지 혼자 등교하고 오후면 집으로 돌아갔다. 도시는 전투 속에 심한 손상을 입었다. 패트릭 스트리트는 거리의 절반이 사라졌고, 상점과 건물들은 블랙 앤드 탠즈에 의해 산산조각이 났다. 난 폐허는 서둘러 지나갔고 언제나 선착장과 방파제를 좋아했다. 종종 화물선이 짐을 부리는 것을 지켜보기 위해 멈춰 서서 선원이 된다는 건 어떤 걸까 궁금해했다. 테드캐슬, 매코믹 앤드 컴퍼니의 대형 창고, 서턴네 제분소를 빙 도는 길을 따라 천천히 집까지 걸었다. 거리 이름도 외우게 되었다. 술에 취한 여자가 가게 유리창에 비친 자기 모습을 보고 욕설을 퍼붓던 앵글시 스트리트, 타버린 세탁물이 있던 코브 스트리트, 래빗 방파제, 팹 방파제, 카롤 방파제. 나는 자주 내 여정과 달리 수 킬로미터를 벗어난 빈민가에서 길을 잃었다.

거적때기를 걸친 더럽고 맨발인 아이들이 나에게 소리쳤다. 숄을 두른 여자들이 구걸했지만 줄 게 아무것도 없었다. 동전 던지기 도박을 지켜봤고, 한번은 끈에 묶인 그레이하운드를 끌고 가던 남자가 이 개는 아일랜드에서 어떤 개보다도 빨리 달릴 수 있다고 내게 말했다.

"우리는 녀석에게 블라니(Blarney) 보이라고 이름을 지어주었지. 얘야, 넌 조만간 사람들에게 코크 거리에서 블라니 보이를 본 적이 있다고 말하게 될 거야."

하지만 난 그런 적이 없었다.

그 시절 아일랜드에 평화가 머뭇머뭇 찾아왔다. 독립전쟁에 이어진 내전은 결국 끝이 났다. 마이클 콜린스는 내전 중 조약을 반대하는 반란군 매복조에 의해 죽었다. 영국과의 조약으로 스물여섯 개 아일랜드 카운티가 자치지역으로 인정받을 거라는 〈코크 이그재미너〉의 기사를 조세핀이 읽어주었다. 빨간 우편함이 녹색으로 칠해졌고, 제국주의 인물의 동상들이 철거되었고, 아일랜드어가 되살아났다. 이런 종류의 문제에 흥미를 잃어버린 어머니는 아무런 말도 하지 않았다.

"성장할 수 있는 위대한 시대야." 내가 어느 날 오후 머천트 방파제를 서성이고 있을 때 한 노인이 장담했다. "내가 네 시대를 살았음 좋았을 텐데." 그러나 낯선 거리와 상점이야말로 국가의 자유나 성장이 보장된 미래보다 내게 더 큰 영향을 미쳤다. 도시의 날씨 또한 중요했다. 날씨는 전과 같지 않았다.

나른하고 기분 좋은 더위 사이로 바람과 추위가 번갈아 찾아왔다. 비가 오는 날은 빗물이 급류처럼 성 패트릭 언덕을 휩쓸고 내려갔다가 포도의 계단을 넘어 홈통에서 흘러넘쳤다. 봄에는 라일락 꽃잎들이 분분히 흩날리며 붉은 석조 벽 위로 내려앉았다.

"그런데 네 이름이 뭐냐?"

조세핀이 얇게 저민 베이컨과 버말린 빵을 사 오라고 해서 래스본 플레이스 모퉁이에 있는 가게에 처음 들어간 날, 쭈글쭈글한 헤이스 부인이 물었다. 이 가게는 우리 집에서 가장 가까웠는데 비좁고 정신없는 데다 상품들이 뒤죽박죽으로 쌓였고 바닥에는 톱밥이 흩어져 있었다. 버터와 치즈를 보호하는 그물망에 파리들이 자리를 잡았고, 천장에 매달린 끈적끈적한 종이 끈들 근처에서 말벌이 윙윙거렸다. 카운터 위에서 제 몸을 말고 자는 갈색 고양이는 꼼짝도 안 했다. "젊은 헤이스는 수배 중이야." 조세핀은 알쏭달쏭하게 말했고, 그 후 그가 어딘가에서 돌아왔다. 안경을 낀 젊은 남자는 어머니의 것으로 보이는 갈색 가게 유니폼 상의에 모자를 이마까지 내려썼다. "특사야." 조세핀이 말했지만 그게 무엇을 의미하는지 궁금하지 않았다. 여동생들이었다면 헤이스 부인의 가게, 헤이스 부인, 그리고 그의 아들로 인해 아주 즐거웠을 것이다. 그들은 볼을 집어넣어 얼굴을 수척하게 만들고는 헤이스 부인이 치즈를 자를 때 하는 나이 든 여자 특유의 모양새를, 아들이 금이

간 가는 안경테 너머로 사람을 뚫어져라 보는 모습을 흉내 냈을 것이다. 그 가게에 들어설 때마다 여동생들 생각이 나는 걸 난 어찌할 수가 없었고 머시에 스트리트에서 친구를 만들지 못한 나는 여동생들을 계속 그리워했다. 애들이 날 싫어하는 건 아니었다. 하지만 할리웰 선생의 나를 향한 과도한 연민과 내 부족함에도 계속되는 특별 대우가 급우들 사이에 상당한 의문과 불편함을 만들어냈다. "불굴의?" 선생이 맞춤법 수업 시간에 말했다. 내가 두려워하는 그 미소가 그녀의 지친 얼굴에 슬며시 번졌다. 그녀가 말한 단어가 내 앞에서 왔다 갔다 했지만 당황해서 그것을 구성하는 철자들을 구별할 수 없었다.

"이 단어를 우리가 외워야 하는 줄 몰랐습니다." 난 이미 용서받았다는 것을 알고서 더듬거리며 말했다.

"얘야, 이건 열 개 중에 하나란다."

"죄송합니다, 할리웰 선생님."

"oyster의 철자를 말해봐라, 윌리. oyster는 네가 외운 단어 중 하나였니?"

내가 그 단어의 철자를 틀리자 할리웰 선생은 내가 앉은 탁자로 와서 내 머리 위에 손을 얹었다. 선생의 손가락이 내 머리카락을 쓸어내리는 것을 느낄 수 있었다. 손가락들은 내 귀를, 그리고 목덜미를 어루만졌다. "O-y-s-t-e-r." 천천히, 선생은 입술에 힘을 주었다. 선생은 각각의 철자를 입술을 둥글

게 만들면서 말했고 난 선생이 말한 것을 그대로 따라 했다. 이 모든 과정에서 친밀함이 느껴졌고 난 그걸 좋아하지 않았다. 똑같은 두 개의 입 모양과 똑같은 두 개의 소리가 서로 뒤따랐다.

선생은 탁자로 돌아갔다. 엘머 던이라는 남자애는 연필을 떨어뜨리고서 바닥에 머리를 바싹 대고 그걸 찾는 버릇이 있었다. 운동장에서 그 애는 미스 할리웰의 속옷과 스타킹 위쪽의 맨살을 가까스로 훔쳐보았다고 보고하곤 했다. "오, 지저스 크라이스트!" 그 애는 신음을 내고는 기회가 생기면 어떻게 카디건 단추를 끄르고 천천히 그녀의 긴 갈색 스커트를 벗길지를 묘사했다.

"이제 다시 해보자, 얘야." 선생이 말했다.

"O-y-s-t-e-r."

"정말 잘했다, 윌리."

난 다른 단어들의 철자도 말했다. 얼굴이 새빨간 석탄처럼 타올랐다. 그때 웃음소리가 교실 안에서 꼴록꼴록 터져 나왔다. 엘머 던이 야비한 욕망을 나타내듯 눈알을 굴리며 탁자 밑에서 올라왔기 때문이었다. 할리웰 선생은 행실이 나쁜 애들을 가혹하게 꾸짖었다. 나도 그중 하나이길 갈망했다. 엘머 던이 그녀의 가느다란 육체에 무엇을 하고 싶은지 외치길 갈망했고, 각각의 외설에 머물 수 있기를 원했다.

"너희는 깨우침이 늦고 무지해." 선생은 격앙되어서 아이들을 신랄하게 비판했다. "불쌍한 윌리는 세련되지 못한 시골 사제에게 배웠지만 벌써 너희를 앞서고 있어. 너희는 나중에 하층계급의 가톨릭 가게들에서나 일하고 있을 거야. 윌리는 앞으로 쑥쑥 나가고."

그녀의 연민은 날마다 내게 머물렀다. 내가 교실을 떠나고 한참 후에도, 도시를 배회할 때도 나와 함께했고, 성 패트릭 언덕 아래 전당포의 오래된 경주 관람용 망원경과 우산, 칼과 포크, 도자기, 때때로 부츠 한 켤레 같은 물건들을 창 너머로 뚫어지게 바라볼 때도 여전히 함께였다. 그 연민이 주위를 떠도는 동안 난 윈저 테라스를 향해 가파른 오르막을 오르기 시작했다. 두 집들 사이에 꽉 낀 회색의 좁은 우리 집으로.

어머니가 상심할까 봐 교실에서의 불쾌함에 대해 말할 수 없었다. 때때로 어머니를 진찰하러 오는 의사가 감정의 동요를 피해야 한다고 말했다. 그 대신 어머니 방에서 함께 앉아 있을 때면 부두에 정박한 배들이나 얼어붙은 거리에서 말이 발을 헛디디며 뒤집힌 우유 수레를 본 이야기를 했다. 난 내가 지켜본 사람들, 부랑자, 술꾼, 외국인 선원, 이국적으로 보였던 모든 사람에 대해 이야기했다. 오페라 하우스에서 상상해 보았던 배우와 가수들, 도시 광고판을 장식하는 프로그램에서 그 이름들을 골라 어머니에게 보고했다. 우리의 대화가 계속되도록 상당히 많은 이야기를 지어냈다.

어머니는 때때로 미소를 지으려고 애쓰면서 건성으로 들었다. 고모들한테서 오는 편지들과 마찬가지로 영국인 조부모님이 인도에서 보낸 편지들은 그녀의 방에 뜯지 않은 채 그대로 있었다. "고모들에게 편지를 써라." 어머니가 똑같이 건성으로 명령했다. "너는 잘 있다고 말해. 하지만 나는 아직 손님을 맞을 형편이 안 된다고 꼭 덧붙여주렴." 어머니는 몇 주째 집 밖을 나갈 엄두를 못 내더니 어느 날 천천히 도시를 향해 언덕을 내려갔고 빅토리아 호텔에서 한 시간가량 앉아 있었다. "오늘은 좀 추운 것 같구나"라고 어머니가 말했다. "다시 따뜻해지는 첫날에 또 한 번 산책을 할 거야."

나는 여러 번 조세핀에게 할리웰 선생의 불온한 감정을 설명하려고 했다. 그러나 교실 분위기를 떠올리는 게 힘들었고 할리웰 선생이 내 목덜미를 쓰다듬었다거나, 엘머 던이 할리웰 선생이 나에게 열정이 있다고 말했다는 사실을 밝히기가 부끄러웠다. 엘머 던은 날 전혀 놀리거나 조롱하지 않았고 다만 그가 진실이라고 믿는 것을 말했을 뿐이었다.

"그런 거 전혀 아니야."

난 이의를 제기했다. 어느 날 그 애랑 방파제를 따라 걸을 때였다.

"선생님은 내가 그냥 안쓰러울 뿐이야. 선생님이 안 그랬음 좋겠어."

하지만 엘머 던은 웃었다. 그리고 선생의 단추를 끄르는 상상을 또 이야기했다.

"세상에, 윌리. 할리웰 선생은 그저 친절할 뿐인 거야." 마침내 조세핀한테 내 걱정 비슷한 것을 털어놓았을 때 그녀가 부엌에서 말했다. 난 그녀의 의견을 받아들이는 척했다. 그 내용을 화제 삼으면 하고 싶지 않은 이야기를 자세히 해야 했기 때문이다. 부엌은 작았지만 난 편안한 따뜻함이 좋았고 킬네이에서 가져온 황동 물건들을 닦을 때 조세핀이 사용하는 브라소 냄새도 좋았다. 내가 숙제를 마치면 조세핀은 페르모이에서 보낸 어린 시절 이야기를 하곤 했다. 그때 킬네이에서의 첫 며칠이 그녀에게 얼마나 낯선 세상으로 여겨졌는지도. 이 도시가 지금 내게 낯선 세상이듯이. 때때로 복도의 종이 딸랑딸랑 울리면 조세핀은 한 시간쯤 어머니와 함께 머물렀다. 내가 레인지의 열기 가까이에 홀로 앉아 있는 동안. 이따금 난 눅눅한 거실과 주방을 돌아다녔다. 이 집의 모든 것이 그렇듯 거실과 주방은 눈에 띄게 좁았다. 계단은 한 사람이 지나갈 정도여서 다른 사람이 지나가도록 반계단참에서 기다려야 했다. 계단참마다 네모난 창문이 있었고, 그 창문의 아래쪽 절반은 다양한 모양의 녹색과 빨간색 창유리로 되어 있었다. 두 개의 주계단참에는 좀 더 큰 크기의 비슷한 창문들이 있었고, 이 무늬 양식은 현관문 양쪽과 현관에도 쓰였다. 현관문을 지나면서 햇살이 녹색을 띤 빨강으로, 빨강을 띤 녹색으로 물들었다. 계단 벽에는 화재에서 건진, 어울리지 않는 금박 액자의 유화들이 있었다. 좁은 거실과 주방에 놓인 친숙했던 가구들이 이제 어색하게 느껴졌고, 여동생들의 인형들을 두던 키 큰 떡갈나무 장식장은 어머니 방 밖 계단참에 놓여 거의 모든 공간을 차지했다. 한번은 그 장식장을 열었다가 백 개쯤으로 추정되는 아일랜드 지도들을 보았다. 패디 위스키 라벨이 붙은 술병들이 선반에 군대처럼 늘어서 있었다.

"안 돼, 조세핀."

어느 저녁 내가 잠들기 전 인사를 하기 위해 방에 들어섰을 때 어머니가 말했다.

"넌 네 인생이 있어."

"사모님, 전 사모님 곁에 있고 싶어요."

"난 조만간 다시 예전의 내가 될 거야."

"지금 그와 결혼할 수 없어요, 사모님. 전 그 동네에 정착할 수 없습니다."

"술 좀 할 테야?" 어머니가 제안했다.

"감사합니다만 사양하겠습니다, 퀸턴 사모님."

안녕히 주무세요, 라고 내가 말했지만 어머니는 듣지 않았다. 어머니는 결혼 전 킬네이에서의 파티와 수확제를 위해 교회를 장식한 이야기를 했다. 그리고 아버지가 캐시의 크리스마스 카탈로그에서 향수와 라벤더 스킨, 화장용 분과 목욕 오일을 골라 어머니에게 선물한 이야기도 했다. "시작이다." 조세핀이 웅얼거렸다. 어머니가 흥분하며 고통을 달래주던 축축한 잔디밭과 그 시원함을 설파했기 때문이었다. "난 살고 싶지 않았어." 어머니는 때때로 말했다.

조세핀과 내가 페르모이 병원에서 돌아왔을 때의 어머니를 기억했다. 어머니는 녹색 외투를 입고 피츠유스터스 고모와 정원에 서 있었다. 그 외투는 아버지 것인데 아버지가 거의 입지 않은 상태로 부엌 통로에 걸려 있었다. "아니 어떻게 이런 일이……." 블라우스와 트위드 넥타이 위로 눈물을 방울방울 떨어뜨리며 고모가 말했다.

"안녕히 주무세요." 난 다시 말했다.

"아, 윌리, 네가 거기 있는 걸 못 봤구나. 그래, 정말 네가 잘 시간이구나."

어머니는 킬네이에서 하던 것처럼 내게 입맞춤하지 않았다. 난 방문을 닫고 계단을 올라갔다. 종종 정원에서의 그 순간을 꿈꿨다. 우는 피츠유스터스 고모와 녹색 외투를 입은 어머니를.

"데렌지 씨가 오늘 오신단다." 어느 날 아침 조세핀이 내게 일깨워줬다. 학교에서 돌아왔을 때 식당에 불이 피워지고 어머니가 옷을 차려입고 계단을 내려와 있었다. 식당 문이 약간 열려 있었고 조세핀이 들떠서 말했다.

"너도 얼른 들어가 봐야 해, 윌리. 머리만 좀 빗자."

조세핀이 부엌 식기 건조대에 준비해둔 빗으로 내 머리를 빗겨주었다. 나에게 손을 씻게 하고 빗을 물에 적셨다. "날

봐." 조세핀이 서둘러 날 식당으로 데려갔다. 많은 서류와 장부 뭉텅이가 테이블 위에 펼쳐져 있었다. 검정과 빨강 줄무늬 드레스를 입은 어머니 앞에 차 쟁반이 놓였다. 방에서 어머니의 향수 냄새가 났는데 이건 우리가 윈저 테라스에 산 이래 처음 있는 일이었다. 어머니는 킬네이에서 파티가 벌어질 때 하던 방식대로 볼에 연지를 바르고 머리를 틀어 올렸다.

"윌리가 더 잘 이해할 거예요."

어머니가 미소 지으며 차를 따르면서 말했다.

난 데렌지 씨랑 악수를 했다. 그는 조금도 변한 게 없었다. 똑같은 파란색 서지 정장을 입었고 똑같은 펜과 연필들이 윗주머니에 꽂혀 있었다. 붉은 머리카락은 여전히 자기 삶을 견디는 듯한 인상을 주었고 내가 잡은 그의 손은 살이라기보다는 뼈처럼 느껴졌다.

"아, 윌리, 반갑다."

"가엾은 분이 내게 설명해주느라 아주 힘든 시간을 보내고 있단다, 윌리."

"아니요, 전혀 그렇지 않습니다." 데렌지 씨가 다시 자리에 앉으며 손을 저었다.

어머니는 나에게 스위스 롤을 한 조각 주었고, 데렌지 씨가 제분소의 매상과 구매에 대해 말하기 시작했을 때 난 내 역할은 그저 듣는 것이라는 사실을 깨달았다. 총액과 감액은 형식적인 것이었지만 데렌지 씨는 잠시 멈추더니 어머니에게라기보다는 내게 법적으로 제분소 경영에 관한 이 긴 보고가 필요하다고 설명했다. 난 전혀 생각조차 해보지 않은 일이었고 제분소에서 무슨 일이 벌어지고 있는지도 궁금해한 적이 없었다. 그날 오후 데렌지 씨가 더 이상 제분소의 서기가 아니라 모든 것을 감독하는 제분소 관리자란 것을 알게 되었다.

"석탄, 12파운드." 그가 말했다. "목수의 활송로 버팀목 수리비 3파운드 4실링*, 미들턴 자루 유한회사 14파운드 12실링."

그가 원래 카타르 파스틸즈가 들었던 깡통을 호주머니에서 꺼내 코담배를 집었다. 난 그의 맑은 목소리를 들으면서 그 통이 항상 똑같은 것일 수 없다는 생각을 했다. 몇 년 동안 같은 통을 가지고 다녔다면 테이블 건너편에서 *포터의 비법*이라는 선명한 글씨를 읽기란 쉽지 않았을 것이다. 데렌지 씨의 모든 것에 관심을 보였던 제럴딘과 데르드러가 그가 카타르로 고생하며 이 파스틸즈를 정기적으로 구매했다는 것을 전혀 몰랐다니 뜻밖이었다.

"심지." 그가 말했다. "2실링 6펜스. 저기 혹시……." 그는 미안해하면서 덧붙였다. "사무실 문 안쪽 매트가 수명이 다한 건 아닐까요? 퀸턴 사장님은 새것을 주문하란 말씀을 안 하셨지만 이제 실이 드러나 보입니다. 바로 얼마 전 미들턴 자루 회사에서 온 방문객이 매트에 발이 걸렸지요. 조니 레이시에게

---

* 영국의 옛 주화로 12펜스에 해당, 20실링이 1파운드였다.

손을 좀 봐달라고 했더니 섬유가 짜인 방식 때문에 아무것도 할 수 없다더군요. 만약 우리가 그걸 교체하지 않으면……."

"바꿔요, 데렌지 씨." 어머니가 마치 잠에서 깨어난 사람처럼 말을 가로막았다. "어서 바꿔요."

"마음 써주셔서 감사합니다, 퀸턴 부인. 전 다만 매트를 수선할 수 없다고 생각했을 뿐입니다. 새것을 사는 게 낭비라고 생각하지 않으시길 다시 한번 말씀드립니다."

"사무실은 매트가 있어야만 해요." 어머니가 미소 지었다. 하지만 분과 볼연지 아래로 오후의 피로가 드러났다. "데렌지 씨……." 어머니가 제안했다. "술을 좀 마시면 어떨까요?"

어머니는 말하면서 일어나 장식장의 디캔터*로 다가갔다. 다른 손님들이 오기만을 기다리는 유리잔들이 그 앞에 한 줄로 놓여 있었다. 내가 마지막으로 식당에 들어갔을 때 유리잔이나 디캔터 안에 술은 없었다.

"아, 아닙니다. 전 위스키는 마시지 않습니다, 퀸턴 부인. 감사합니다만 사양하겠습니다."

"어딘가 진이 있어요. 백포도주도 있고요."

"전 술은 입에 대지 않습니다, 퀸턴 부인."

"술을 마시지 않는다고요? 전혀 몰랐네요."

"금주 원칙이나 그런 건 아니고, 퀸턴 부인, 그저 술을 못 마

---

* 유리나 크리스털로 만든 용액(주로 와인) 보관 용기.

실 뿐입니다."

"어머, 하지만 한 모금은 되겠죠?"

"그럼 전 사흘 동안 침대에서 나오지 못할 겁니다."

어머니는 간신히 대화를 이어 나가면서도 제대로 듣지 않고 위스키를 따르더니 손잡이가 달린 유리 주전자에서 물을 따라 위스키에 섞었다. 그것을 들고 어머니는 앉았던 곳으로 돌아갔다.

"그럼 뭐 다른 거라도 하실래요, 데렌지 씨? 탄산수? 레모네이드가 있을지 몰라요. 윌리, 데렌지 씨 드릴 레모네이드가 있는지 조세핀에게 물어보렴. 아니면 뭐 생강 음료라도."

"아, 아닙니다. 신경 쓰지 마십시오."

데렌지 씨는 인상을 찌푸리면서 해골 같은 얼굴에 위스키를 마시지 않는 자신의 취향이 부른 문제를 미안해하며 미소 지었다. 하지만 어머니는 내게 고개를 끄덕였다. 내가 킬네이에서부터 기억하고 있는 몸짓, 어머니가 시키는 대로 해야 한다는 뜻이었다.

"그리고 가서 조세핀에게 불을 더 지피라고 해라."

레모네이드도 생강 음료도 없었다. 조세핀은 날 헤이스네로 보내고, 그동안 식당으로 들어가 난로에 석탄을 넣고는 내가 금방 올 거라고 전했다. 내가 탄산수 두 병을 들고 돌아오자 조세핀은 그걸 장식장에 있는 유리잔들보다 더 큰 잔과 함께 쟁반에 놓았다. 난 식당에서 나와 데렌지 씨를 위해 탄산수를 좀 따랐다. 내가 들어서자 확실히 더 이상 계산서나 사무실 물품 교체에 관한 건 아니었던 대화가 멈췄다. 데렌지 씨는 나한테서 잔을 받으며 어머니의 관심을 제분소 일로 돌리려고 애썼지만 어머니는 당장에 그런 그를 저지했다.

"그 사실을 알잖아요." 어머니가 날카롭게 말했다. "데렌지 씨, 당신은 모든 것을 다 아는 분이잖아요. 킬네이나 로크, 페르모이에 대해서도. 사무실 매트가 올이 드러났다고 윌리와 내게 말했죠. 우리는 마음을 쓰고 있습니다. 윌리는 탄산수를 사러 갔다 왔고, 제분소는 이윤이 남게 돌아가고 있어요. 그건 확실하죠. 하지만 더 중요한 것이 있어요."

"죄송하지만 윌리 앞에서요, 퀸턴 부인? 상기해볼 때 사모님이 이건 둘만 따로 이야기하는 게 좋겠다고 말씀하셨습니다."

"마음이 바뀌었어요."

내가 없는 사이 디캔터는 장식장에서 옮겨져 와 지금은 어머니의 유리잔 옆에 있었다. 물 주전자도 마찬가지였다.

데렌지 씨는 발을 이리저리 움직이며 침을 자꾸 삼켰다. 그는 자신이 라니건과 오브라이언의 요구로 여기에 있고, 그가 애써서 만든 보고서를 정기적으로 보고하는 건 법적 필수조항이라고 말했다.

"러드킨 중사였나요?" 어머니가 물었다. 그러자 내 마음의 눈에 페르모이 길모퉁이에서 담배에 불을 붙이던 군복 입은 남자가 금방 보였다. "러드킨?" 어머니가 다시 물었다.

솜털 같은 붉은빛의 털무리가 고개를 끄덕였다. 그리고 잠시 제분소 관리인의 눈에 동요가 일었다. 입술은 떨리기 시작했고 목소리에 분노가 스며들었다.

"러드킨은 페르모이를 돌아다녔죠." 그가 말했다. "마치 아무 일 없었던 것처럼. 오로지 일어난 사건이라곤 쫓아다니던 여자가 그를 거절했다는 겁니다."

"여자요, 데렌지 씨?" 어머니는 술잔을 공중에 들고 테이블의 서류들 위로 몸을 쭉 뺐다.

"그는 페르모이의 어떤 여자와 교제하려고 했었죠. 자전거포를 하던 맥버니의 미망인이요."

"난 전혀 몰랐네요."

"맥버니는 먼스터 퓨질리어스 부대원으로 죽었지요."

"그게 중요한 것 같지는 않네요, 알다시피."

"물론, 물론이죠. 전혀 중요하지 않죠. 사모님이 그 여자에 대해 물으……."

"페르모이 사람들은 다른 것들도 알고 있나요? 어떻게 아는 거죠?"

"그들은 잘 알고 있습니다, 퀸턴 부인. 그날 밤 러드킨과 함께 있던 젊은 녀석 중 하나가 결국 비참한 처지가 됐습니다. 병영을 도망쳐 사람들이 미첼스타운 동굴 근처에서 찾아낼 때까지 이틀간 실종됐었죠. 그는 러드킨과 휘발유 통들에 대해 끊임없이 말했습니다. 그 일로 혼란했던 거죠. 사람들은 그에게 손가락 하나 안 댔습니다. 블랙 앤드 탠즈가 녀석이 까발렸다는 걸 알면 해칠 줄 알았기 때문이었죠."

"이런 상황에서 아무도 러드킨 중사를 저격할 용기가 없었다는 게 놀랍지 않나요? 그렇지 않아요, 데렌지 씨?"

"러드킨은 몰래 망을 빠져나갔어요. 맥버니 미망인과의 형세를 파악하자마자 던도크 병영으로 옮겨 갔어요."

둘이 이야기하는 중사 러드킨이 아버지에게 다정하게 손을 흔든 사람이자 리버풀에 야채 가게를 소유하고 있다는 것이 이제 믿기 어려웠다. 취한 농부가 종종 그랜드 호텔에서 그랬던 것처럼 그는 심지어 아버지와 악수했을지도 몰랐다.

"여전히 놀랍네요." 어머니가 주장했다. "아무도 러드킨을 저격하지 않았다는 게."

어머니는 의자에 다시 등을 기댔다. 생기 없는 태도가 돌아오며 복수가 계획되었다는 소문이 있었다고 데렌지 씨가 말할 때도 어머니는 듣지 않았다. 러드킨 중사가 망을 빠져나가지 않았더라면 대가를 치렀을 거라고 그가 말했다.

"그는 그가 할 일을 한 거야." 우리에게라기보다는 스스로에게 말하며 어머니가 속삭였다. "왜냐하면 도일이 우리 땅에서 목매달렸잖아. 거기에 모든 이유가 있는 거야. 콜린스하고는 아무 상관이 없는 거야."

"조치를 취해야 하는 슬레이트 문제가 좀 있습니다." 얼마간 침묵한 후 데렌지 씨가 말했다. 오른쪽 다락 지붕, 말하자면 새 슬레이트 스물네 개가 필요합니다, 퀸턴 부인."

"난 왜 아무도 그를 쏘지 않았는지 이해가 안 가. 난 그게 이해가 안 가. 그는 지금쯤 리버풀에 돌아가 채소를 팔고 있겠네. 내가 제대로 이해했다면 그렇겠네. 그렇죠, 데렌지 씨?"

"퀸턴 부……."

"우리가 그럴 가치는 없다고 사람들이 생각하는 건가요? 아마 우리가 그럴지도 모르죠."

"아닙니다, 절대로 그런 것이 아닙니다."

"지금도 일요일마다 킬네이에 들르나요, 데렌지 씨?"

"네, 그렇습니다."

"내 시누이들에게 우리는 아직 방문객을 맞을 준비가 안 되었다고 말씀해주시면 정말 고맙겠어요."

"그분들은 그저 사모님으로부터 답장 한 줄 못 받은 것을 염려하고 있을 뿐입니다, 퀸턴 부인."

"그렇겠죠, 데렌지 씨. 난 편지 받는 걸 좋아하지 않는다고도 말씀해주시면 고맙겠어요."

어머니가 일어섰다. 데렌지 씨와 악수하고는 갑자기 식당을 떠났다. 어머니가 움직이자 향수 냄새가 더욱 도드라졌고, 검붉은 드레스가 경쾌하게 휙 소리를 냈다.

"아, 내가 사모님을 피곤하게 만들지 않길 바라는데." 데렌지 씨가 걱정스럽게 말했다. 그는 테이블 아래 갈색 가죽 서류가방에 손을 뻗어 회계장부와 서류들을 조심스럽게 집어넣었다. 그는 탄산수도 전혀 마시지 않았다.

"그런데 넌 잘 정착했니, 윌리?" 어머니를 향한 염려를 표하는 침묵에 종지부를 찍으며 그가 물었다.

"학교생활 말씀하시나요, 데렌지 씨?"

"그래, 물론 학교생활 말이다. 하지만 전반적으로 다, 윌리. 여기 코크는 멋진 곳이지 않니?"

"코크는 괜찮아요."

"할 게 많지 로크보다는. 윌리, 그런데 네가 지금 다니는 그 학교는 마음에 드니?"

난 고개를 저었다. 하지만 데렌지 씨는 알아채지 못했다.

"공부 열심히 해라, 윌리. 선생님이 하시는 말씀에 집중하고. 난 네가 물려받는 그날까지 널 위해 제분소를 잘 지키고 있으마."

"고맙습니다, 데렌지 씨."

"네 어머니는 점점 좋아질 거야, 윌리. 계속해서 어머니는 좋아지게 될 거야."

*

데렌지 씨가 방문하고 몇 주 후 어머니가 내게 하굣길에 빅토리아 호텔에서 만나자고 제안했다. 그러고 나서 우리는 수 세대에 걸쳐 퀸턴 가문의 변호사인 라니건과 오브라이언의 사무실로 이동할 참이었다. 호텔에서 어머니는 차를 주문했지만 마시지 않았고 삼각 햄 샌드위치나 작은 스위트 스펀지 케이크도 먹지 않았다. 어머니는 웨이터에게 속삭였고 그것들 대신에 물처럼 보이는 걸 한 잔 받았다.

"이곳이 페르모이의 그랜드 호텔을 생각나게 하니, 윌리?"

어머니는 최선을 다해 대화를 나누려 애썼다. 킬네이 시절보다 더 말랐지만 여전히 눈부신 어머니의 미모는 호텔 사람들이 한 번 더 쳐다보게끔 만들었다.

"조금 생각이 나요." 내가 말했다. "아주 조금요."

"우리는 어느 날 밤 오페라 하우스에 갈지도 몰라, 윌리."

"그럼 좋겠네요."

"조세핀이 널 데리고 갔었니? 내 기억이 조각조각 나서, 너도 알다시피."

"네, 그랬어요."

"물론 그랬겠지. 이제 기억이 난다. 네가 관람한 건 뭐였니, 윌리?"

"*패디, 차선책.*"

웨이터와 눈이 마주치자 어머니는 손을 흔들었고 조금 후 그가 다른 잔을 들고 나타났다.

"내가 처음 킬네이에 갔을 때, 윌리, 난 알았어. 거기서 살게 되리란 걸. '넌 퀀턴가의 남자와 결혼할 수 없다'라고 아버지가 내게 말했지. 어처구니없지 않니? 할아버지 기억하지, 윌리? 키가 아주 크고 마른."

"네, 기억해요."

"아버지는 지금 인도에서 영국 국기가 계속 휘날리게 하고 계시지. 여기서는 영국 국기가 더 이상 허용되지 않지만. 네 할아버지와 할머니 말이다."

"네, 그분들이 인도에 계신 건 알아요."

"날 대신해 그분들께 편지를 써줄래, 윌리? 우리는 잘 있다고만 하면 돼."

라즈베리 맛 케이크를 마저 먹으면서 난 고개를 끄덕였다.

"그분들께 걱정하지 마시라고 말해줘, 윌리."

"네."

"다음번에 계산할게요." 내가 다 먹기도 전에 어머니가 벌떡 일어나더니 웨이터를 향해 손을 흔들며 말했다. 남자는 이의를 제기하지 않았다. 계산 같은 건 서두르지 않으셔도 됩니다, 라고 그가 말했다.

"내가 염려되는 것은……." 어머니는 라니건과 오브라이언의 사무실에서 서두도 생략한 채 대뜸 말했다. "데렌지 씨와 제분소에 관련된 일이에요. 여기 윌리를 데려온 이유는 제가 요즘 기억력이 형편없어요. 제분소에 대해 새로운 협의를 할 텐데, 윌리, 네가 꼭 기억해야 한단다. 나는 기억할 수 없는 게 확실하니까."

변호사 사무실은 사우스 몰에 있었다. 비슷비슷하게 많은 간판 사이에서 번쩍이는 황동 간판으로 존재를 알렸다. 전부 법률이나 의료 서비스로 시선을 끌고 있었다. 오브라이언 씨는 오래전에 죽었지만 라니건 씨의 존재가 그 상실을 벌충했다. 그는 피라미드 형태의 사람으로 작은 머리는 어깨 쪽으로 경사지고, 팔은 책상 위로 뻗었을 때 다시 경사가 졌다. 바탕에 세로로 가느다란 흰 선이 있는 갈색 정장은 그에게 또 다른 모습을 새겨주었다. 조끼를 가로질러 걸친 무거운 시곗줄은 라니건 씨의 경사진 복부 위로 너무 꽉 조여져 열두 개의 작은 단추들이 금방이라도 사방으로 튕길 것만 같았다. 이 단추들과 별반 다르지 않은 작고 반짝이는 두 눈은 얼굴의 완만한 경사면에 묻혀 있고, 가혹하도록 빳빳한 칼라로 창조된 부자연스러운 턱은 갈색 물방울무늬 나비넥타이의 현란함을 무색하게 했다. 라니건 씨의 미소는 끊임없이 반짝였다.

"제가 댁으로 갔을 텐데요, 퀸턴 부인. 사우스 몰까지 걸어오시게 해서 죄송합니다. 윌리, 다음번에 일이 있으면 우리 사무실의 데클런 오드와이어에게 메시지를 남겨주렴. 그러면 내가 어머니의 분부를 받잡고 얼른 갈 테니."

성마른 기색을 비치며 어머니는 밖에 나오는 게 당신 건강에 좋다고 했다. 어머니는 의사나 조세핀, 심지어 데렌지 씨에게 늘 그런 말을 들었다고 라니건 씨에게 말했다. "이제 데렌지 씨에 관해서……."

"그런데 우리의 친애하는 친구 데렌지 씨는 잘 지내나요?

이름이 프랑스어에서 유래했을까요? 어떻게 생각하세요? 알다시피 제가 자주 말하지만 프랑스 사람들이 이 아일랜드 땅에 그들의 족적을 남겼죠. 그들이 그랬다면, 퀸턴 부인, 우리는 거기에 불평하면 안 됩니다. 윌리, 너도 프랑스어를 잘하니?"

난 고개를 저으며 할리웰 선생과 이제 막 프랑스어를 배우기 시작했다고 말했다.

"아, 그 훌륭한 할리웰 선생! 타고난 교육자지. 코크에 그분이 계시다는 건 영광이야." 말을 하면서 라니건 씨는 뒤쪽으로 몸을 뻗더니 흑단 줄자로 벽을 쳤다. 거의 동시에 프록코트 차림의 작은 남자가 사무실로 들어왔다. 그는 과민하고 의구스러운 인상이었고, 눈이 코안경 뒤에서 획획 움직였다.

"데클런 오드와이어." 라니건 씨가 말했다. "다과가 준비됐지요? 퀸턴 부인, 와인이 있고 차가 있습니다. 윌리, 맛있는 과일 주스가 있단다."

어머니는 와인을 부탁했다. 난 과일 주스 한 잔을 시음해보는 데 동의했다. 대기 중인 개의 발처럼 가슴 높이에 모였던 데클런 오드와이어의 두 손이 기도라도 하듯 갑자기 포개졌다. 그의 하얗게 센 머리가 빠르게 위아래로 움직였다. 그는 서둘러 방을 나갔다.

"우리 서기는 40년 동안 일해왔습니다." 라니건 씨가 말했다. "말해보렴, 윌리. 우리의 좋은 친구가 언어의 축복을 받지 못했다고 생각했니?"

난 고개를 흔들었다. 어머니는 의자에서 이리저리 움직였다.

"보통 사람과 결코 작은 차이도 없었단다, 윌리. 또한 여기엔 교훈이 있다고 말하고 싶다. 데클런 오드와이어는 여기 두 섬에서 가장 예리한 변호사 서기지. 만약 하느님이 무언가를 가져가신다면, 하느님은 주시기도 한단다. 머시에 스트리트 학교에서 신교도 자녀들의 교육을 책임지는 할리웰 선생님을 가진 것이 이 도시의 특전이라면 라니건과 오브라이언 사무실에 데클런 오드와이어를 서기로 둔 것 또한 특전이지."

딱 맞춤한 때에 말 못하는 변호사 서기가 적포도주와 분홍빛 주스 잔이 담긴 쟁반을 사무실로 가져왔다.

"훌륭해, 훌륭해." 라니건 씨가 말했다. 그 미소의 광휘는 모든 존재를 다 태우고 있는 것 같았다. "퀸턴 부인, 건강을 기원합니다. 웅변가 볼테르의 표현을 빌리……."

"전 데렌지 씨가 서류와 계산서를 6개월마다 집에 들고 와야만 하는지 그걸 묻기 위해 왔어요. 데렌지 씨는 누구보다도 믿을 만한 사람입니다. 윌리와 저는 제분소 경영에 관한 전권을 데렌지 씨에게 맡긴다면 더할 나위 없겠습니다."

라니건 씨는 답변하기 전에 와인에 대한 의견을 늘어놓았다. 이건 좋은 버건디, 풍미가 뛰어난 프랑스 부르고뉴산 포도주이고, 이걸 마시는 건 특권이라고. 이런 와인이 운송되는 코크는 운 좋은 도시라고 했다. "그리고 그 주스 말이야. 윌리, 주스가 마음에 드니? 데클런 오드와이어가 날 위해 런던 앤드 뉴캐슬 차 회사에서 구입했지. 퀸턴 부인, 말씀하신 사항에 대해선 고인이신 퀸턴 씨의 유언에 쓰인 바를 기만하게 된다는 점 때문에 어렵습니다. 부정할 수 없는 진실은, 제 직업의 많은 복잡한 사건에 의해 입증된 바, 고인의 유언은 그런 즉흥적인 바람보다 우선되어야 한다는 것입니다. 볼테르의 표현을 빌리……."

"볼테르 이야기는 듣고 싶지 않아요. 데렌지 씨의 방문은 제게 아주 성가신 일이에요. 제 남편이 이걸 알았더라면 사안들을 확실히 다르게 지시했을 겁니다."

어머니는 와인을 한 번인가 두 번 만에 꿀꺽꿀꺽 마시고 일어났다. 조금 흘리는 바람에 보디스 주름에 얼룩이 졌다. 구슬 같은 땀방울이 이마에 맺혔고 라니건 씨의 책상 앞에서 몸을 비틀거렸다.

"퀸턴 부인, 진심으로 죄송합니다. 요구를 받아들이게 되면 우리는 불행하게도 법을 철저히 위반하게 됩니다. 하지만 데렌지 씨는 결국 1년에 겨우 두 번 오는……."

"난 그가 전혀 오지 않길 바랍니다. 난 평화롭게 있고 싶어요, 다 잊어버리고."

"이해합니다, 이해합니다. 하지만 법은……."

"난 단지 데렌지 씨가 당신을 방문하거나 아니면 아예 방문하지 않기를 요청하고 있을 뿐이에요. 방문할 필요 없습니다. 그딴 것 전혀 필요치 않아요."

라니건 씨는 무겁게 고개를 저으며 어깨의 경사면을 들어올렸다. 그는 더 말할 것 없이 안타깝다고 밝혔다. 그가 받은 합리적인 요구에 응할 수 없어 대단히 슬프다고 했다. 어머니는 이런 감정적인 호소를 무시해버렸다.

"라니건 씨, 당신은 제게 도움이 되질 않습니다. 당신은 친절하지 않아요. 알다시피 저로선 쉽지 않습니다."

"퀸턴 부인, 저도 확실히 잘 알고 있습니다."

"시누이들에게서 내가 열어보지 않는 편지들이 옵니다. 편지를 받고 싶지 않다는 말을 시누이들한테 전해달라고 데렌지 씨에게 부탁했어요. 오늘 아침에 또 편지가 왔고요."

"제가 서한을 보내드릴 수 있……."

"인도에도요. 인도에 서한을 보내주었으면 합니다."

"퀸턴 부인, 인도라고요?"

"마술리파탐이라는 곳에서 부모님으로부터 편지가 와요. 난 그 편지들을 견딜 수가 없어요."

"가족들은 아마도 부인과 아드님이 염려스러워 그럴 겁니다. 오로지 그뿐이지요."

"윌리는 정말 착한 애죠. 윌리가 조부모님께 우리는 잘 있다고 편지를 보내기로 했지만 가엾은 이 애가 그 이상 무슨 말을 하기는 어렵다는 걸 꼭 좀 이해해주세요."

"퀸턴 부인, 어떤 내용이 전달되길 바라시나요?"

"난 이 마술리파탐으로부터 날아오는 편지 폭격을 좋아하지 않아요. 편지가 그만 오길 바랍니다."

"오, 어떻게 그 말을 할 수 있을지 모르겠습니다."

"왜 안 되는데요? 왜 그렇게 비협조적이세요, 라니건 씨? 당신은 정말 무례하고 냉혹한 분이에요."

"퀸턴 부인, 저도 최선을 다하……."

"서기에게 우리가 나간다고 말해주세요."

약간 헐떡이며 끝내 미소를 빼앗긴 라니건 씨가 줄자로 벽을 약하게 치자 데클런 오드와이어가 사무실로 왔다. 난 어머니가 술에 취했다는 걸 알았다. 그리고 그 사실을 라니건 씨에게 말할 수 있길 바랐다. 내겐 아버지의 유언이 법이란 것이 더 명확했기 때문이다.

"내가 그 남자에게 뭐라고 말했니?" 우리가 윈저 테라스에 도착했을 때 어머니가 물었다. 집으로 들어가면서 난 어머니가 그를 무례하고 냉혹한 사람이라고 불렀다고 말했다. 어머니는 진심이 아니었다면서 고개를 흔들었다. 어머니는 당황스럽다는 듯 날 응시했다. "우리가 거길 왜 간 거니, 윌리? 그 남자가 우리더러 오라고 했니?"

대답하지 않았다. 어머니는 계단에서 비틀거리며 더욱 당황하여 이마를 찌푸렸다. 난 어머니가 부탁한 편지를 쓰기 위해 발걸음을 옮겼다.

"오, 나한테 그렇게 짜증 부리지 마, 윌리." 어머니가 뒤에서 소리쳤지만 거기에도 대답하지 않았다.

킬개리프 신부에게도 편지를 썼다. 신부님은 답장에 그가 예전에는 알지 못했던 애나 퀸턴의 편지를 인용했다. *1846년 11월 15일. 도랑에는 쓰러져 죽은 사람들이 누워 있다. 오두막 사람들은 풀과 검은딸기나무 이파리들과 고사리 뿌리를 먹는다. 병영 사람들은 내가 그들과 점심 먹기를 거부하자 불쾌해 했다. 제발, 이 지독히도 괴물 같은 정부에 설득력을 발휘해주시길.* 킬개리프 신부가 기억하기로 그녀의 검은 말 이름은 폴리였다. 내가 킬네이 꿈을 꿀 때 그녀가 나타난 후로 여동생들과 아버지와 함께 그녀도 그곳에 있는 것 같았다. "저 사람이 애나야." 내 증조할아버지가 풍광 너머 귀신 언덕을 가리키며 말했고, 난 말을 탄 근심에 차고 예쁘지 않은 영국 여성을 분명히 보았다. 그녀의 가족들은 도싯에서 작위를 받았다고 킬개리프 신부가 내게 말했다. 그녀는 레이디 애나가 될 수도 있었지만 스스로 그렇게 불리기를 결코 택하지 않았다.

"엘머 던과 가까이하지 말아라." 할리웰 선생이 내게 경고했지만 운동장에서 엘머가 선생의 속옷에 대해 이야기할 때면 난 여전히 다른 애들과 함께 웃었다.

"넌 선생의 스커트 밑으로 손을 쓱 올리는 걸 한 번도 생각해보지 않았어?"

그가 학교를 영원히 떠나는 날 내게 물었다. 난 할리웰 선생이 교실 창문에서 엘머가 날 옆으로 끌어당기는 걸 지켜보고 있다는 사실을 알았다.

"하느님께 맹세하는데 선생도 그걸 원해, 퀸턴. 선생도 스킨십을 아주 좋아한다고."

키가 크고, 뚱뚱하고, 멍청하고, 나보다 몇 살 더 나이가 많고, 위험을 즐기고, 나를 퀸턴이라고 남자답게 불러주며 친구가 되고자 했던 엘머 던. 나는 그가 자랑스러웠다. 그가 천천히 고갯짓했고 그를 따라 할리웰 선생의 시선이 미치지 못하는 화장실 뒤로 갔다. 그는 바지 호주머니에서 담뱃갑을 꺼냈고 무심히 내게 하나를 권했다. 그는 새 모직 제품 공장에서 서기 보조원이 될 참이었다. 내 담배에 성냥을 대며 거기서 일하는 어떤 여자애들은 학교 여자애들보다 훨씬 낫다고 말했다.

"너 그거 아냐, 퀸턴? 가톨릭 학교 여자애들이 하는 건 최고야." 그는 큰 소리로 웃었다. 나는 달갑지 않은 연기를 내 폐로 들이켜고 그렇다는 얘기를 늘 들어왔다고 대꾸했다.

"네가 혹시 선생과 스킨십을 하게 되면, 퀸턴, 어땠는지 나에게 말해줄래?"

비록 그의 소원을 들어줄 수 없다는 걸 알았지만, 머시에 스트리트 학교에서 내가 사귄 친구란 말에 가장 근접하는 애여서 그가 떠나는 게 서운했다. "좋았어, 퀸턴." 그가 입에 담배를 물고 운동장을 지나가면서 말했다. 여전히 창문에서 지켜보는 할리웰 선생을 향해 그가 손을 흔들었다.

"가버리니 시원하구나." 선생이 종을 흔들고 난 뒤 말했다. 교실 안의 소음이 잠잠해졌다. "우리 학교에 9년이나 다녔는

데 공부한 흔적이 전혀 없어. 그런 천박함으로는 직장에서 한 시간도 버티기 힘들 거야."

그날 다른 학생들이 모두 간 후 할리웰 선생은 내게 가르쳐 주기로 한 프랑스어 문법책을 펼치지도 않았다. 선생은 탁자에 앉아 멍하니 앞을 바라보았다. "그런 애가……." 선생은 다시 속삭였다. "내 학교에 9년이나 다녔어, 윌리." 한번은 선생이 엘머 던에게 앨프리드 테니슨의 시 〈개울〉 중 두 번째 연을 암송시켰다. 그는 일어나더니 이렇게 외웠다.

아일랜드 출신 패디, 코크 출신 패디
뉴욕만큼이나 큰 구멍이 그의 반바지에 있네

할리웰 선생보다 키가 더 큰 그가 그대로 서 있었다. 뒤따를 수밖에 없는 처벌을 받기 위해 그는 반항적인 자세로 손바닥을 내밀고 선생이 자를 들고 다가오길 기다렸다. "감사합니다, 할리웰 선생님." 선생이 체벌을 마쳤을 때 그가 말했다.

"네가 그런 애랑 어울리다니 너무 유감이구나." 선생은 이제 나를 질책했다. "내가 그러지 말라고 경고했는데도. 다른 사람도 아닌 윌리 네가."

나는 친숙한 열기가 뺨에서 이마와 목으로 번지는 것을 느꼈다. 전적으로 할리웰 선생과 연관된 당혹스러운 홍조였다. 그건 바로 이 교실에서 시작되었기 때문이었다.

"아시다시피 전 괜찮습니다, 할리웰 선생님."

입이 바싹 말랐다. 입술이 갑자기 너무 건조해져서 따끔따끔 쑤실 지경이었다.

"정말입니다, 할리웰 선생님."

"어떤 아이도 너처럼 상처를 입어선 안 된단다."

"전 상처받지 않았습니다."

"내 마음에는 언제나 너를 위한 자리가 있을 거야, 윌리."

나는 잉크로 얼룩진 탁자 표면을, 프랑스어 교과서의 파란색 표지를 내려다봤다. 할리웰 선생은 방금 한 말을 되풀이하고 내 손을 향해 가느다란 손을 뻗었다. 그리고 처음으로 내게 입을 맞추었다. 그녀의 입술은 내 얼굴 한쪽에 촉촉한 서늘함을 남겼다. 그녀의 손이 내 손목을 어루만졌다.

"그 애가 네게 담배를 줬어, 그랬지? 내 기분을 상하게 하려고 너한테서 담배 냄새가 나도록 만들었어. 이 도시에서 내가 애들을 가르친 후로 그런 남자애들은 항상 있었어, 윌리."

"절 편애하시면 불편합니다, 할리웰 선생님."

"우리는 언제나 친구일 거야, 윌리. 너와 나는. 우리는 함께 이 고난 속에서 위로를 찾은 거야."

그녀가 다시 입을 맞추었다. 필사적인 감정이 내 안 어딘가로 돌진해 나를 어지럽게 만들었다. 그녀를 멈출 어떤 말이라도 하고 싶었다. 이렇게 가까이 다가오면 싫다고 항의하고 싶었다. 그녀가 보랏빛 속옷을 입고 있다는 것을 안다고 말하고 싫었다. 하지만 이 극심한 공포 와중에도 나는 이렇게 말하고 있었다.

"이제 프랑스어를 해볼까요, 할리웰 선생님?"

"난 언제나 여기 있을 거야. 네가 학교를 떠나도 그걸 잊지 말아 줘. 내게 편지 쓸 거니? 약속해 줘, 윌리. 나에게 편지를 쓰겠다고 약속해 줘."

"네, 할리웰 선생님."

턱에 난 사마귀 위에 털 한 가닥이 꼬여 있었다. 내가 왜 털을 자르지 않았느냐고 물으면 울 것이다. 그녀의 눈물이 내 파란 프랑스어 책 위로 빗방울처럼 떨어질 것이다. 시든 꽃 같은 그녀의 얼굴은 정원에서 울던 피츠유스터스 고모만큼이나 흉해질 것이다.

"사람들이 너에 대해, 무슨 일이 있었는지 이야기할 때 난 알았다. 이 교실에서 너만큼 내게 각별한 아이는 없으리란 걸."

"전 **완료 시제**를 배웠어요. **난 시작했다**."

"날 좋아하니, 윌리?"

그렇다고 대답했다. 하지만 진실이 아니었다. 난 그녀의 사마귀와 촉촉한 입술과 고난 속에서 서로에게 위로가 되자는 말도 싫었다. 난 그녀가 내 입술에서 담배 냄새를 맡아서 좋았고 엘머 던이 음탕하게 그녀가 나를 원한다고 말해줘서 좋았다. 그녀에게 편지를 쓰는 날 상상할 수 없고 확실히 쓸 마음도 없다. 그녀를 향한 적의로 난 다시 냉정해져 담담하게 말했다.

"절 편애하지 말아주세요, 할리웰 선생님. 수업 중에 목덜미를 만지지 말아주세요."

"사랑하는 윌."

"엘머 던은 바닥에 연필을 떨어뜨리곤 했어요. 선생님의 스커트 속을 올려다보기 위해."

그녀는 어떤 말도 하지 않고 나에게서 약간 고개를 돌렸다. 얼굴에 번진 홍조 아래로 갑작스러운 예쁨이 도드라졌다. 내가 말했다.

"네가 시작했다, 그가 시작했다, 우리가 시작했다, 너희가 시작했다, 그들이 시작했다."

내가 말을 마쳤을 때 할리웰 선생은 여전히 말하지 않았다. 난 일어나서 책들을 챙겨 가방에 집어넣었다. 선생 쪽은 다시 보지도 않고 늘 하던 "안녕히 계세요"란 인사도 없이 교실을 떠났다.

그 후로 난 수업이 끝난 후 다시는 남아 있지 않았고, 교실에서의 마지막 날엔 엘머 던을 흉내 냈다. 할리웰 선생이 창문에서 지켜보고 있다는 것을 알고 입에 담배를 물고 운동장을 가로질러 걸었다. 누군가 환호성을 질렀고, 이후 벨이 울렸지만 난 계속 내 길을 걸어갔다. 가방과 책들과 필통을 교실에 남겨두고 도시를 지나치고 언덕을 올라 우리 집까지 걷고 또 걸었다.

그날은 수요일이었고 어머니가 없애려고 했던 1년에 두 번 있는 보고를 위해 데렌지 씨가 집에 와 있었다. 복도에서 식당을 통해 흘러나오는 데렌지 씨의 목소리와 어머니의 단음절 몇 마디를 들을 수 있었다. 난 식당 문을 열고 테이블에 앉았다. 할리웰 선생은 지금쯤 학생들이 모두 돌아간 교실에 혼자 남아 울고 있을 것이다.

"미들턴 자루 회사에서 보낸 청구서에 이의를 제기해야 합니다." 데렌지 씨가 말했다. "우리가 받지 않은 자루 144개에 요금을 부과해서 그 문제에 관한 이의서를 작성할 계획입니다."

오후는 느리게 흘러갔다. 조세핀이 차를 가져왔다. 어머니는 앓고 있는 치통에 효과가 좋다며 위스키를 마셨다. 난 할리웰 선생에게 잔인하게 군 것이 기뻤다.

"조니 레이시가 결혼을 한답니다." 데렌지 씨가 말했다. "스위니네 딸과."

"조니 레이시?" 말하고 나서도 어머니의 입술은 여전히 벌어져 있었다. 어머니는 인상을 쓰며 데렌지 씨를 쳐다보았다. "조니 레이시?" 어머니는 힘주어 다시 물었다. "*조니 레이시?*"

"오랫동안 브라이디 스위니에게 구애를 해왔답니다."

"하지만 조세핀……."

"아, 그건 다 끝났다고 말할 수 있지요, 퀸턴 부인."

어머니는 천천히 고개를 흔들었다. 당황한 표정으로 어머니는 조세핀에게 로크로 돌아가라고 계속 재촉해왔노라 말했다.

"뭐, 세상일이 그렇죠." 데렌지 씨가 말했다.

*

"지금, 누군가가 내 머릿속에 있어." 그날 저녁 어머니는 침대맡에서 말했다. 치통이 여전해서 위스키를 조금 마셨다고 변명했다. 머릿속에서 의문스럽게 맴도는 것이 누구인지 알아내려고 애쓰며 어머니는 짜증으로 얼굴에 주름이 졌다. 나는 할리웰 선생일지 모른다고 생각했다. 할리웰 선생은 내 품행을 불평하기 위해 어떤 식으로든 어머니와 연락을 해왔다. 하지만 고민도 잠시 나는 그녀가 아니란 걸 확실히 알았다. 조세핀일 것 같았지만 말하지 않았다.

어머니는 눈을 찌푸리더니 그 생각을 없애려는 듯 고개를 흔들었다. 어머니는 처음 결혼했을 때 아버지와 함께 집으로 걸어 돌아오기 위해 매일 오후 제분소에서 기다렸다고 말했다.

"난 네가 태어나던 날을 기억해, 윌리. 호건 선생의 얼굴에 불거진 정맥과 그의 번쩍거리는 장화가 사냥꾼을 떠올리게 했던 것도 기억하지. '지금, 지금입니다, 퀸턴 부인.' 그가 말했지. '제가 말하면 힘을 주십시오.'"

어머니는 위스키를 더 따랐다. 난 빨갛고, 쭈글쭈글하고, 눈은 잔뜩 눌려 있었다고 했다. 그러더니 갑자기, 말을 끊고 탄성을 내질렀다.

"머릿속에 있던 건 그 사람이야. 너 그런 거 알지, 윌리? 돌연, 전혀 생각을 안 하고 있을 때 떠오르는 거. 그 끔찍한 러드킨 중사야, 윌리."

어머니는 그에 대해 계속 이야기하며 리버풀의 채소 가게에서 그가 학살을 자행한 장본인이란 걸 모르는 손님들에게 농산물을 파는 모습이 상상되느냐고 내게 물었다. 안다면 그들이 파스닙과 양배추를 사 먹을까? 만약 그가 개들을 쏘라고 명령한 것을 안다면 그와 웃고 농담할까? 자루에 든 감자, 선반 위의 과일 통조림, 고리에 매달린 바나나 등 내게 그의 채소 가게를 너무나 자세히 묘사한 어머니는 직접 그곳을 방문했을지도 몰랐다.

"악마가 사람이 된 거야." 어머니가 말했다.

5

편지지에 *우드컴 사제관*이라고 쓰여 있다. 도싯을 방문한 적은 없지만 사제관이란 것은 확실히 알 수 있었다. *우드컴으로 꼭 와 줘*. 정기적으로 초대장이 왔고, 가끔 내가 한가할 때 읽는 걸 제외하곤, 고모들과 인도에서의 간청처럼 사제관에서 보내오는 편지들은 봉인된 채 어머니 방에 아무렇게나 굴러다녔다. 한번은 당신에 대한 얘기가 있었다. 9월에 내가 그렇게 두려워하던 더블린 산맥에 있는 학교를 처음 다니기 시작했을 때 당신은 사제관을 떠나 햄프셔에 있는 기숙학교로 갈 참이었다. 당신은 그때 내 존재를 알고 있었다. 그리고 나도, 관심은 없었지만, 당신의 존재를 알았다.

아버지의 이름이 이곳 게시판에 있습니다. 난 킬개리프 신부에게 편지를 썼다. *아버지가 내게 이야기한 것 같지는 않지*

만 아버지는 럭비 선수였으니까요. 전 특히 더블린에서 온 링과 웨스트미스에서 온 드 커시, 이 두 애와 친구가 됐습니다. 일과는 이렇습니다.

7시 15분에 기상 종이 울리고, 10분 후 다시 종이 울립니다. 두 번째 종 후에도 여전히 침대에 있는 게 걸리면 벌을 받습니다. 아침 식사는 7시 55분이고, 그러고 나서 채플이 있습니다. 채플은 학교생활의 중심이라고 교장 선생님이 말하죠. 영국인 성직자인데 공처럼 둥글고 안색은 핏빛이랍니다. 그의 부인은 블루 스타킹(blue stocking)*을 신고 흰머리가 양옆으로 무성하게 뻗쳐 있지요. 그들의 집사는 휴크스예요. 검은 옷에 죽은 사람 같은 얼굴을 한 휴크스는 드 커시가 말하길 장례식 보조원 같습니다.

수업은 오전 내내 계속됩니다. 11시에 우유를 마시기 위한 휴식 시간이 있고요. 학교 식당 밖 탁자 위에 우유가 든 양동이들을 놓으면 각자 머그잔으로 뜹니다. 그것이 이곳의 전통입니다. 학교 식당의 나무 천장으로 버터를 튕기는 것도 전통이라고 아버지가 말해주었습니다. 수업은 점심 이후에도 계속됩니다. 그리고 운동경기가 있고 티타임과 저녁 기도가 있습니다. 수도원식 크리켓도 전통이지만 여름 학기 중에만 합니다. 교실과 채플실과 학교 식당에서는 가운을 입어야 합니다.

---

* 학구적이고 박학한 여성을 의미하기도 함.

주일 채플에서 우리는 중백의를 입고 선생님들은 모두 다른 색깔의 학위복을 갖춰 입습니다.

교목은 럭비에 열심이고 말을 더듬는 마음씨 좋은 사람이었다. 기숙사 사감인 올드 더브화이트는 조용한 삶을 추구했고 그의 라틴어 수업 시간에 우리가 다른 책을 읽거나 카드나 주사위 놀이를 해도 신경 쓰지 않았다. 수학 선생인 매드 맥은 붉은 콧수염에 붉은 머리카락과 뒤틀린 귓불을 가졌다. 과학 과목을 다루고 흰 외투를 입은 선생이 있었고, 대머리 무슈 버텐은 독일 전쟁에서 그가 한 활약에 대해 이야기하길 좋아했다. 반장 중 한 명보다 더 어린 호프리스 기번은 애들을 통제할 수 없었다. 더브화이트의 파이프 담배는 그의 옷 전체에 그을린 구멍을 만들어놓았다.

가시금작화가 무성한 언덕을 휩쓸고 지나가는 바람을 맞고 서 있는 학교는 그 자체가 운둔 세계라 모든 면에서 머시에 스트리트 시범학교와 달랐다. 새로운 스승 중 어느 누구도 내가 이전에 경험한 두 선생들과 닮지 않았고, 엘머 던의 성적인 집착 따위는 같은 주제에 대한 급우들의 탐색에 비하면 별것 아닌 정도로 퇴색되었다. 교장 선생은 스크로텀(Scrotum)으로, 그 아내는 스크로텀 부인으로 불렸으므로.

어머니에게 보내는 편지에는 선생들의 별명이나 맥 선생은 폭력적이고 호프리스 기번은 교실에서 어려움을 겪고 있다는 이야기는 생략했다. *교목에게는 비스킷 깡통이 있어요,* 라고 편지에 썼다. *로크에 있는 드리스콜네의 유리로 된 카운터를 따라 놓였던 그 깡통들 같은. 이름을 모르는 어떤 애가 키우는 쥐들 때문에 처벌을 받았어요. 그의 갈까마귀가 불쌍한 퓨크스를 쪼아서 날려 보내야 했고요. 비록 그 애가 새에게 "아멘"을 말하도록 가르쳤지만요.* 어머니의 답장은 읽기가 어려웠다. 잉크가 번지기도 했고 문장들은 두서없이 제대로 끝맺지 않은 채 남아 있었다. 어머니의 글씨는 비뚤비뚤한 데다 여성적이지 않았고 거미가 잉크병에서 나와 편지지를 제멋대로 볼품없이 다닌 것 같았다. 어머니는 당신이 걸었던 길과 낮은 담에 앉았을 때 고양이가 살며시 무릎으로 기어 들어온 일을 설명했다. 건성이지만 어머니는 내가 보고 싶다고 썼다.

나는 링과 드 커시와 함께 학교 식당에서 가운 안에 빵을 몰래 빼돌린 다음 보일러실에서 긴 철사 끝에 매달아 구웠다. 일요일이면 우리는 더브화이트 선생과 함께 차를 마셨고, 선생은 다른 아이들도 초대했다. 그는 항상 풀러네 케이크를 먹었는데 그가 특별히 더블린에서 주문한 케이크였다. 우리에게 그의 화덕에서 빵을 굽게 했는데 그 편이 빵 조각들을 찔러 코크스(cokes)* 화덕에 넣는 것보다 덜 어려웠다. 우리는 오래전에 학교를 떠난 소년들의 소지품들로 가득한 그의 어지러운 방에서 몇 시간을 앉아 있었다. 먼지 쌓인 크리켓 방망

* 장시간 석탄을 고열해 만드는 회색의 단단한 탄소 연료.

이, 테니스 라켓, 책, 여행용 가방, 바람 빠진 럭비공, 무릎 담요, 지팡이, 야구 모자, 스카프, 중절모, 하키 스틱, 그리고 유용한 가운, 중백의, 양복 상의와 하우스 넥타이들이 구석에 있었다. "어, 지금, 지금?" 더브화이트 선생은 우리의 대화가 하얗게 칠한 학교 화장실 칸막이 낙서의 주인공인 야간 경비원 아내 빅 릴리에 이르면 마음에 없는 한숨을 내쉬며 이의를 제기했다. 빅 릴리는 교내 주방에서 일하고 늦은 저녁에 학교 뒷길 중간쯤에 있는 작은 집으로 돌아왔다. 그러면 남편 오툴이 일어나 보일러실에서 밤 근무 준비를 시작했다. 그가 코크스 더미에 둘러싸여 의자에 편히 자리를 잡고 나서야 은밀한 여정이 그의 작은 집 창문에서 이루어졌는데, 절정은 빅 릴리가 부엌 싱크대에서 몸을 씻는 대목이었다. 그 이야기의 여정은 오래전부터 모든 신입생이 치러야 할 통과의례가 되었기 때문에 나도 그 여행에 동참했다.

"블러드 메이저가 문을 두드렸어." 더브화이트 선생 방에서 드 커시가 이야길 시작하자 선생은 한숨을 내쉬었다. 블러드 메이저는 더 이상 학교에 없었지만, 빅 릴리가 몸을 씻는 동안 그가 문을 두드렸던 밤은 일요일 오후에 가장 많이 회자되었다. 누구나 지치지 않고 그 이야기를 했고, 시간이 지나면서 다양한 변주가 만들어졌다.

"'너니, 블러드?' 그녀가 물어. '들어와, 블러드. 어둠 속에선 널 볼 수 없잖니?'"

드 커시가 긴장감을 불어넣기 위해 잠시 멈췄다. 드 커시의 버전은 언제나 훌륭했다.

"'굿 이브닝, 오툴 부인.' 블러드가 말하지. '지나가다 불이 켜져 있어서요. 이게 오툴 씨의 주머니칼인가요?' 그가 제 주머니칼을 꺼내자 빅 릴리는 고개를 흔들어. 그녀는 렌지 위의 빨랫줄에서 걷은 시트로 몸을 가리고 있었지. '누군가 이게 오툴 씨의 것이라고 하더군요.' 블러드가 말해. '성가시게 해서 죄송합니다, 오툴 부인.' 다음 장면은 그가 앉아 차를 마시고 빅 릴리는 몸에 두른 시트를 고정하려고 옷핀을 꽂고 있어. '넌 멋진 사내야, 블러드.' 빅 릴리가 말해. '넌 사랑스럽고 강한 팔을 가졌구나. 내가 네 무릎에 앉을까, 블러드?' 그다음에 그녀는 그의 무릎 위로 올라가고 그는 시트에서 옷핀 두 개를 빼내. '세상에, 넌 어쩜 이렇게 못됐니, 블러드?' 그녀가 말해. 그때 오툴의 발걸음 소리가 나. 담배를 가지러 돌아온 거야. '불쌍한 블러드 눈에 파리가 들어갔네. 시트 자락으로 꺼내려는 중이에요.' 오툴은 머리를 홱 돌리더니 눈에 뭐가 들어가면 조심해야 한다고 말해. '아, 저기 내 담배가 있군.' 그리고 그가 떠나자마자 빅 릴리는 블러드를 탁자에 눕혀."

"그녀는 정말 존경할 만한 여성이야." 드 커시가 이야기를 끝냈을 때 더브화이트는 항상 그랬듯 반박했다. "그건 말이 안 되는 이야기란다, 드 커시."

"그녀는 화요일마다 고해실에서 네 시간을 보내요, 선생님.

신부님들은 흥분으로 열광하죠."

"그랬을 것 같지가 않구나."

야간 경비원 아내의 사생활에서 끌어낸 다른 이야기들과 전설적인 블러드 메이저에 관한 많은 모험담이 있었다. 어느 날 밤 그가 더블린으로 자전거를 타고 가는데 배첼러스 워크 길에서 짙게 화장한 여인이 접근해 왔다는 이야기는 특별했다.

"술 한잔할래?"

그녀가 그에게 제안했다.

"우리 무니네에 갈까?"

블러드 메이저가 기민하게 동의했고 펍의 좀 더 밝은 불빛 아래 그녀가 자기 어머니보다 훨씬 나이 들었다는 걸 깨달았다. 코트는 낡은 모피였고 머리카락은 흰 머리에 한 염색으로 인해 조야한 황동색이었다. 웃을 때마다 그 소리가, 몇 겹으로 된 턱을 요동치게 하는 한 차례의 기침으로 끝맺어졌다. "여기 마호가니가 아주 좋네." 블러드 메이저가 스미스윅스 맥주 한 잔을 사 주자 그녀가 말했다. "스페인산 마호가니야, 최고급이지." 그녀는 특별히 마호가니를 좋아한다고 밝혔다. 그러고 나서 목재에 관한 산만한 대화가 시작되자 블러드 메이저는 조금씩 그녀 가까이로 무릎을 옮겼다. 그녀의 추천에 따라 그는 마호가니 카운터와 탁자들, 각종 술 브랜드를 광고하는 거울 프레임을 살펴보았다. 여기보다 더 좋은 마호가니를 어디서도 볼 수 없을 거라고 그녀가 장담했다. "우리 한 잔 더 할까, 자기? 기분 좋고 따뜻하지 않아?" 그녀는 말하면서 무릎에 다시 힘을 주고는 블러드 메이저의 허벅지에 손을 얹으며 "넌 멋진 사내야"라고 말했다.

"그 여자 조심해라." 그때 바에서 중산모를 쓴 남자가 그에게 경고했다. "매독균이 목까지 차오른 여자야."

이런 부적절한 언어와 외설적인 이야기들은 십자군 전사 매드 맥을 고무시켰고, 그는 교내의 오염된 언어를 정화하겠다고 천명하기에 이르렀다. 그에겐 일군의 추종자들이 있었는데 그가 청교도적 열정을 불어넣고 반장의 권위를 부여한 근엄한 표정의 청춘들이었다.

'가증스러운 인간'은 우리의 수학 선생 매드 맥에 대한 더브화이트의 변치 않는 견해였다. 그들은 14년 동안 서로 대화를 하지 않았으며 매드 맥은 더브화이트를 바보 같고 무능한 사람으로 여겼다.

"넌 뒷자리로 가라." 매드 맥이 첫 수학 시간에 내게 명령했다. 그래서 난 그가 소작농이라고 부르는 농부 자식들 줄에 합류했다. 채플 시간에 그는 얼굴에 온통 붉은 머리카락이 달라붙고 입술은 붉은 콧수염에 가려진 채 성가대 뒤 옥좌 같은 의자를 차지하고 앉았다. 이곳에 특별함을 부여하는 참나무 가고일 조각들을 배경으로 저마다 다른 가운을 입은 그의 동료들이 여러 모습으로 배치되어 있었다. 그들은 여기저기서 팔을 들어 올리고 손가락으로 턱을 잡거나 광대뼈를 매만졌다.

하지만 매드 맥은 아프기라도 한 듯 언제나 꽃꽃했다.

"트렌치가 스크로텀 부인을 매드 맥에게 신고했답니다." 드 커시가 더브화이트에게 말했다. "호프리스 기번을 빤히 쳐다보았다고. 그녀는 젊은 사람들과 친구가 되길 좋아하죠. 그렇지 않나요, 선생님?"

"가증스러운 여자야."

더브화이트는 이 사람들을 비난하기 위해 어김없이 잠에서 깨어났다. 교장은 그가 유독 싫어하는 사람이었다. 일요일 오후에 우리가 더브화이트의 입을 열게 만들면, 그는 안색이 붉은 성직자 교장의 옥스포드 키블 대학 시절에 대해 몇 시간 동안 장황하게 이야기했다. 더브화이트는 그 대학을 다니지 않았기 때문에 이런 이야기들은 불가사의했고, 더브화이트도 블러드 메이저의 무용담과 같은 범주에 속하는 것처럼 보였으며, 조니 레이시가 내게 들려준 못을 먹는 서커스 난쟁이의 아내나 페르모이에서 말을 타고 펠란네 가게 유리창을 뚫고 들어간 군인 이야기를 떠올리게 했다. 우리 아일랜드인들은 아버지가 말하곤 했듯이 어느 정도 현실성 없는 이야기에 흥미를 느꼈다.

"매드 맥은 잘려야 한다고 생각하세요, 선생님?" 드 커시가 주기적으로 물었다. "제 말은 그는 타락했으니까요."

"맥 같은 사람은 어떤 학교에서도 받아주면 안 돼. 그들이 왜 그걸 모르는지는 신만 아시지."

"교장 선생은 명석하지 않아요, 선생님."

드 커시는 마르고 안절부절못했고 항상 돌아다녔다. 그는 머리카락이 나보다 더 옅어서 거의 흰색이었고 조약돌처럼 부드러웠다. 단정한 곡선을 그리는 그의 앞머리 아래에서 창백한 얼굴은 끊임없이 표정을 바꾸었다. 눈은 불안하게 깜빡거렸고 입술은 수다를 떨거나 웃고 있었다. 링은 그 반대였다. 커다란 해머 같은 머리에 몸집이 큰 링은 생각과 말이 느렸다. 드 커시와 위클로 카운티에 있는 시범학교에 같이 다녔지만 둘의 관계에는 뭔가가 부족했고, 놀랍게도 내가 그 빈 곳을 확실히 채웠다. 우리는 학교 식당과 채플실과 교실에서 나란히 앉았다. 우리는 학교 뒤편에 있는 언덕을 어슬렁거렸고, 함께 담배를 피웠으며, 외박이 허가된 일요일이면 셋이서 래스파넘에 있는 링의 집으로 걸어가 하루를 보냈다. 링의 아버지는 레모네이드 제조업자로 내 아버지와 함께 학교를 다녔으며 다부지게 생긴 대머리 거구였다. 링도 레모네이드 제조업자가 될 생각이었다. 드 커시는 배우가 되길 원했다.

"맞아, 그 어리석은 사람이 명석할 수는 없지." 더브화이트가 사려 깊게 동의했고 대화는 정해진 수순을 따라갔다. 타들어가는 담배가 파이프에서 조끼 위로 떨어지며 탄내가 뒤따랐지만 그는 무시했다. "키블 대학에서," 그는 변함없이 말을 보탰다. "교장은 정신적으로 결함이 있다고 여겨졌지."

"볼거네로 가자." 드 커시가 어느 토요일 오후에 보일러실에서 제안했다. 약간의 계산 후 우리는 세 사람이 외출할 돈이 충분하다는 데 동의했다. 언덕을 가로질러 1.6킬로미터 정도 떨어진 볼거네는 달걀프라이와 베이컨을 곁들여 적당한 가격에 차를 마실 수 있는 곳이었다. 그러고 나서 자금이 된다면 램 도일네 펍으로 갈 수도 있었다.

우리는 가시금작화 사이로 당당히 길을 나섰다. 링은 애처롭고 외설적인 발라드를 불렀고, 드 커시는 무대에 설 자신의 미래를 상상하며 열광했다. 둘은 내 역사에 대해 조금 알고 있었지만 난 과거를 자주 이야기하지 않았고 그들도 묻지 않았다. 어머니에 대해선 전혀 언급하지 않았다.

"오늘 소시지 있어?" 링이 볼거네 웨이트리스에게 특유의 느리고 게으른 목소리로 물었다. "각자 소시지 여섯 개하고 튀긴 빵, 블랙푸딩, 그리고 감자 케이크."

"이 여자 사랑스럽지 않니?"

그녀가 칼과 포크를 우리에게 내려놓을 때 드 커시가 속삭였다. 주근깨에 건장한 그녀는 당황해서 얼굴이 붉어졌다.

"이름이 뭐야?" 링이 물었다.

"노린."

"고향이 어디야, 노린?"

"멀린가."

"헤픈 여자 노린."

그녀가 사라지자 드 커시가 중얼거렸고 그녀가 돌아오자마자 링이 그 말을 그대로 옮겼다.

"얘, 그딴 소리 하지 마." 그녀가 말했다.

우리는 튀긴 음식들과 함께 차를 마셨고, 블랙베리 젤리를 바른 소다빵을 먹었다. "우리에게 램 도일네에 갈 돈이 충분할지 모르겠다." 음식을 다 먹었을 때 링이 말했고 드 커시와 나는 남은 돈을 테이블 위에 올려놓았다.

"지금 뭐 하는 일 있어, 노린?" 링이 웨이트리스에게 물었다. "램 도일네에서 우리랑 술 마시지 않을래?"

"지금 굉장히 바쁜 거 안 보여?"

"뒷문으로 나와, 노린. 여기 네 남자가 너에게 빠졌어."

드 커시는 이 대화 내내 머리를 숙이고 있었다. 그는 여자에 대해 많은 말을 하지만 정작 앞에서는 지나치게 수줍어해 학교에서 그가 목숨을 내놓겠노라고 선언한 바 있던 여급들과 정상적으로 대화조차 하기 힘들었다.

"언제 쉬니, 노린? 저녁에 시간 날 때 있어?"

링이 집요하게 말하면서 그가 커다란 팔을 허리에 두르자 그녀는 말벌에 쏘인 양 뒤쪽으로 뛰어 물러났다. "그딴 짓 그만둬." 그녀가 소리치며 멀리서 우리 셋을 노려보았다. "지금부터 네 손들은 다소곳이 잘 간수하도록 해." 조심스럽게 그녀는 다시 테이블로 다가와 쟁반에 접시들을 얹었다.

"너를 열망하는 너의 남자가 여기 있다고, 노린. 나는 절대 아니야."

"난 남학생들한테 환상 없어."

"사실, 노린, 우리는 배에서 내린 선원들이야."

소녀는 대답하지 않았다. 그녀가 쟁반을 들고 사라진 뒤 돌아오지 않자 우리는 램 도일네로 출발했다. 우리는 펍으로 오는 사람들이 한눈에 보이도록 창문 옆 테이블에 자리를 잡았다. 매드 맥이나 그 추종자들이 와서 기웃거린다는 사실이 알려졌기 때문이었다.

"너희는 지금까지 살면서 그녀보다 더 우아한 사람을 본 적이 있어?" 드 커시가 우리 담배에 불을 붙이며 물었다. "그녀를 위해 목숨을 바치지 않을래, 퀸턴?"

난 안 그러겠다고 대답했다. 하지만 드 커시는 W. B. 예이츠의 시를 낭송하는 것으로 자신의 낭만적인 감정에 방점을 찍으며 웨이트리스의 아름다움에 대해 다소 터무니없는 말을 이어갔다. 링은 음탕하게 웃었다.

"어쩌다 길에서 마주치는 사창가 매춘부가 저 여자보다는 낫겠다. 난 눈길 한번 안 가던걸. 정말 못생긴 뚱보야."

"링, 넌 영혼이 없구나."

"여자에게서 뭔가를 보려면 특별한 영혼이 필요한 법이야."

그가 말할 때 바에서 술을 마시고 있던 유일한 사람이 우리에게 다가왔다. 지저분한 도니골 정장에 얼룩투성이인 모자를 쓴, 부러진 앞니를 가진 남자였다.

"실례합니다." 취한 눈길로 그가 우리 셋을 내려다보았다.

"학생들이오?"

"우리는 배에서 내린 선원들입니다." 링이 말했다.

"내가 한때 그 학교에 있었던 사람이오."

우리가 예의 바르게 학생이란 사실을 인정하는 동안 그는 말을 멈췄다. 우리는 전에 그 남자를 본 적이 결코 없었다.

"13년 전 난 지리를 가르쳤지."

그는 돌아서서 걸어갔다. 우리는 잔에 남은 것을 마시고 기계적으로 손을 말아 담배를 감췄다. 펍에서 낯선 이와 대화하는 것은 좋은 생각이 아니었다. 아무리 다정한 사람이라도 며칠이 지나면 양심에 가책을 느끼며 우리의 안녕을 염려해 교장에게 연락할 것이었다. 우리가 자리에서 일어나 막 나가려고 했을 때 그 트위드 사나이가 바에서 말을 걸어왔다.

"작별의 뜻에서 내가 너희에게 한잔 사지." 그는 우리가 함께 술을 마실 수 있도록 테이블로 의자를 끌어당겼다. "한 시간이면 충분해." 그가 말했다. "채플 시간에 맞춰 돌아가면 아무도 눈치채지 못할 거야."

그는 우리에게 새 담배를 내주었고 우리가 그와 술잔을 부딪치도록 했다. 그가 우리 이름을 물었고 우리는 다른 세 남자애들 이름을 댔다. 그는 자기 이름을 밝히지 않았다.

"맥은 여전히 근무 중인가?" 그가 물었다. "이제 더브화이트와 말은 좀 하고 지내나?"

학교에 대해 그가 언급한 내용들은 과거에 학교 관계자였다는 그의 주장이 사실임을 우리에게 확인시켜주었다. 그의 누추함이 교사라는 직업과 전혀 어울리지 않는 것도 아니었다. 매드 맥의 붉은 외모나 더브화이트의 불에 탄 옷 역시 특별히 좋은 인상을 주지는 않기 때문이었다.

우리는 그가 사 준 흑맥주를 조금씩 홀짝이고 담배를 피웠다. 드 커시는 볼거네의 웨이트리스에 대해 부정확하게 묘사하며 그녀를 보았다면 그녀를 위해 목숨을 바치고 싶을 거라고 그에게 말했다. "그렇다면 한 잔 더 해야겠군." 하고 남자가 다시 바로 다가갔다.

드 커시는 눈을 감고 웨이트리스를 더없이 아름다운 바닷새에 비유하며 찬사를 계속 이어 나갔다. "연약하고 축복받은 새"라고 그가 중얼거리자 링은 그에게 당장 그만두라고, 그러지 않으면 우리 물주가 놀라서 가버릴 거라고 소리쳤다.

남자가 술과 담배를 잔뜩 들고서 돌아왔다. 그는 우리에게 담배를 한 갑씩 건네고 다시 술잔을 들게 했다.

"우리 엄청 찍히겠는데요." 링이 말했다. "이게 새어나가면."

"이게 어떻게 새어나가?"

"우리가 큰일 날 걸 선생님이 아시는 한은."

"난 소도미 문제로 잘렸어."

남자가 말했다. 천천히, 탄복하며 링이 고개를 좌우로 움직였다. 주교에게도 일어날 수 있는 일이죠, 라고 그가 느리게 말했다.

"그 후 난 영국으로 갔어. 노팅엄 근처 학교에 있었는데 거기서도 운이 좋질 않았지."

"그 여자애는 내 안에 폭풍을 일으켰어요."

드 커시가 갑자기 탄성을 내지르며 일어나서 몸을 흔들었다. 남자는 기분 좋게 웃었다.

"나한테 약소한 제안이 하나 있는데……. 그걸로 너희가 1파운드를 벌 수 있단다, 얘들아."

소도미에 대한 언급을 떠올리며 나도 서둘러 자리에서 일어났다. "우리는 지금 가야 해요. 안 그러면 채플 시간에 늦습니다." 내가 설명했다. "우리는 다른 때 또 뵐 수 있을 겁니다"라고 링이 약속했다. "우리는 틀림없이 돌아올 겁니다."

드 커시는 아무 말 하지 않고 바를 지나 비뚤비뚤한 이동 경로를 만드는 데 집중했다. 우리는 그를 따라갔다. 트위드 사나이가 뒤에서 우리를 부르자 다음번에 같이 술을 마실 때는 그가 하는 어떤 제안이든 귀 기울여 듣겠노라고 링이 그를 안심시켰다. 드 커시는 뜰에서도 비틀거리더니 소시지와 튀긴 빵으로 회색 시멘트를 뒤덮었다. "북쪽의 언덕이여, 환호하라." 우리는 채플 시간에 노래를 불렀다. "계곡과 낮은 땅이여, 찬송하라." 우리 주위의 학생들이 큰 목소리와 흑맥주의 악취에 이끌려 우리 쪽을 힐끗거렸다. 착한 교목은 시몬 성인에 대해 설교하면서 줄곧 말을 더듬었고, 난 킬네이의 비극은 완전히 끝났다고 내내 생각했다. 날마다 그 비극을 상기시키던 미스 할리웰도 없고 저녁마다 잘 자라고 인사를 나누는 어머니도 없었다. 킬개리프 신부에 따르면 고모들은 또 다른 개들을 모았고 철쭉은 여전히 꽃을 피웠다. 데렌지 씨는 제분소가 변한 게 거의 없다고 우리를 안심시켰다. 언젠가 난 그곳으로 돌아가리라. 언제라도 킬네이가 예전의 모습으로 돌아가는 건 불가능한 일이 아니었다.

"가장 위험한 인간." 더브화이트가 라틴어 수업 시간에 말했다. "그 사람이 여기 근처에 나타나다니 믿기 힘들 만큼 무례한 짓이야."

"그는 동성애자죠, 그렇죠, 선생님?" 드 커시가 공손하게 물었다. "어쨌든 그가 말한 건 그런 의미였어요."

"그와 가까이하지 말아라, 드 커시."

"우리에게 돈을 제안했어요, 선생님. 그가 어떤 제안을 언급했죠."

"우리가 어디까지 했지, 투트힐?"

"……omnem Galliam ab injuria Ariovisti요, 선생님."

링은 혼자 카드놀이를 하고 있었다. 라우트 매카시란 소년은 깨진 거울 조각을 책상 위에 세워놓고서 여드름을 짰다. A. 맥시. P. 잭슨은 아르센 뤼팽 책을 읽고 있었다. 신 마이너는 잠들었다.

"거기서부터 계속해라." 더브화이트가 투트힐에게 명령했다. “Hac oratione habita ab Divitiaco.”

“흥미로운 점은요, 선생님.” 드 커시가 다시 방해했다. “선생님 친구분이 이런 식으로 돌아왔다는 겁니다. 말씀하셨다시피, 선생님은 그가 학교에서 멀리 떨어져 있을 거라고 생각하실 테죠.”

“그는 내 친구가 아니었다, 드 커시. Hac oration…….”

“전 학생들이 그가 왜 해고되었는지 알아야 한다고 생각합니다, 선생님. 그가 위험하다면 학생들도 무엇을 조심해야 할지 알아야 하지 않겠습니까? 그에게 이름이 있었습니까, 선생님?”

“물론 이름이 있었지, 드 커시. 어리석게 굴지 말아라. Hac oratione, 투트힐?”

“이 연설이 행…….”

“우리에게 이야기해주셔야 한다고 생각합니다, 선생님. 제 말은 그가 만약 돌아다니며 돈을 제공하려고 한…….”

“오, 제발, 드 커시! 그 가엾은 사람은 학생들과 소풍을 갔다고 잘렸어. 학생들에게 진을 넣은 사과 음료를 주었다고.”

“그게 다예요, 선생님?”

“아들들을 이 학교에 보내기 위해 근검절약하는 부모들이 있다, 드 커시. 성도착자의 재량에 맡기려고 자식들을 학교에 보내는 부모는 없어.”

더브화이트 선생의 목소리는 지쳐 있었다. 그는 줄리어스

시저의 《갈리아 전쟁기》를 덮고, 분필이 묻고 불에 그을린 가운을 더욱 편안하게 자기 쪽으로 끌어당겼다. 그는 조용히 해달라고 부탁하고는 이윽고 신 마이너처럼 잠에 빠져들었다.

그날 오후 우리는 해고당한 지리 선생을 다시 만나길 희망하며 언덕을 넘어 램 도일네로 갔고, 우리의 바람은 이루어졌다. 우리가 들어가자 그가 다가와 즉시 술과 담배를 사 주었다. 우리는 저항 없이 그의 호의를 받았다. 이제 그가 저지른 죄의 수준을 알기 때문에 그가 우리에게 별의별 관심을 기울이더라도 대처할 수 있다고 생각했다. 우리는 그가 바에서 술잔을 다시 채워 올 때를 눈여겨보자고 굳게 결의했다.

"나에게 그 짓을 한 사람이 매드 맥이야." 그가 털어놓았다. "매드 맥이 그 일을 신고한 장본인이지."

"소풍 건 말씀이세요, 선생님?"

"아, 얘기를 들었구나, 그랬니?"

"더브화이트 선생님이 말해줬어요."

"맞아. 몇몇 청년들과 함께 소풍을 가는 게 무슨 해악을 끼친다고?"

"해악 같은 거 전혀 없습니다, 선생님." 드 커시가 부드럽게 동의했다. 링이 즐거울 때 하는 습관으로 자기 무릎을 주먹으로 치면서 실없이 크게 웃었다.

"청년들, 말해봐. 매드 맥은 여전히 그때 그 침실을 사용하나?"

매드 맥이 13년 전에 어떤 침실을 사용했는지 아무도 알지 못하기 때문에 우리 중 누구도 질문에 대답할 수 없었다. 하지만 그의 침실이 바뀌었다는 사실이 곧 밝혀졌다. 수학 선생은 현재 교사 숙소 아래층, 그의 서재 옆방에서 잔다. 전에는 다른 곳에서 지냈다는 소리였다.

"난 그의 방이 달라졌을까 두려웠다." 남자가 말했다. 담배 연기로 눈을 찡그린 채 그는 잠시 생각에 잠겼다. 링이 테이블에 놓인 잔을 덜걱거리며 비었음을 알리자 우리의 벗은 고분고분하게 흑맥주를 더 가지러 바에 다가갔다. 우리에게 술을 가져다주었을 때 그는 다시 수학 선생에 대해 이야기했다. 그러다 그만 눈물을 흘려 우리를 놀래켰다. 일그러진 얼굴을 보지 못하도록 그는 고개를 돌렸다. 한동안 담배에 불을 붙일 수 없을 만큼 손을 심하게 떨었다.

"맙소사……." 링이 중얼거렸다.

마침내 감정을 수습하고 남자가 말했다.

"난 오코넬 다리 위에서 3펜스 동전을 구걸했어. 영국에 있을 때는 감옥 변소를 청소했고. 이 모두가 맥 때문에 생긴 일이지. 만약 맥이 인정 있는 사람이었다면 난 여전히 너희의 지리 선생이었을 테고, 어떤 해도 끼치지 않았을 거야."

그가 눈물을 보인 데 놀란 링이 우리는 이제 돌아가야 한다고 말했다. 하지만 드 커시는 고개를 저었다. 그는 수학 선생의 잘못된 열정을 개탄하며 우리의 벗을 향해 염려를 표했다.

"문제는요, 선생님." 그가 말했다. "맥이 제정신이 아니라는 겁니다."

남자가 테이블 위에 1파운드 지폐를 놓았다.

"이 돈은 너희 거다." 그가 말했다. "만약 너희가 나를 한밤중에 매드 맥의 침실 창문으로 데려다준다면 말이지."

"우리는 지금 매우 기뻐요, 선생님." 드 커시가 즉시 대답했다. "우리에게 술과 담배를 사 주셨으니 그건 우리가 할 수 있는 최소한의 사례지요."

"우리는 몹시 곤란한 상황에 빠질 수 있어." 링이 말했다. "아주 끔찍한 곤란에."

"곤란할 일은 전혀 없을 거야, 친구. 너희가 입만 제대로 다물고 있으면. 우리는 사다리를 빌려야 할지도 모르겠구나."

"그 창문 옆으로 올라가는 비상계단이 있어요." 드 커시가 말했다. "하지만 그 편이 더 낫다면 사다리를 가져가야죠."

"비상계단이면 될 거 같다. 방금 그 비상계단이 기억났어."

"선생님을 만나게 되어 영광입니다." 드 커시가 감격해서 말했다.

펍을 떠난 직후부터 링과 내가 상당히 불안해했다면 드 커시는 환호했다. 우리는 일주일 뒤인 일요일 새벽 2시에 채플실 뒤에서 만날 계획이었다. "우린 절대 깨어 있지 못할 거야." 링이 이의를 제기했고, 문제의 그날 밤 그는 소등하자마자 곯아떨어졌다. 하지만 드 커시와 나는 어떻게든 잠들지 않으려고 애썼다. 멀리 교회 종이 1시 30분을 알렸을 때 우리는 링을 깨웠다.

남자는 만나기로 한 장소에 정확히 나타났다. 그는 말하지 않았고, 계속되는 침묵 속에 우리는 그를 교사 숙소로 데려가 매드 맥의 침실 창문 옆으로 이어지는 검은 비상계단을 가리켰다. 매드 맥이 주창하는 청교도적 열성 중 하나는 신선한 공기에 대한 뜨거운 헌신이었다. 그렇기에 늘 그의 창문 위쪽은 절반이 열려 있었다. 해고된 지리 선생은 180센티미터 정도 높이까지 올라갔다. 그는 잠시 멈추더니 자고 있는 수학 선생 위쪽의 열린 창문 사이에 하반신을 가져다 댔다. 희미한 소리가 적막한 밤을 어지럽혔다.

"오 하느님." 링이 속삭였다. "얼굴에 오줌을 누고 있어."

일요일 아침 식사는 다소 형식적인 면은 있어도 여유로운 행사였다. 장례식에나 어울릴 퓨크스가 은도금된 커피포트를 들고 기다리는 위쪽 테이블로 스크로텀과 스크로텀 부인이 교사들의 작은 행렬을 이끄는 것을, 우리는 어두운 나무 패널로 된 학교 식당에서 가운 차림을 한 채 조용히 기다렸다. "Benedictus benedicat per Christum Dominum Nostrum." 꼿꼿한 자세 때문에 '뱀부(Bamboo) 존스'로 불리는 반장이 라틴어로 된 식사 기도문을 읊조렸다. 매드 맥은 스크로텀 부인 옆에, 무슈 버텐은 그 반대편에, 교목은 더브화이트 옆에 앉았다. 호프리스 기번은 늦어서 서둘러 들어오며 붉어진 얼굴로 죄송하다고 속삭였다. 과학 선생은 자리에 없는 다른 선생들처럼 캠퍼스 밖에 살았기 때문에 오지 않았다.

매드 맥은 자는 동안 그에게 쏟아진 관심으로부터 고초를 겪지 않은 것처럼 보였다. 확실히 그때 그는 깨지 않았다. 지리 선생이 옷을 추스르고 땅으로 내려올 때까지 지켜보았기 때문에 알 수 있었다. 우리에게 한마디 말도 없이 그는 어둠 속으로 행군하듯 걸어갔다.

집사가 커피포트를 들고 그의 뒤를 맴도는 동안 매드 맥은 면도하는 물이 미지근했던 사실을 개탄하며 거친 목소리를 냈다. 그러자 이 학생에서 저 학생으로, 이 테이블에서 저 테이블로 그가 새벽에 오줌 세례를 받았다는 이야기가 퍼졌다. 킬킬거리는 소리가 왁자한 웃음으로 부풀어 올랐다. 고개들이 위쪽 테이블로 향했고, 눈들은 수학 선생의 붉은 안색을 살폈다. 스크로텀 부인은 매드 맥 건너편 호프리스 기번과 수다를 떨었다. 더브화이트가 꾸벅꾸벅 졸면서 토스트에 손을 뻗었다.

"왜 이런 웃음소리가 나지?" 스크로텀이 일어났다. 진홍색 둥근 얼굴이 우리를 향해 쑥 내밀어졌고 작은 주먹은 테이블보 위에 놓여 있었다. 그는 뱀부 존스를 향해 고개를 돌렸다. 뱀부 존스는 식당의 전통에 따라 임무를 맡은 반장으로서 교장과 가장 가까운 테이블 맨 위쪽에 앉았다.

"왜 이런 웃음소리가 들리는 건가, 존스 군?"

"모르겠습니다, 교장 선생님."

"당장 이 불쾌한 짓을 멈춰!"

스크로텀이 큰 소리로 명령하고는 자리에 앉았다.

매드 맥은 비가 오고 있다고 생각했을 거야, 하고 오트밀 죽의 덩어리를 콕콕 찌르면서 링이 말했다. 잠에서 깨어 콧수염에 떨어진 방울들을 닦으며 창문을 닫았겠지. 웃음소리는 조금씩 잦아들었지만 시선들은 여전히 위쪽 테이블을 향하고 있었다. 그리고 다시 말이 돌았다. 우리의 증언으로 이미 그 명성을 되찾은 해고된 지리 교사가 바로 그 행동을 한 장본인이라는 말이. 스크로텀이 다시 일어났다.

"왜 학생들이 맥 선생을 바라보고 있지? 왜 그러는 건가, 존스군?"

"죄송하지만 모르겠습니다, 교장 선생님."

스크로텀은 서 있는 곳에서 멀지 않은 테이블에 앉은 피츠페인이라는 학생에게 해명을 요구했다.

"피츠페인 군, 왜 맥 선생이 관심의 대상인 건가?"

"모르겠습니다, 교장 선생님."

"모른다니 무슨 말이지?"

"전 맥 선생님을 보지 않았습니다, 교장 선생님."

"모른다는 말로 내게 거짓말을 할 셈인가? 거짓말에 대해 우리가 어떻게 처리하기로 했는지 기억해보게, 피츠페인 군. 30초 전에 자네는 뻔뻔하게 싱글거리며 맥 선생을 응시하고 있었지. 우리는 자네가 왜 그랬는지 이유를 듣기 위해 기다리고 있다네, 피츠페인 군."

"모르겠습니다, 교장 선생님."

"위쪽 테이블로 올라오게, 피츠페인. 더브화이트 선생, 피츠페인 군이 맥 선생을 더 잘 바라볼 수 있도록 의자를 한쪽으로 옮겨주세요."

여전히 오트밀 죽을 나누어 주던 여급들은 놀라서 동작을 멈췄다. 퓨크스는 교장 뒤편 구석진 어둠 속에서 집게손가락으로 치아를 점검하고 있었다. 나이 지긋한 여사감의 국자가 거대한 흰색 범랑에 담긴 오트밀 죽 위에서 극적으로 아슬아슬하게 균형을 잡고 있었다. 학생들의 접시에 두툼한 빵 조각을 놓아 주던 그녀의 조수도 멈췄다.

"자, 피츠페인 군."

교장이 재촉했다. 여드름에 시달리는 청춘인 피츠페인은 교장 선생에게 간절히 용서를 구했다.

"왜 자네의 관심이 맥 선생에게 향했는지 제발 우리에게 말해주게."

적막이 너무 완벽하고 견고해 문득 신의 존재가 느껴지는 듯했다. 나중에 드 커시는 마치 신이 어떤 작은 임무를 수행코자 학교 식당을 지나가기로 결정한 것 같았다고 회상했다. 매드 맥은 당황스러움을 드러냈고 교목은 염려를 표했다. 토요일 밤에 머리를 감는지라 일요일 아침에는 희끗한 머리가 평소보다 더 옆으로 퍼진 스크로텀 부인은 호프리스 기번과 다시 대화하고 싶어 안달이 나 있었다.

"한 번이라도……." 스크로텀이 추궁했다. "유모를 둔 적이 있나, 피츠페인 군?"

"없습니다, 교장 선생님."

"한때나마 유모가 있었다면 빤히 쳐다보는 것은 불쾌한 짓이라고 자네에게 알려줬을 거야."

"네, 압니다, 교장 선생님."

"자네가 뭔가 아는 게 있다니 감격스럽군."

"네, 교장 선생님."

"피츠페인 군, 우리는 자네의 대답을 여태 기다리고 있네. 맥 선생, 선생을 빤히 바라본 피츠페인 군의 교만함에 대해 해명해줄 수 있습니까?"

"불가능합니다, 교장 선생님"

"그렇다면 이제 자네밖에 없군, 피츠페인. 우리는 방금 맥 선생의 견해를 들었고, 임무 수행 중인 반장의 견해도 들었지요. 자네와 내가 여기 종일 서 있어야 한다면, 피츠페인 군, 우리 그렇게 해보세. 직원과 학생들에게 불편을 끼치게 된 점은 물론 유감스럽게 생각합니다. 퓨크스, 나는 커피를 한 잔 더 마셔야겠네."

집사는 충치에 대한 면밀한 조사를 끝마쳤다. 그는 들고 있는 냅킨으로 집게손가락을 닦았다. 그가 커피를 따랐고 침묵은 계속되었다. 결국 피츠페인이 입을 열었다.

"지금 돌고 있는 이야기와 연관이 있습니다, 교장 선생님."

"피츠페인 군, 무슨 이야기인가?"

"새벽녘 맥 선생님께 모종의 일이 일어났답니다, 교장 선생님."

"새벽에 무슨 일이 있었습니까, 맥 선생?"

좀체 웃지 않던 수학 선생은 느긋한 표정을 지어 보였다. 붉은 콧수염 아래로 고른 틀니가 나타났다 사라졌다.

"사실 제가 셸 B를 가르치는 꿈을 꿨습니다, 교장 선생님."

너무 오랫동안 억눌렸던 웃음이 기분 좋게 해방되었다.

"자, 피츠페인 군? 맥 선생은 꿈의 땅보다 더 먼 모험을 하지는 않았다고 밝히셨네. 예기치 않은 뭔가가 그 꿈에서 일어났다는 말인가?"

더 큰 웃음이 일었다. 여급들이 신경 써서 살피던 오트밀 죽 접시들이 식기대로 옮겨졌다. 피츠페인이 말했다.

"교장 선생님, 새벽녘, 한 남자가 맥 선생님에게 오줌을 누었습니다."

스크로텀의 눈이 휘둥그레졌다. 우리와 멀리 떨어졌는데도 나는 그의 붉은 피부가 창백해지는 것을 보았다고 생각했다. 얼굴의 아래쪽 절반이 씰룩거렸다. 더브화이트가 나중에 말하길 교장은 신음을 냈다고 한다. 피츠페인이 다시 말했다.

"창문 사이로요, 교장 선생님, 맥 선생님이 언제나 열어놓는 그곳으로.”

매드 맥은 서 있었다. 맥의 이마 한가운데의 정맥이 푸들거리기 시작했다고 더브화이트가 말했다. 그건 언제나 위험신호였다.

“교장 선생님…….” 매드 맥이 말했지만 무시되었다.

“당장 내 서재로 오게, 피츠페인 군.”

“교장 선…….”

“우리와 동행해주시면 고맙겠어요, 맥 선생. 피츠페인 군은 내 아내에게 사과해야 하네. 여사감과 그 조수에게도 사과해야 하고 여급들에게도 사과해야 할 것이네.”

“죄송합니다, 선생님.”

“더브화이트 선생, 우리가 돌아올 때까지 아무도 이곳을 떠나선 안 됩니다. 오늘 아침 식사는 당연히 못 할 겁니다.” 교장은 아내를 향해 몸을 돌렸고, 아내에게 이야기하면서 소리를 낮추자 목소리의 떨림이 사라졌다. “여보, 당신도 우리랑 함께 가는 게 낫겠소.”

교장이 행렬을 이끌었다. 팔을 뻣뻣하게 늘어뜨린 채 두 손을 앞으로 깍지 끼는 버릇이 있는 스크로텀 부인은 행렬의 두 번째에서 걸었다. 다음 순서인 매드 맥은 분노의 생기로 가득 차 있었다. 피츠페인은 여드름투성이 얼굴로 씩 웃었다.

뱀부 존스가 곧장 위쪽 테이블로 가서 더브화이트와 이야기했고 선생은 고개를 끄덕였다. 뱀부 존스는 우리가 앉을 수는 있지만 대화해서는 안 된다고 말했다. 반장 대표인 윌트셔 메이저가 서둘러 뱀부 존스에게로 갔다가 더브화이트에게 다가갔다. 교사들 사이에서 속삭임이 터져 나왔고 윌트셔 메이저가 여사감과 조수에게 무언가를 속삭이자 둘 다 즉시 일어나 여급들을 데리고 식당을 떠났다. 뱀부 존스는 문 옆을 지키며 교장의 귀환을 대비했다. 이따금 그는 우리에게 조용히 하라고 명령했고, 마침내 교장의 발걸음 소리가 들리자 서둘러 식기대 쪽으로 달려가 학교 식당의 또 다른 전통인 수프 숟가락으로 테이블을 반복해서 쳤다.

우리는 고분고분 일어섰다. 스크로텀 부인은 돌아오지 않았다. 매드 맥도 마찬가지였다. 피츠페인은 곧장 자기 자리로 갔다. 스크로텀이 말했다.

"기도합시다. 모두 무릎을 꿇읍시다."

그는 구원을 간구했다. "주여, 저희를 정화하여주소서." 성경 구절이었다. 학생이나 선생들은 피츠페인이 우리 앞에서 드러낸 혐오를 씻을지 모르지만 식당을 떠난 여자들이나 매드 맥은 결코 그 혐오감을 깨끗이 씻어낼 수 없을 거라고 나중에 드 커시가 말했다. "다시 한번 주의 영예와 영광을 위해 저희의 미천한 삶을 바칩니다."

"아멘." 더브화이트가 말했다.

"아멘." 우리도 따라 한 뒤 무릎을 펴며 일어섰다.

"우리는 오늘 아침 거짓말을 들었습니다." 스크로텀이 잠시 멈췄다. 목의 진홍색 살이 로만 칼라 위로 불룩 튀어나왔다. "거짓말……." 그가 다시 말했다. "이 불행한 소년은 거짓말을 하고 또 했습니다. 자리에서 나오세요. 피츠페인 군. 위쪽 테이블로 오세요."

또 한 번 피츠페인은 자기 자리를 떠나 시키는 대로 했다.

"돌아서서 동료들을 보세요, 피츠페인 군."

교장의 지시는 피츠페인에게 유리한 것이었다. 스크로텀에게 등을 돌린 그는 그 즉시 입을 쫙 벌리고 눈을 찡그리며 입술을 아래로 힘껏 잡아당겼다. 우리는 고개를 숙이고 웃음을 참았다. 뱀부 존스는 앞으로 나가다가 마음을 바꾸었다. 월트셔 메이저는 피츠페인을 위협적으로 노려보았다.

"이 학생은……." 스크로텀이 선언했다. "사악한 소문에 현혹되었습니다. 이 학생은 거짓인 줄 알면서도 거짓말을 되풀이했고, 그 되풀이한 거짓말의 혐오스러운 속성에 대해 맥 선생에게 사과했습니다. 맥 선생과 나는 이 학생 스스로 그 거짓말을 만들어내지 않았다는 것에 동의했고, 그건 여전히 여러분 가운데에 출처가 있음을 시사합니다. 책임자가 누구든 간에 기꺼이 대화를 나누고자 합니다. 한 시간을 주겠습니다."

다른 테이블보다 높이 있는 단상에서 그가 성큼성큼 걸어 나오자 가운이 펄럭였다. 그는 사각모를 가슴에 움켜쥐고 오른쪽도 왼쪽도 보지 않았다. 호프리스 기번은 식당을 떠나는 행렬의 후미를 지켰다.

"움직이지 마!" 윌트셔 메이저가 소리쳤다. 그는 문을 닫고 등을 지고 섰다. 그가 우리에게 앉으라고 명령했다.

"피츠페인, 내가 말을 마치고 나면 나 좀 보자." 그가 말했다. "교장 선생님이 방금 요청한 내용과 같이 맥 선생에 관한 얼토당토않은 이야기를 시작한 사람은 *지체 없이* 교장 선생님께 보고하는 거다. 경고하는데 실토하는 사람이 없으면 전체 학생들이 처벌을 받는다."

그 동안 퓨크스는 높은 테이블의 접시들을 쟁반에 모으면서 덜걱덜걱거렸다. 연설하기 좋아하는 윌트셔 메이저답게 연설은 계속됐다.

"만약 그런 어리석고 부적절한 소문이 행여 다시 돈다면 매우 심각한 문제가 될 거라고 장담할 수 있다."

어떻게 해야 할지 몰랐다. 윌트셔 메이저의 말은 진심이었고, 이미 이야기가 어디에서 시작되었는지 짐작한 사람들이 있었다.

"우리는 난처하게 되었어." 링이 말했다. "실토하는 편이 낫겠어."

하지만 드 커시는 아주 낙관적이었다.

"따지고 보면 우리가 뭐 딱히 한 일도 없잖아."

"그 남자한테 돈을 받았잖아." 나는 드 커시를 상기시켰다. "그리고 한밤중에 일어났고."

"이상한 사람이 배회하는 걸 봤다고 말할 수 있지."

우리는 서둘러 이 문제를 더브화이트 선생과 의논했다. 선생은 자백하라고 조언했다. 화장실에 가거나 나오는 길에 창밖을 힐끗 내다보다 달빛 아래 수상한 사람을 목격했다는 드 커시의 착상을 지지했다. 책임감을 가진 드 커시는 링과 나를 깨웠고, 우리는 결정을 내렸다. 학교의 귀중품에 대한 우려를 품은 채 무슨 일인지 조사해보기로 결심한 것이다.

"알았다." 스크로텀이 말했다.

"그러고 나서, 교장 선생님, 저희는 서둘러 옷을 입었습니다. 저희는 교사 숙소로 향하는 남자를 따라갔습니다. 그곳에 난입할지도 모른다는 생각을 하면서요."

"저한텐 매카시의 골프채가 있었습니다, 교장 선생님." 링이 덧붙였다. "저희가 라커룸을 지날 때 저는 그걸 집어 들었습니다. 이런 상황에선 매카시도 개의치 않을 거라고 생각했습니다, 교장 선생님."

교장의 서재는 크고 품위 있었으며 윌리엄 터너의 수채화 두 점이 특징인 옆 응접실만큼이나 인상적이었다. 화려한 카펫이 깔린 두 방은 장식품과 작은 예비 탁자들이 가득했다. 난 학생들이 체벌을 받을 때 그 위로 허리를 숙이는 의자 옆에 섰다. 노랑과 파랑 태피스트리를 씌운 의자는 아버지의 학창 시절에도 그곳에 있었다. "너는 그 의자를 알게 될 거야"라고 아버지가 말했었다.

"그 남자는 비상계단을 네 칸 올라갔습니다, 교장 선생님.

그러고는 바지 단추를 풀었……."

"됐네, 드 커시 군." 스크로텀이 평소처럼 퉁명스럽게 말했다. 그의 영어 목소리는 비음이 섞이고 악센트가 뚜렷했다. 더브화이트가 지적하길 교장은 출신이 비천해서, 비록 h 발음이 모두 조심스럽게 자리를 잡았더라도 house와 noun 같은 단어들은 혀 아래 여분의 공간을 만들었고 그건 올바른 게 아니라고 했다.

"제가 하고 싶은 말은요, 교장 선생님." 드 커시가 계속했다. "저희는 진퇴양난에 빠져 있었습니다. 무슨 일이 일어나고 있는지 당장 명확하지 않았기 때문입니다. 이런 소리가 났습니다, 교장 선생님, 창문 위쪽이 열려 있었고 그 남자는 창문과 같은 높이에 있었……."

"제발 그만해주겠나, 드 커시군?" 교장의 욱하는 성질이 우리를 다시 덮쳤다. 책상 표면을 두드리던 그의 작고 하얀 주먹이 그러지 않는 것으로 보아 그가 어떤 내적 투쟁 중이라는 것을 알 수 있었다. 그의 욱하고 예측할 수 없는 성미는 매드 맥과 쌍벽을 이루었는데 학교에서의 지위가 우발적인 물리적 폭력을 억제시켰다. 그의 화를 돋운 데 대한 유일한 체벌은 태피스트리를 씌운 의자를 이용한 냉정하고 전형적인 절차뿐이었다. 이 사실을 인식하기라도 한 듯 그의 콧소리는 우리에게 매우 친숙한 성직자의 운율을 되찾았다.

"맥 선생은 자다가 소나기 때문에 창문을 닫았다고 말했네."

"네, 교장 선생님."

"그렇다면 자네가 말을 지어냈다는 거지."

"저희는 너무 가까이 가고 싶지 않았습니다, 교장 선생님. 저희 모두 오직 맥 선생님의 안전만을 걱정했습니다."

"알았네." 분노가 좀 더 가라앉았고 목소리는 더욱 낮아졌다. "제군이 말한 학교 내 무단 침입자에 대한 우려를 인정하네. 난 그 남자가 술에 취했었다고 말하고 싶네. 또한 그가 스스로를 제어할 수 없는 상태로 비상계단을 올라갔다고 말하고 싶군. 술은 이 나라의 저주이지."

"후에 저희는 그가 술에 취한 게 분명하다고 이야기했습니다. 내가 그렇게 말하지 않았나, 퀸턴?"

"우리 모두 그렇게 말했지."

"나는 새벽녘 침침한 불빛 아래 자네들의 상상이 펼쳐졌다고 착각했다고 말하고 싶네."

"그럴 수 있을 것 같습니다, 교장 선생님." 링이 동의했다. "그렇게 보였던 것뿐입니다. 저희가 들은 소리는 다른 것일 수도 있습니다. 어쩌면 새였을지도요."

"새?"

"제 생각에 그런 소리를 내는 새가 있습니다, 날고 있을 때요, 교장 선생님."

"정말 소름 끼치는 일입니다, 교장 선생님." 드 커시가 말했다. "저희 나이의 소년들이 술 취한 남자를 본다는 것은 말이지요. 그는 확실히 비상계단에서 비틀거렸습니다."

"이 모든 거짓말을 무책임하게 반복하는 것에는 여전히 변명의 여지가 없어. 왜 반장을 깨우지 않았나? 아니면 나에게 곧장 오든가?"

링이 계속 설명했고 드 커시가 끼어들었다.

"그러려고 했습니다, 교장 선생님. 퀀턴은 교장 선생님을 깨우는 데 전적으로 찬성했죠. 링만 교장 선생님께서 좋아하지 않으실지도 모른다고 말했습니다. 그래서 아침 식사 때 곧장 이곳으로 오는 방안을 논의 중이었는데 유감스럽게도 누군가 저희 말을 들었다는 겁니다."

"저희가 목소리를 낮추었지만요, 교장 선생님."

"그리고 자네, 퀀턴 군? 자네는 이 불미스러운 사건에 대해 내게 거의 아무 말도 하지 않았네."

"정말 안타깝습니다, 교장 선생님."

"가련한 맥 선생의 심정이 어떨 것 같나?"

"맥 선생님의 안전 때문에요, 교장 선……."

"나도 아네, 알아, 학생."

주먹 쥔 손마디가 다시 가만히 있지를 못했다. 새빨간 얼굴에서 또 한 번의 투쟁이 벌어졌다. 이번에도 그리스도 정신이 승리했다.

"내가 이 학교에 처음 부임했을 때, 퀀턴 군, 지금처럼 채플이 학교생활의 중심은 아니었어. 불행하게도 자네가 목격한 그런 불쾌한 사건은 드문 일이 아니었네. 예를 들어 학교 폭력이 만연했지."

"네, 교장 선생님."

"신입생들을 언덕으로 끌고 올라가 가시가 돋친 나뭇가지로 다리를 때렸어. 한번은 한 학생이 지독하게 뜨겁고 뾰족한 부지깽이로 낙인이 찍혔지."

"저희도 들었습니다, 교장 선생님. 저흰 그동안 선생님께서 해주신 모든 일에 감사드립니다."

"난 월트셔 메이저에게 점심 전에 여사감과 여급들이 있는 앞에서 방송을 하라고 부탁하겠네. 정신이 몽롱한 상태인 남자가 그저 비상계단을 올랐다가 즉시 다시 내려왔다는 내용으로. 술은 커다란 재앙이야. 우리가 자다가 불타지 않은 게 다행이지."

"탄다고요, 교장 선생님?" 링이 놀란 목소리로 되풀이해 말했다. "*탄다고요?*" 그가 다시 말했다. 하지만 드 커시가 신속하게 끼어들었다.

"그게 저희가 염려한 점입니다, 교장 선생님. 링은 만약 그 남자가 성냥갑을 갖고 있었다면 매카시의 골프채로 치려고 했었죠."

링은 이 변주의 중요성을 깨닫자마자 느리게 미소를 지었다. "그리고 만약에……." 그가 수다스럽게 말을 보탰다. "만약에 그가 술에 취했다면요, 교장 선생님, 이미 불을 질렀다고 상상할 수도 있었을 겁니다. 어쩌면 그가 하려던 것은, 교장 선생님, 불을 끄려는 노력이었는지도 모릅니다."

"그건 구역질 나는 생각이군, 링. 그런 류의 일은 일어나지 않았다고 우리는 이미 동의했네. 그런데 왜 자네는 불쾌한 태도로 웃고 있나? 내가 놓친 어떤 농담이라도 있는 건가? 링 군의 농담에 공감하나, 퀸턴 군?"

"아닙니다, 교장 선생님."

"자네는 내가 만난 가장 멍청한 학생이야, 링. 인간적으로 가능하다고 믿어지지 않을 만큼 멍청하다네."

"제가 하고자 한 말은요, 교장 선……."

"무슨 소명을 가지고 있지, 링?"

"소명이요, 교장 선생님?"

"미래, 미래 말이야, 학생. 자기 미래를 어떻게 보고 있나?"

"아버지가 더블린에서 레모네이드를 제조하십니다, 교장 선생님."

"아버지가 레모네이드를 제조하는 건 아네. 나는 자네에 대해 물었네."

"같은 일을 할 겁니다, 교장 선생님."

"내가 해줄 수 있는 말은, 링. 난 그거 마시는 걸 좋아하지 않는다는 걸세."

"결코 나쁜 게 아닙니다, 교장 선생님."

"무례하게 굴지 말게, 링 군. 처벌받게 될 거야." 새빨간 얼굴이 이제 나를 향했고 대화는 좀 더 가볍게 계속되었다. "퀸턴 군, 무슨 소명을 가지고 있나? 자네는 수의사가 될 참인가?"

"그건 던레이븐이라고 생각합니다, 교장 선생님."

"아, 맞다, 맞아. 밀가루 제분소, 그렇지? 페르모이 근처?"

"네, 교장 선생님."

"친구들을 사귈 때 신중하게, 퀸턴 군. 바람이 흔든다고 줏대 없이 구부리면 안 된다네. 드 커시 군은?"

"네?"

"무슨 소명을 가졌지, 드 커시 군?"

"무대요, 교장 선생님, 연극 무대에 서고 싶습니다."

스크로텀은 잠깐 고개를 흔들었다.

"그런 생각해본 적 있나, 드 커시 군, 교사가 될 생각?"

"그건 제가 잘할 것 같지 않습니다, 교장 선생님."

"그건 자네가 판단할 사항이 아닐지도 모르네. 교사가 천직이라면 소명으로 받아들여야 한다는 걸 기억하게나. 이런 대화를 할 수 있어서 기뻤네."

"저희도 그렇습니다, 교장 선생님."

"윌트셔 메이저가 우리 넷이 이 방에서 동의한 내용으로 게시문을 공표할 거야. 자네들은 더브화이트 선생에게 새벽에 기숙사를 무단이탈한 것에 대한 적절한 처벌을 받도록 하게. 자네들은 맥 선생에게 사과하고 그가 제안하는 어떤 방법으로

든 문제를 해결하도록. 또 그대들은 내 아내에게 사과해야 하네. 월트셔 메이저가 해명할 때 옆에 서 있고, 그가 해명을 마치면 자네들은 불편을 끼친 데 대해 그에게 사과해야 할 걸세. 여사감과 그 조수인 아주 어린 소녀에게 사과해야 하네. 들은 내용의 불쾌한 속성 때문에 화가 나 있을 거야. 여급들에게도 사과해야 하고. 그중 몇몇도 역시 어리지. 그리고 임무 중인 반장에게 사과해야 하네. 자네, 퀸턴 군이 대표가 될 걸세. 링 군은 무례한 행동에 대해 더브화이트 선생에게 추가적인 처벌을 요청하게. 이 문제는 이제 종결되었어. 나는 우리가 현명한 방식으로 문제를 처리해서 기쁘다네."

책상 옆 스위치로 작동하는, 스크로텀의 서재 문 위 벽의 작고 파란 전구는 우리가 그 아래를 지나가자 꺼졌다. 전구가 빛을 발한다는 것은 서재에서 심각한 문제를 다루고 있으며 어떤 방해도 용납하지 않으리란 걸 의미했다. 체벌은 전구의 점화를 필요로 했고, 스크로텀이 책상 옆에서 진행하기 좋아하는 견진성사 수업도 마찬가지였다. 우리는 서재에 아주 잠깐 투옥되었다가 전구가 꺼진 것을 행운이라고 여기며 교장실과 학교 사이에 있는 판석이 깔린 커다란 홀을 서둘러 지나갔다. 우리가 꾸며낸 이야기가 무시될 거라 생각했고 일요일이기는 하지만 심각한 징벌을 예상했었다.

"선생님이 우리를 처벌할 거라고 했어요." 링이 더브화이트의 방에서 보고했다.

"도대체 뭐 때문에?"

"불쾌한 사건을 목격한 건에 대해서요. 술은 재앙입니다, 선생님."

가스버너 위 물 주전자에서 차가 끓었다. 더브화이트 선생은 비록 그가 우리에게 강력하게 경고했던 사람이 사건의 주범이긴 했지만 매드 맥에게 일어난 일은 1843년 학교 설립 이래로 아마도 가장 좋은 일일 거라고 했다. 그가 말하는 동안 한 학생이 들어와 맥 선생이 우릴 보고 싶어 한다고 전했다.

"오, 세상에, 하느님……." 링이 말했고, 우리는 별수 없이 수학 선생의 서재로 향했다.

"교장 선생님께서 너희의 폭로에 대해 말씀해주셨다." 이미 몹시 화가 나 펄펄 뛰는 매드 맥이 우리가 나타나자마자 소리를 질렀다. "그건 한마디도 진실이 아니다, 드 커시."

"교장 선……."

"비상계단에는 아무도 없었어. 그랬지, 퀸턴? 대답해라, 퀸턴."

"도니골 정장을 입은 남자가 있었습니다, 선생님"

"그건 더러운 거짓말이야, 퀸턴."

"드 커시가 창밖을 봤습니다. 화장실에 다녀오……."

"너희 세 명이 그 비상계단을 올라와 더럽고 추잡한 행동을 벌인 거야."

"우리는 절대 그러지 않았습니다, 선생님."

드 커시가 항의했다.

"우리는 진실을 말했습니다, 맥 선생님." 링이 말했다. "그리고 우리는 어두운 시간을 틈타 기숙사를 떠난 데 대해 더브화이트 선생님에게 이미 처벌을 받았습니다."

"너는 결국 더블린 하수구에서 끝을 맞게 될 거야, 링."

"사실은, 선생님……." 드 커시가 바로잡아주었다. "링은 레모네이드 제조업자가 될 겁니다. 교장 선생님께서 링의 미래에 관심을 보이셨습니다, 선생님."

앙상한 손이 허공을 가르며 날아갔다. 드 커시의 뺨을 두 번 내리쳤는데 날렵하고 노련한 동작 때문에 즉시 피가 번졌다. 매드 맥은 고개를 돌렸다. 그가 다시 말을 시작했을 땐 쉰 듯한 목소리가 낮고 거칠게 났다.

"누구였냐?" 그가 물었다. "너희가 아니라면."

"해고당한 지리 선생이었습니다." 드 커시가 말했다.

진실이 그곳에 있었다. 스크로텀의 서재에서는 결코 있을 수 없었던 그 진실은 도전받지 않고 결국 받아들여졌다.

"그 남자는 끔찍한 사람이야." 매드 맥이 마침내 말했다. 목소리는 여전히 갈라져 있었다.

"그는 한동안 감옥에 있었습니다." 드 커시가 말했다.

"그가 감옥에 있었다니 기쁘구나."

그는 우리에게 등을 돌린 채 나가라고 했다. 그 일에 굴욕감을 느낀 그는 그날로 학교를 떠났다. 아무에게도 작별 인사를 건네지 않았다. 그의 사직은 우리에게 충격이었다. 3주 동안 수학 선생 없이 지내다 스크로텀이 링컨셔어 어딘가에서 찾아낸 나비넥타이를 맨 기운찬 남자가 우리 앞에 당도했다.

*

학기는 흘러갔다. 킬개리프 신부와 서신 교환은 계속되었다. 고모들에게서 편지가 왔고, 인도에 있는 조부모님이 어머니에 관한 소식을 물어왔다. *너와 네 엄마가 우리와 함께 여기 마술리파탐에서 살고 싶어 하기를 바란단다*. 편지는 이렇게 끝을 맺었다. *너희가 겪은 일로부터 멀리 떨어지렴*. 하지만 난 답장에서 그것에 대해 언급하지 않았다. 어머니도 나도 인도에서 살고 싶은 마음은 조금도 없다는 걸 알고 있으므로. 조세핀은 내게 정기적으로 편지를 보냈지만 어머니는 다시는 편지를 쓰지 않았다. 그리고 어느 날 밤 불이 꺼진 후 기숙사에서 킬네이 비극에 대해 이야기하고 있는 나를 발견했다.

매년 크리스마스와 부활절이면 난 코크로 돌아가 3주를 보냈고, 여름엔 두 달을 그곳에서 지냈다. 찰스 디킨스와 조지 엘리엇과 에밀리 브론테를 읽었다. 헤이스 부인의 식료품점에서 조세핀을 위해 계속 장을 봤고, 여동생들이 헤이스 부인과 그 아들을 얼마나 좋아했을지를 이제 덜 고통스럽게 상상했다. 난 항상 그랬듯이 거리와 선착장을 걸었다.

"나한테 한 번도 편지를 안 썼어." 할리웰 선생이 말했다. "편지 쓰겠다고 약속하고선."

먼스터 아케이드를 지나갈 때 그녀가 나타났다. 우리는 붐비는 거리에 함께 섰다. 머시에 스트리트 시범학교 시절 이후 처음으로 만난 것이었다.

"죄송합니다, 할리웰 선생님."

"세월이 흘렀고 너는 편지를 쓰지 않았지. 너희 어머니는, 윌?"

"어머니는 잘 계십니다."

"여전히 윈저 테라스에 살지, 윌리? 페르모이 근처 그곳으로 돌아가지 않았지?"

"우리는 여전히 코크에서 살고 있습니다."

"그곳으로 돌아가지 말거라, 윌리. 돌아가서 너를 상처주지 마."

"저는 정말 잘 지냅니다, 할리웰 선생님."

"절대 가지 마라. 그 밤 이후 그곳에 간 적이 있니, 윌리?"

"없습니다."

"여기 코크에 있으렴. 나는 네 생각을 자주 한단다, 너도 알다시피."

"할리웰 선……."

"윌리, 내가 차를 한잔 사고 싶은데. 톰슨네 어떠니?"

"전 집에 돌아가야 합니다."

익숙한 갈색 옷을 입고 턱에 난 사마귀의 털이 여전히 곱슬곱슬 말린 그녀를 그곳에 세워두고 난 떠나왔다. 고모들에게 편지를 쓰며 어머니가 그들의 방문을 거절하는 것을 계속해서 사과했다. 이틀 전 밤에는 철쭉들과 제분소로 가는 길이 나오는 꿈을 꾸었고, 킬네이로 돌아가고 싶다는 갈망으로 잠에서 깨기도 했다.

"윌리."

미스 할리웰이 뒤에서 나를 불렀다. 그녀의 날카로운 목소리가 부산스러운 거리 위로 낯설게 부유했다. 하지만 난 뒤돌아보지 않았다.

그 만남 다음 날 나는 어머니를 설득해 밖에 앉아 있게 하고 싶어서 정원을 말끔히 손질했다. 곡괭이를 사서 화단의 잡초를 제거했다. 옆집에서 잔디 깎기를 빌리긴 했지만 기계를 쓰기엔 풀이 너무 길고 거칠었다. "넌 낫이 필요할 것 같다"라며 잔디 깎기를 빌려준 남자가 직접 정원으로 와서 풀들을 베었다. 그는 내 어머니에 대해서 알고 있었다. 이제 모든 사람이 그랬다.

"날씨가 화창해서요." 어머니에게 말했다. "햇살이 건강에 좋잖아요."

어머니는 침대에서 나를 향해 미소 지었다. 이른 아침이었지만 어머니가 벌써부터 위스키를 마셨다는 것을 알았다.

"산책하러 가자." 어머니가 말했다. "빅토리아 호텔에 가서 점심 먹자꾸나." 마치 내가 정원을 언급하지 않았던 것처럼.

어머니는 빨갛고 검은 드레스에 그것과 완벽하게 어울리는 모자를 썼다. 목에는 카메오 세공을 한 브로치를 했다. 양산을 들었고 내내 미소 지었다.

"참 잘생겼구나, 윌리." 어머니가 거리에서 내게 팔짱을 끼며 말했다.

우리는 햇살을 받으며 성 패트릭 언덕을 내려가 성 패트릭 다리를 건넜다. 어머니와 함께 차를 마신 날 이후로 빅토리아 호텔에 가지 않았지만 변한 것은 전혀 없었다. 어머니가 음료를 주문했고, 우리는 점심을 먹었다. 어머니는 포크로 가자미를 건드리며 거의 먹지 않았다. 대신 돼지고기와 버건디를 주문했다.

"나는 이 식당을 사랑한단다." 어머니가 말했다.

점점 더 어머니에게 무슨 말을 해야 할지 알 수 없었다. 그저 학교에서의 이런저런 사건을 수박 겉핥듯이 반복해서 이야기했다. 난 링과 드 커시에 대해 들려줬지만 어머니는 그들이 누군지 아는 것 같지 않았다.

"그 학교는 네 아버지가 원하던 곳이지." 어머니가 말했다.

"저도 알아요." 아버지에 대해 어머니가 계속 이야기하는 것을 막기 위해 내가 말했다. "얼마 전에 할리웰 선생을 만났어요."

"그 사람이 누구지, 얘야?"

"시범학교의 할리웰 선생님이요."

"넌 선생이 될 필요는 없단다, 윌리."

"알아요. 그런 생각해본 적 없어요."

난 먹었다. 어머니는 생선을 다시 의미없이 만지작거렸다. 침묵이 계속되었다. 이내 어머니가 말했다.

"난 자주 러드킨 중사를 생각한단다. 글쎄, 너도 그럴 것 같은데."

난 고개를 흔들었다. 길모퉁이에서 담배에 불을 붙이던 남자의 모습은 희미해져서 거의 남아 있지 않았다.

"그 남자가 생각나." 어머니가 말했다.

어머니는 잔에 손을 뻗더니 남은 백포도주를 마셨다. 웨이터가 어머니의 잔에 버건디를 따랐다. 내가 말했다.

"난 정말 정원 일이 좋았어요."

"오닐이 정원 일을 다 했었지? 그리고 팀 패디가. 가여운 어린 팀 패디."

"아니요, 그게 아니고요. 여기 정원 말이에요. 제가 말끔히 손질했어요."

"잘했구나, 얘야."

"정원에서 차를 마실까요? 조세핀이 덱 체어를 찾았어요."

"이상하다고 생각지 않니, 윌리, 그 남자가 끊임없이 생각난다는 게? 난 그를 용서하려고 노력해, 윌리. 그건 전시 작전이었다고 말하려 노력한단다."

"잊어버리는 게 최고예요."

"그를 무지한 야채상이었다고 말하려 노력해. 그는 리버풀 뒷골목이 어울리는 사람이라고 말하려고 노력해." 어머니는 잠시 말을 멈추고 한숨을 조금 내쉬었지만 미소를 잃진 않았다. "네 아버지가 더블린에서 그 덱 체어들을 주문했어."

"우리는 거기 앉아서 책을 읽을 수 있어요. 햇살이 너무 강하면 월계수 아래 그늘이 있고요."

"아주 좋겠구나, 얘야."

하지만 집에 돌아왔을 때 어머니는 위층으로 올라가 드레스를 벗고는 침대에 들어갔다. 덱 체어를 차지한 사람은 조세핀과 나였다.

"어머니가 다시 예전으로 돌아갈 수 있다고 생각해요, 조세핀?"

"아, 물론 그럴 거야."

"오래 걸릴 거예요."

"가엾은 분이야, 윌리."

"맞아요."

조세핀은 날마다 어머니의 침대 옆 탁자에서 빈 술병을 내왔고, 조세핀이나 어머니나 매주 와인 상인의 배달부가 오는 것을 언급하지 않듯이 그 일에 대해서도 말하지 않았다.

"외롭지도 않아요, 조세핀?"

"아니, 전혀."

조세핀은 몇 년 전 어느 날 저녁 여성 단체에서 친구를 만났는데 그 친구가 가끔 부엌에 왔다. 잔디 깎는 일을 도와준 이웃집 남자의 아내도 조세핀의 친구였다. 그리고 가겟집 헤이스 부인이 있었다. 조세핀은 이 여성들과 대화를 나누었고, 아마도 그들과 내 어머니의 상태에 대해 이야기했을 것이다. "그런데 어머니는 어떠시니, 윌리?" 헤이스 부인은 식료품 주문 목록을 만들면서 항상 내게 물었다. 나는 조세핀의 사제 역시도 같은 방식으로 질문할 거라고 상상했다. 쇠락해만 가는 어머니의 아름다움과 우아함을 구해줄 어떤 힘을 어머니에게 돌려달라는 간청의 기도가 있었을 것이므로.

"부모님 뵈러 안 돌아가요, 조세핀?"

"아, 페르모이까지는 너무 멀어."

그녀의 손가락이 앞치마의 주름을 매만졌고 그녀의 곱슬한 금발이 흰 모자 아래로 살짝 삐져나와 있었다. 우리는 조니 레이시나 그가 결혼한 스위니네 딸에 대해 이야기하지 않았다. 우리는 무슨 일이 있었는지, 무슨 일이 있을지에 관해선 대화하지 않았다. 나는 학교를 졸업한 후 고모들과 킬개리프 신부와 함께 과수원 별채에서 살게 될 거라고 생각했지만 내 어머니는 결코 그렇게 할 수 없을 것이다. 어머니는 회복되지 않을 테고, 어쩐지 이제는 조세핀도 어머니를 떠나지 않을 거라는 생각이 들었다.

우리가 햇살 아래 한참을 더 앉아 있다가 집으로 돌아왔을 때 오후 우편물이 도착해 있었다. 영국 국왕의 파란 머리가 있

는 우표를 붙인 편지였고, 나는 어머니가 과연 열어볼까 궁금해하면서 어머니에게 가져갔다

"여기 오고 싶어 하는구나." 다음 날 아침 어머니가 말했다. "네 이모와 사촌 메리앤 말이야."

"우릴 보러요?"

"지금, 왜 하필이면 다른 곳도 아닌 이 고약한 아일랜드에 오려는 거야? 내 동생에게 편지를 써라, 윌리. 우리는 손님을 맞을 준비가 아직 안 되었다고."

하지만 난 그러는 대신에 제안해주신 방문은 우리 어머니에게 도움이 될 것 같습니다, 라고 썼다. 그래요, 당신도 알다시피 그 편지 말입니다.

6

한 번도 사용해본 적 없는 두 방이 당신을 맞기 위해 준비되었다. 남자가 와서 그 방의 페인트를 새로 칠하고 벽지를 바꿨다. 8월의 날씨가 쌀쌀해질 경우를 대비해 굴뚝 두 개를 모두 청소했고, 나는 부엌에서 조세핀을 도와 매트리스들을 레인지 근처에 잘 말려놓았다.

"네가 윌리로구나!" 기선에서 플랫폼으로 내려오며 당신 어머니가 소리쳤다. "윌리, 이렇게 만나게 되어 너무 좋다."

그녀의 크림색 블라우스는 턱까지 작은 진주 단추가 꼭 채워져 있었다.

"우리가 아일랜드에 오다니 *무척* 감격스럽구나!"

그녀는 예의 흥분한 태도로 소리쳤다. 당신의 어머니가 우드컴 사제관에 대해, 당신 아버지의 취향과 포부에 대해, 그리고 당연히 당신의 조부모이기도 한 인도에 있는 내 조부모가 어머니를 보러 가라고 얼마나 재촉했는지에 관해 쉬지 않고 이야기했다. 그러자 당신은 얼굴을 붉혔다.

"정말 어찌나 걱정을 하시는지……." 당신 어머니가 말했다. "가엾은 분들."

당신은 띠에 분홍색 장미가 달린 밀짚모자를 썼었다. 드레스는 파란색이고 장미는 조화였다. 당신 어머니가 통통한 만큼 당신은 더욱더 작아 보였다.

그해 여름, 7월 마지막 주와 8월 내내, 그리고 9월의 3일간. 난 평생 그 여름을 사랑해왔다. 내 어머니보다 더 진한 당신의 갈색 눈, 달걀형 얼굴, 한쪽 볼에 보조개를 만드는 미소, 안개처럼 부드러운 긴 갈색 머리. 우리가 헤이스 부인의 가게 근처에 서서 도시를, 뾰족탑과 지붕과 강을, 그리고 언제나 킬네이를 떠올리게 했던 먼 초록색 언덕을 내려다보는 내내 난 당신을 훔쳐보았다.

"섄던의 종들."* 그 종이 울렸을 때 내가 설명했다. 난 당신에게 오페라 하우스와 머시에 스트리트 시범학교와 터키식 과자 가게와 엘머 던이 이제 서기 보조원으로 일하는 모직물 제품 공장을 보여주었다. 우리는 강과 기찻길을 걸었고 성 패트

---

* 아일랜드 코크주 태생 작가 프랜시스 실베스터 마호니(Francis Sylvester Mahony, 1804~1866)의 시 제목.

릭 다리에서 화물선을 지켜봤다. 우리는 도시에서 점점 더 멀리 걸어갔고 난 계속 당신의 손을 잡고 싶었다. 잎이 무성한 나무들 사이로 강 어귀의 몬테노테 호텔 창문들이 호기심 어린 눈으로 우리를 내려다보았다.

"당신의 아일랜드는 너무 근사해요!" 당신이 말했다.

그 여름이 끝나고, 학교의 지루한 수업과 설교 시간에, 소등 후 개인적인 시간에도 당신은 나의 비밀이었다. 링과 드 커시에게 당신에 대해 이야기할 때 난 그저 있는지조차 모르고 살던 사촌이라고만 했다. 그해 가을의 나날들이 얼어붙은 11월로 줄어드는 동안에도 나는 당신을 소중하게 혼자만 간직했다. 부엌 싱크대의 빅 릴리나 블러드 메이저가 바첼러스 워크에서 만난 여자라거나 하는 이야기에 당신은 속해 있지 않았다. 학교생활 자체가 당신으로 하여 달라졌다. "메리앤." 난 속삭였다. "소중하고 귀여운 메리앤." 난 누구에게도 당신 이름을 말하지 않았다.

"그거 마시고 티퍼레리 사람이 무덤으로 들어갔잖아." 링이 우리가 자주 가는 펍에서 아버지 회사의 레모네이드 판매를 촉진할 목적으로 다른 제품들을 비방하며 큰 소리로 떠들었다. 하지만 난 그의 목소리가 귀에 들어오지 않았다. 나는 회색과 파란색이 섞인 기숙학교 교복을 입은 당신을 간절하게 그려보았다. 당신은 나에게 당신의 기숙사에 대해, 파란 이불이 덮인 모든 침대와 그곳을 성큼성큼 걸어가는 반장 아그네스 브론텐비에 관해 들려줬다.

“세상에, 여기 정말 미인이 있네.” 번의 식료품점과 바에서 드 커시가 식료품과 바를 구분하는 칸막이로 고개를 돌리며 속삭였다. 링과 내가 젖빛 유리 너머로 소녀를 확인하기 위해 일어섰지만 그녀는 등을 돌리고 있었다. 좁은 어깨에 닳아빠진 빨간 코트가 늘어졌고 머리카락은 너덜너덜한 머리솔 때문에 보이지 않았다. 그녀는 번 씨에게 치버스 젤리와 얇게 저민 베이컨 110그램을 주문했다.

링은 현재 시중에 나온 몇몇 상표들의 레모네이드보다는 목구멍에 산을 들이붓는 편이 더 안전할 거라고 펍의 주인에게 경고했다. 번 씨가 우리가 주문한 것을 가져다주었을 때 드 커시는 빨간 코트를 입은 소녀에 대한 친숙한 판타지를 전개해 나갔고, 그의 목소리는 상상 속 극장에서 절규했다. 하지만 그때도 난 어머니를 정원으로 나오게 하기 위해 부활시킨 덱 체어에서 우리가 8월의 태양 아래 함께 앉아 있던 순간을 계속 떠올렸다. 산책길에서 당신은 사제관과 우드컴 마을과 구불구불 정감 어린 도싯의 시골 풍경에 대해 이야기했다. 회색과 파란색 교복은 끔찍하고 아그네스 브론텐비는 짜증 난다는 말도.

“있잖냐…….” 링이 말했다. 채플이 끝난 어느 날 저녁 링과 내가 둘이 있을 때였다. “나, 그 빨간 코트 여자애 다시 봤어.”

느린 어조로 그가 이미 벌려놓은 판의 밑그림을 간추렸다. 우리 세 사람이 번의 식료품점과 바에 들어가면 조금 있다가 빨간 코트 소녀가 올 거였다. “그 여자애에게 드 커시가 단단히 빠져 있다고 말하니까 그 애도 관심이 있다더라. 드 커시가 창문 틈새로 훔쳐볼 때 여자애는 존 제이미슨 위스키 광고 거울로 드 커시를 봤어.”

나는 우리가 걷고 또 걷는 동안 당신이 격식을 차리느라 지루하다는 말을 못 한 건 아닌지, 그게 궁금했다. “우리는 킬네이에 갈 수도 있어요.” 내가 제안했다. “당신에게 킬네이를 보여주면 좋을 텐데.” 당신은 미소 지으며 그러고 싶지만 당신에게 너무 슬프지 않을까요, 라고 말했다. 당신과 함께면 슬플 일은 없을 거라고 생각했지만 말하지 않았다.

우리가 소녀를 만나기로 한 날 “열심히 일하는 사장님.” 하며 링이 번 씨에게 인사했다. “이제 우리 아버지 회사 제품을 파시나요, 번 씨? 거기 라벨에 쓰인 공식 문구를 눈여겨보셨어요? ‘더 나은 음료는 없다’는 거요, 번 씨.”

한때 레슬링 챔피언이었던 무뚝뚝한 번 씨는 대답하지 않았다. 그의 영업장은 그레이하운드 사진으로 도배되었고, 그건 그의 음산한 모습과 어울렸다. 그는 침울하게 조간신문에서 그레이하운드 경주를 살피다 흑맥주를 집어 들고는 하나뿐인 충혈된 눈을 들어 우리를 이리저리 뜯어보았다. 다른 눈은 15년 전 레슬링 링에서 부상당해 눈꺼풀 뒤로 영원히 감춰졌다.

“여기 스타우트 세 병 주세요, 번 씨.” 링이 달갑잖은 환영에도 개의치 않고 주문했다. “에니스코시에 사는 여자는 맨소네

한 잔을 마시고 콩팥이 사라졌다고 들었어요."

월요일이라서 로크의 단 하나뿐인 거리가 암소들로 북적였다. 돼지들이 수레에 실려 도착했고, 똥과 오물이 사방에 널렸다. 난 그렇게 되지 않았기를 바랐다. 킬네이 가로수 길의 크고 하얀 대문이 녹슬지 않았기를, 불에 탄 정문 옆집의 지붕이 무너져 내리지 않았기를. 시원한 너도밤나무 길은 변하지 않았지만 창문 없는 집이 잡초와 덤불 사이에서 검게 솟아올랐고 출입구 기둥 양쪽은 골이 진 슬레이트로 막혀 있었다.

"이쪽은 메리앤에요."

난 과수원 별채에서 말했다. 킬개리프 신부는 내 기억보다 더 말라 있었지만, 최소한 두 고모들은 정확히 예전 그대로였다. 개들도 예전의 개들과 별반 다르지 않았다.

제분소로 가는 길에 내가 귀신 언덕을 가리키자 당신은 우드컴 파크의 웅장함을 묘사했다. 우리는 궁전 같은 방에 있는 애나 퀸턴을, 로마식 여름 별장 옆 주목 산책로를 서성이는 그녀를 상상했다. 당신은 우드컴 파크에서 뽕나무 과수원을 본 적이 있을 테지요. 우리 킬네이의 과수원은 그걸 추억하며 만들어졌답니다.

"문제는……." 링이 말했다. "타사 제품들은 빈 용기를 씻지 않는다는 거야. 빈 용기가 돌아오면 비위생적으로 거기에 다시 채운다는 거지."

번 씨는 코르크 마개를 따면서 작은 소리를 냈다. 흑맥주를 따를 때 그의 크고 민둥민둥한 머리가 일종의 원을 그리며 움직였다. 그가 세 명의 손님을 그다지 좋게 생각하지 않음을 뜻하는 경멸이 그의 건강한 한쪽 눈에 스몄다.

"세상에, 여기 누가 왔는지 좀 볼래?" 링이 손바닥으로 카운터를 쾅쾅 치며 소리쳤다.

재빨리 상황을 파악한 드 커시는 멍하니 빨간 코트의 소녀를 응시했다.

"네 누이냐?"

그가 목소리를 낮추고 상당히 당황스러운 듯 링에게 속삭였다. 소녀의 우수에 찬 표정은 검게 변한 치아들로 하여 미소 지을 때조차 밝아지지 않았다. 그녀는 머리에 숄 대신 하얀 종 모양의 모자를 쓰고 있었다.

"메리 페이야." 링이 말했다. "네가 열광하고 있는 소녀, 드 커시. 멀린가 출신의 노린보다 훨 낫지 않아?"

소녀는 모자 아래로 붉어진 얼굴을 숨기며 고개를 돌렸다. 드 커시 역시 고개를 돌렸다.

"오해가 있어." 그가 말했다.

"메리는 얇게 저민 베이컨과 젤리를 사러 그날 여기 왔어. 네 남자는 너를 위해 평생을 바치겠다고 말했단다, 메리."

"아, 아니, 아니. 젤리를 사러 왔던 여자애는 다른 애야. 아주 큰 여자애였어. 크고 육중한 다리를 가진."

"내가 맞아." 메리 페이가 말했다. "난 위스키 광고 거울로 너를 봤어. 네가 여닫이창 사이로 날 훔쳐볼 때."

"아니야, 잘못 본 거야." 드 커시가 우리 쪽은 보지도 않고 여전히 링에게 투덜거렸다. "저 문으로 들어올 때 난 네 누이가 왔다고 생각했어, 링, 이 여자와 닮은 뼈가 튀어나온 누이가 있지 않아?"

소녀는 뼈만 앙상한 겁먹은 참새처럼 허둥지둥 서둘러 펍을 나갔다.

"이런 참, 난 네가 어디서 저런 여자를 데려왔는지 모르겠다." 태도가 극적으로 달라진 드 커시가 말했다. "갈봇집에서 매춘부를 데려왔네."

나도 자리를 벗어났다. 내 친구들로부터 등을 돌린 건 처음이었다. 난 그들 모두에게 화가 났고 당신을 향한 상념으로 돌아가고 싶었다. 우리가 킬네이의 잔디밭에 섰을 때나 이제는 황무지가 된 채소밭을 지나갈 때 난 떨지 않았다. 조니 레이시와 다른 사람들이 제분소 마당으로 나오고 데렌지 씨가 당신과 악수를 할 때는 꿈을 꾸는 것 같았다.

"뭐가 문제야?" 링이 드 커시와 번네에서 돌아와 내게 물었다. "너 그 여자애 좋아했었냐?"

난 고개를 저었고, 당신을 향한 내 감정이 그 소녀의 일을 끔찍하게 여기도록 했다는 것을 인정하고 싶지 않아 얼마간 변명을 늘어놓았다. 우리가 페르모이역에서 기차를 기다릴 때와 코크로 돌아오는 기차에서, 당신과 사랑에 빠졌다고 말하고 싶은 마음이 간절했다. 어둠 속에서 성 패트릭 언덕을 올라갈 때 내 손가락 끝이 당신의 팔을 스쳤고 나는 잠시 눈을 감아야만 했다. 나는 당신을 안고 싶었다. 팀 패디가 훗날 조니 레이시와 결혼한 여자를 끌어안았듯이. 그러나 난 여전히 당신의 손조차 잡을 용기가 없었다.

학교에서 나는 내 감정과 망설임을 이해해줄 누군가에게 이야기를 털어놓고 싶었다. 다음번에 교목이 커피와 비스킷을 먹자고 초대하면 사랑에 대한 주제를 꺼내볼까 생각했지만 그의 말 더듬는 버릇은 언제나 한마디도 꺼내기 어렵게 만들었다. 호프리스 기번은 그런 비밀을 털어놓을 사람이 못 되었고 더브화이트는 깨어 있지 않았다. 놀랍게도 내 고해신부가 되어준 사람은 교장의 집사였다.

어느 날 아침 교장의 서재로 불려 갔는데 문 위에 파란 불빛이 타오르고 있는 걸 발견했다. 장례식에 어울릴 복장을 한 퓨크스가 내가 어슬렁거리고 있는 판석이 깔린 홀의 황동 손잡이를 비롯하여 각종 손잡이들을 닦고 있었다. 그는 갑자기 서재 쪽으로 고개를 홱 돌리더니 하루 동안 학교 전체에 이발 서비스를 제공하기 위해 정기적으로 더블린에서 올라오는 이발사가 교장의 머리를 손질 중이라고 말했다. 퓨크스는 부자연스러울 정도로 쉰 목소리를 냈고, 그 소리는 가슴께에서 힘겹게 흘러나와 종종 알아듣기 어려웠다. 가래 끓는 가르랑거리는 소리로 그가 말했다.

"예전에 네 아버지를 알았다."

상당히 오랜 세월에 걸친 경력이 그를 학교 역사의 산증인으로 만들었지만, 난 내 아버지가 소년이었을 때도 그가 여기 있었을 거라는 생각은 한 번도 해본 적이 없었다. 그래서 그가 그 사실을 밝혔을 때 상당히 놀랐지만 퓨크스는 알아채지 못했다. 키가 크지 않은 그의 수척한 얼굴이 나보다 약간 아래에 있었기 때문이었다. 그가 감정을 드러내지 않고 말했다.

"그 일은 마음 아팠다."

"감사합니다, 퓨크스 씨."

"물론 졸업생들 다수가 전쟁에서 죽기는 했지. 하지만 이건 달라."

"네."

"소름 끼치는 일이지."

"네."

그것이 우리 대화의 시작이었다. 그 후 퓨크스는 반장이었던 아버지를 회상했다. 둘 다 각자의 역할을 수행하기 위해 학교 식당에서 자주 마주쳤기 때문이었다. 이런 대화는 그의 식료품 저장실에서 이루어졌는데 그곳에서 그는 라디에이터 가까이에 늘어진 안락의자에 앉아 다양한 과업을 수행했다. 나는 안락의자와 마찬가지로 전직 교장이 버린 얼룩진 대리석 화장대 가장자리에 앉곤 했다.

"그런데 너는?" 어느 날 오후 그가 물었다. "페르모이 근방에서 아버지가 그만두신 사업을 이을 거니?"

소명을 물으면서 스크로텀이 던레이븐과 나를 헷갈려 했던 게 생각났다. 퓨크스는 더 나은 교장이 되었을 것이다. 그는 많은 소년과 이야기를 나누지 않았지만 학교를 거쳐 간 모든 사람에 대한 정보를 쌓아왔다. 그는 교내 식당과 교장 부부의 식당에서 저녁을 차리며 엿듣는 걸 멈추지 않았다고 말했다. 채플 시간에는 스크로텀의 책상에 있는 온갖 편지와 서류를 읽었다. 그는 놀라운 기억력을 가지고 있었다. 지나간 과거의 소년들은 그가 매일 교내 식당의 높은 테이블 뒤에서 관찰하던 모습 그대로 생생하게 남아 있었다. 누구보다 학교를 사랑하는 그는 결코 학교를 떠나지 않았고 자신의 하인된 신분과 충성을 지나치게 자랑스러워했다.

"네." 그의 질문에 내가 대답했다. "그게 제가 하고 싶은 일입니다."

저녁이면 당신은 제분소에서 날 기다리고 계절마다 우리는 자작나무 숲길을 따라 오르고 경사진 목초지를 내려와 함께 걸어서 집으로 돌아오겠지요. 퓨크스는 램프의 유리구를 닦는 중이었고 자기 일에 아주 열중했기 때문에 나는 그의 눈을 피하며 말할 필요가 없었다.

"전 영국인 사촌과 사랑에 빠졌어요."

짧고 흰 머리카락으로 뾰족한 그의 머리가 가볍게 끄덕였다. 유리 닦는 일은 계속되었다.

"어떻게 해야 할지 모르겠어요. 이 모든 것에 대해서."

퓨크스가 미소 지었다. 그는 더 이상 장례식에 고용된 조문객처럼 보이지 않았다. 그는 식품 저장실에 함께 앉아서 이런저런 가슴속 비밀을 털어놓았던 다른 소년들의 이야기를 들려줬다. 나에게 우울해하지 말라고 했다.

"그 소녀에게 편지를 써." 그가 제안했다. "잘 지내는지 물어라."

"그렇게 생각해요, 퓨크스 씨?"

"왜 그녀에게 편지를 쓰려고 하지 않니? 그게 무슨 해가 되겠어?"

해로울 건 전혀 없지, 라고 난 잠들지 못하고 생각했다. 당신의 파란 드레스, 당신의 밀짚모자와 그 장미를 기억하며. *친애하는 메리앤*이라고 나는 썼다. *영국으로 무사히 잘 돌아갔길 바랍니다. 여기는 변한 것이 전혀 없습니다. 링은 레모네이드 판매에 관련된 사업 수완을 발전시키고 있습니다.* 라우트 매카시를 공개적으로 체벌한 일이나 성찬식 포도주를 훔치는 일에 당신은 관심을 가질까? *아그네스 브론텐비는 여전히 따분한가요?*라고 물을 생각이었지만 다음 날이 되면 난 편지를 쓰지 않았다.

"어, 그건 어리석구나." 퓨크스는 실망하여 뾰족한 머리를 흔들었다. 편지 한 장에 그렇게 신경 쓸 여자는 세상에 없다고 그가 말했다.

"네, 저도 알아요."

우리의 코크 산책과 킬네이 방문에 대한 이야기를 그는 진지하게 들었다. 난 당신에 관해 링과 드 커시한테보다 더 자세히 설명했고, 당신이 내 증조할머니의 고향 집 가까이에 산다고 말했다. 당신의 밀짚모자와 장미 이야기도 했다. 당신의 이름도 말했다.

퓨크스는 내 모든 문장에 고개를 끄덕이며 마침표를 찍었다. 그는 한마디도 빠뜨리지 않고 열심히 들었다. 때로 그는 이런 비밀로부터, 그리고 엿듣기로부터 자양분을 얻는 것처럼 보였다. 잡다한 이야기가 그의 식품 저장실에 먼지처럼 흩날렸다.

"아버지가 기뻐하실 게다." 그가 마침내 말했고, 난 왠지 그럴 거라고 생각했다.

*

당신 어머니에게서 크리스마스 카드가 왔다. 역마차와 눈이 있고 가장자리에는 크리스마스 장식용 호랑가시나무 가지가 둘려 있었다. 난 당신 어머니가 카드에 성탄 인사를 적을 때 그 방에 있었을 당신을 생각하고 당신이 잠시나마 나를 떠올렸을까 궁금해했다. 베갯잇은 오래전에 세탁해 다림질까지 했지만 난 당신이 잠들었던 침대에 누워 베개에 얼굴을 묻었다.

학교에서의 남은 두 학기 동안 당신은 계속 나를 사로잡았다. 당신에게 편지를 썼는지 퓨크스가 다시 물었는데 내 소심함이 부끄러워져서 썼노라고 거짓말을 했다. "잘했구나!" 하고 그가 흡족한 듯이 말하고는 언젠가 〈아이리시 타임스〉를 펼쳤을 때 우리의 약혼 기사를 읽게 될 거라고 덧붙였다.

"난 언제나 여기 있을 겁니다." 졸업식 날 스크로텀이 약속했다. 얼굴의 붉은 살집으로부터 가식적인 미소가 비어져 나왔다. "난 언제나 졸업생을 만나는 걸 좋아합니다." 학창 시절 내내 학자연하던 교장의 부인이 내게 말을 건 적은 한 번도 없었는데 이제 막연히 내가 잘되길 빈다며 인사를 건넸다. "삶에서……." 그녀가 덧붙였다. 그러고 나서 악수를 한 뒤 작별 인사를 위해 줄지어 늘어선 학생에게로 몸을 돌렸다. 나는 마음씨 좋은 교목과 인사를 나눴고, 호프리스 기번과 올드 더브화이트와도 악수했다.

"난 사촌과 사랑에 빠졌어." 마침내 나에게 무엇보다 중요하게 다가왔던 진실을 링과 드 커시에게 고백했다. 그들이 말했다. "우리도 알아"라고.

"그래, 네가 그곳으로 돌아가야 한다는 건 알아." 제분소에서 새로운 삶을 시작하기 전날 밤 어머니가 말했다. "물론 난 이해한다, 윌리."

햇살 좋던 날 빅토리아 호텔에서 어머니와 둘이 점심을 먹은 지도 오래되었고, 그날 이후로 그래본 적도 없었다. 나의 계획대로 정원에 앉는 일은 한 번도 일어나지 않았다. 당신과 내가 자주 그랬던 것처럼 함께 산책을 나간 적도 없었다.

"주말마다 여기로 올 거예요." 내가 말했다. "금요일마다 기차로 돌아올게요."

"넌 나한테 잘해주는구나, 윌리."

패디 위스키병 하나가 또 침대 옆 탁자 위에 코르크 마개가 열린 채 놓여 있었고, 그녀의 잔은 반쯤 차 있었다. 어머니의 하얀 잠옷은 단추가 풀려 있었고 방에는 위스키 냄새가 얼얼했다.

"그 남자 이름이 뭐였지? 러드킨, 그렇지?"

어머니가 소리를 냈다. 웃거나 훌쩍이는 듯했다. 눈동자엔 초점이 없었고 말할 때 내게 직접 말을 건네지도 않았다. 아무도 도일을 믿지 않았지, 라고 어머니가 말했다.

"라니건 씨가 말하길 집을 다시 짓는 데 필요한 자금이 만들어지지 않았다네요. 스물한 살이 되어야 내가 자금을 관리할 수 있어요."

"집 말이니, 윌리?"

"킬네이요. 그걸 다시 짓고 싶어요."

"아, 우리의 킬네이……." 어머니는 잔에 손을 뻗더니 술을 조금 마셨다. "선반 위의 복숭아 통조림, 그리고 포장을 위해 쌓아놓은 신문들. 양배추와 콜리플라워, 아마도 스위트피와 쑥부쟁이 다발 같은 꽃까지. 아이들이 그의 가게에 들어오고 그는 아이들에게 심지어 토피 애플을 공짜로 나눠 줄지도 모르지."

나 자신을 주체할 수 없었다. 화가 끓어올라 뺨과 이마가 타들어갔다. 난 목소리를 높였다.

"술을 이렇게 마셔야겠어요? 세상에, 왜 잊어버리지 못해요? 왜 시도조차 못하세요?"

어머니한테 그렇게 말했다는 게 순간 믿어지지 않았지만 한편으론 그럴 수 있어 기뻤다. 하지만 어머니는 공손한 질문을 받은 것처럼 대답했다.

"윌리, 내가 이따금 치통이 있잖아. 난 이 지긋지긋한 위스키 맛이 정말로 싫단다, 얘야."

어머니를 두고 나왔다. 그녀의 목소리는 여전히 힘없이 웅얼거리고 있었다. 난 어머니를 싫어할지도 모른다고 생각했다. 왜 난 당신을 향한 내 사랑을 어머니에게 이야기할 수 없었을까? 집사에게는 말하는데 왜 어머니에게는 못 했을까? 왜 어머니는 내게 전혀 도움이 되지 않을까.

"메리앤?" 어머니는 이렇게 말했을 것이다. "그런데 메리앤이 누구니?"

다음 날 아침 나는 페르모이로 가는 기차를 탔다. 과수원 별채에 나를 위한 방이 준비되었고 며칠이 지나면서 난 킬네이의 낯섦과 친숙함에 조금씩 익숙해졌다. 똑같이 느린 속도로 제분소 일을 배우기 시작했고, 데렌지 씨가 모든 세부 사항을 꼼꼼하게 설명해주었다. 난 내 일이 충분히 마음에 들었지만, 당신이 여기 함께 있기를 갈망하지 않은 날은 하루도 없었다. 어느 날 저녁 이 감정을 킬개리프 신부에게 털어놓았다. 그때 그는 마치 이 순간을 기다렸다는 듯이 그의 성직 박탈에 얽힌 이야기를 들려주었다.

그는 시카고로 보내진 가톨릭 학교 여학생을 사랑하지 않았다. 그 소녀가 그를 사랑했다. 이 사실을 모른 채 그는 그녀와 친구가 되었다. 그녀가 리머릭 카운티 교구에서 누구보다도 그의 평화주의 정신을 옹호했기 때문이었다. 하느님의 가장 큰 선물은 그분께서 우리에게 맡기신 생명이라고 그는 설교했다. 전쟁도 혁명도 정당화될 수 없습니다. 둘은 폭력과 죽음을 허용하기 때문입니다. 오랫동안 아일랜드를 통치해온 제국주의자들을 격렬하게 혐오하는 그 지역 저명 인사이던 소녀의 아버지는 딸이 자신과 의견을 달리하는 성직자를 사랑한다는 걸 알고 가혹하게 보복했다. 혐의가 부풀려졌고 소녀는 떠나보내졌으며 성직이 박탈되었다. "글쎄, 이제 다 끝났지." 킬개리프 신부의 씁쓸한 한마디였다.

하지만 난 그게 사실인지 궁금했다. 소녀는 지금도 시카고에서 여전히 그를 흠모하고 있는지, 그리고 나도 결국 홀로 흠모하게 될지 궁금했다. 난 귀신 언덕 꼭대기로 올라갔다. 그곳에서는 수 킬로미터에 걸친 풍경이, 굽이치는 강과 발아래에 펼쳐진 로크의 집들, 그리고 더 멀리 페르모이가 한눈에 들어왔다. 킬개리프 신부가 꿈꾸던 평화가 마침내 아일랜드에 도래했고 난 킬네이로 돌아왔다. 자루와 짐 마차에 *Wm Quinton*이 쓰여 있었다. 내 이름이자 내 아버지와 할아버지의 이름이었다. 하지만 당신과 함께 나눌 수 없다면 어떤 것도 감명 깊지 않았다.

조세핀은 "킬네이를 다시 보고 싶어"라고 말했고 저녁 기차를 타고 함께 돌아갈 수 있도록 금요일에 도착했다. 우리는 함께 정원과 폐허를 걸었고, 그녀는 과수원 별채의 부엌에 들어서자 수줍어했다. 피츠유스터스 고모가 걱정스럽게 우리 어머니에 대해 묻고 팬지 고모가 건포도 스콘을 대접할 때 그녀는 의자 끄트머리에 앉아 차를 홀짝였다. 킬개리프 신부는 그녀를 다시 만나 아주 기쁘다고 말했다. 그날 처음으로 난 그에게서 피곤한 기색과 과거에는 없던 수척함을 알아차렸다. 그가 가슴의 총상으로 이따금 고통스러워한다고 데렌지 씨가 내게 일러주었다.

제분소로 가는 길에 조세핀이 말했다.

"이제 여기는 괜찮구나, 윌리."

"네, 그래요."

"하느님 감사합니다."

그녀는 스스로를 축복했다. 한 손이 슬며시 코트 주머니로 들어갔고 난 그녀가 묵주를 만지작거린다는 것을 알았다. “하느님은 선하셔, 윌리.” 그녀가 말했다.

제분소 마당에서 조니 레이시가 그녀와 인사를 나누면서 더할 나위 없이 좋아 보인다며 미소 지었다. 잠시 사무실에 들른 후 우리는 과수원 별채로 돌아가 고모들의 마차를 타고 로크로 나갔다. 조세핀은 말을 아꼈는데 조니 레이시와의 만남이 그녀가 예상했던 만큼이나 평범했기 때문이란 걸 알 수 있었다. 우리가 스위니네 펍 주방에 잠시 앉아 있자 스위니 부인이 차를 주었다. 베이컨 기름과 닭 요리의 따뜻한 냄새가 났다. 우리가 페르모이에서 기차를 타러 떠나기 전 조니 레이시의 아내가 조세핀에게 보여주기 위해 아이들을 데려왔다.

“아주 좋구나.” 스위니 부인이 말했다. “네가 이곳으로 돌아와 아주 좋구나, 윌리.”

조세핀이 그곳에 그렇게 있을 수 있어서 좋았다. 부엌에서 조세핀이 아이들과 그들의 어머니와 함께 미소 짓고 소리 내어 웃었다. 난 그녀가 조니 레이시를 용서하기 위해, 아니 적어도 그녀가 삶에 만족하고 있다고 그를 안심시키기 위해 돌아왔다고 느꼈다. 기차에서 조세핀에게 당신을 향한 내 감정을 털어놨다. 그녀가 귀 기울여 듣더니 말했다.

“놓치지 마, 윌리.”

“뭐를요?”

"너의 사랑. 선물 같은 거야, 누군가를 사랑한다는 건."

"근데 메리앤이 날 좋아하는지조차 모르겠어요. 그녀가 좋아하지 않으면 소용이 없잖아요."

"당연히 널 좋아하지. 편지를 써, 윌리. 제발, 얼른."

그녀는 다급하게 말하더니 잠시 내 팔에 손을 얹었다. 조니 레이시 앞에서 드러낸 만족감과 그 아내와 아이들에게 보낸 미소에도 불구하고 겉으로 드러나지 않은 어떤 슬픔이 그곳에 있었다. 시카고로 내쫓긴 소녀를 다시 생각나게 하는 내밀하고 외로운 슬픔이었다.

"내게 약속해, 윌리."

난 약속했다. 바로 그날 밤에 편지를 쓰겠노라고. 당신을 사랑한다고 간단하고 명료하게 쓰겠다고. 만약 당신이 날 좋아하지 않는대도 난 이해하고 그 실망을 최대한 견딜 거라고.

"하지만 그녀는 널 *좋아*해, 윌리. 난 오래전에 너에게 이 말을 해줄 수도 있었어."

우리는 화제를 바꾸었고 조세핀은 어머니에 대해 이야기했다. 그녀의 목소리는 조용하고 염려스러웠으며 연민에 가득 차 있어서 난 내 원망이 부끄러웠다. 킬네이의 세 명의 생존자들 가운데 유일한 희생자가 바로 내 어머니였다. 위스키가 상처를 무디게 하는 데 도움이 된다면 술은 그런 목적이었을 것이다. 어머니는 조세핀이 감사해하고 나는 그러지 못했던 노력을 해왔다. 검붉은 드레스에 미소까지 장착하고 나와 함께 시내로 걸어 내려가는 건 쉽지 않았을 것이다.

우리는 집으로 들어갔다. 불이 켜지기 전 난 당신에 대해, 그리고 마침내 내가 어떻게 당신에게 편지를 쓸 용기를 냈는지 어머니에게 말하기로 결심했다. 당신이 누군지 어머니가 기억하지 못하더라도 상관없었다. 어머니가 술을 너무 많이 마셨다면 아침에 다시 이야기할 것이다. 난 계단에서 어머니를 불렀다. 하지만 어머니의 방으로 들어가기 직전에 모든 게 다르다는 것을 깨달았다. 어머니가 죽었다는 것을.

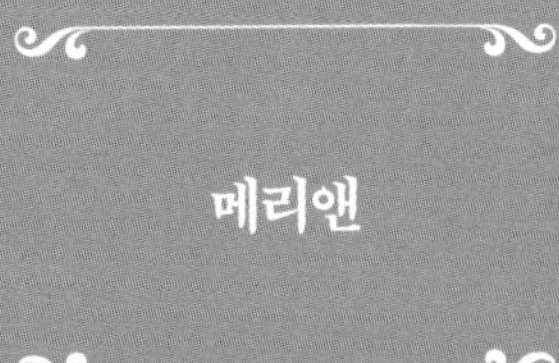

메리앤

1

1983년 도싯의 우드컴 사제관에서는 총명한 젊은 성직자가 직무를 수행한다. 그에게 세월은 낯설다. 주차장을 만들고 쓰레기를 주워야 하는 우드컴 파크의 가족들에게 세월이 낯설듯이. 하지만 그 가족들과 마찬가지로 성직자는 복사된 서한을 읽느라 바쁘게 지내며 현재를 받아들인다. 그는 두 세대 전 토요일 오후 이 아름다운 사제관에 도착한 전보나, 어째서 그 전보가 5시가 되도록 가정부만 있는 집의 홀 스탠드 위에 동그마니 놓여 있었는지 전혀 알지 못한다. *퀸턴 부인 사망*. 내용의 충격이 수습되었을 때 두 번째 전보가 도싯에서 인도 마술리파탐으로 발송되었다. *에비 안타깝게 사망*. 조문복 위로 햇살이 일고, 회한과 죄책감이 사제관을 무겁게 짓눌렀다.

1983년 코크주에서는 그 모든 것이 생생히 기억된다.

2

우리 둘은 검은 옷을 입었고, 이 점은 같이 여행하는 사람들의 이목을 끌었다. 우리의 애도에 대한 배려로 사람들은 세심한 신경을 써주었다. 우리가 가는 길에서 비켜섰고 여자들은 성호를 그었으며 남자들은 모자에 손을 가져다 댔다.

"아일랜드 사람들은 이렇단다." 어머니가 설명했다. 항구에서 어머니가 당신을 껴안았다. 어머니는 검은 테두리의 손수건으로 눈가를 훔쳤다. "가엾은 아이." 어머니가 속삭였다. "가엾은 아이, 가엾은 아이."

"애도를 표합니다." 내가 말했다. "진심으로 애도를 표해요, 윌리."

당신은 대답하지 않았다.

차가 우리를 집까지 데려다주었고 당신은 우리에게 배고플 거라고, 햄과 샐러드가 있다고 일러주었다. 당신은 우리를 식당으로 안내했는데 그곳에선 내가 기억하는 그 밀폐된 냄새가 났다. 퀴퀴한 곰팡내는 확실히 아니지만 오래 사용하지 않았음을 암시하는 냄새. 작은 벽난로에서 불길이 타올랐고 침묵이 어색하게 스며들었다. 세상에서 내가 제일 하고 싶지 않은 일은 먹는 것과 어머니가 하는 말을 듣는 거였다.

"그 지독한 음주. 그래, 물론 윌리, 우리는 우리가 할 수 있는 일을 했지. 내 말은, 나는 잔소리를 하고 또 했다는 거야, 윌리. 우리가 작년 여름 여기 왔을 때 날마다 언니에게 애원했어."

나는 내 방이 지난번에 지냈던 방과 같은지 물었다. 당신은 날 보지도 않고 퉁명스럽게 대답했다. 어머니가 다시 말하기 시작했다.

식당을 나와 위층으로 올라갔다. 지나간 시간 동안 그 집은 내 기억 속에 애틋하게 남아 있었다. 현관문과 계단참 창문의 스테인드글라스, 다른 집에서 난 화재를 피한 어수선한 가구들. 내 침실은 좁았고 어두운 벽과 등유 램프가 하나 있었다. 아무것도 달라지지 않았다. 난 꽃무늬 대야에 물을 붓고 아주 천천히 씻었다.

"장례식은 내일 아침 11시 30분에 있습니다." 내가 다시 식당으로 갔을 때 당신이 말했다. 어머니는 로크에 묻힐 겁니다. 조세핀이 찻잔과 찻주전자가 놓인 쟁반을 들고 들어왔다. 그녀는 그것들을 흰 테이블보 위에 내려놓고는 조용히 문을 닫고 식당을 빠져나갔다.

"안타깝구나." 어머니가 말했다. "인도에서 못 오신다니. 물론 오고 싶으실 테지. 이해하지, 윌리? 할아버지, 할머니께선 오고 싶어 하실 거다."

당신은 이해한다고 했다. 어머니는 햄과 샐러드를 먹었다. 배고파 보였다. 당신은 과일 케이크 조각을 자르며 보랏빛 건포도와 씨 없는 황금 건포도 덩어리 속으로 천천히 칼을 박아 넣고 느리게 뺐다. 차를 따르고 케이크를 권하는 동안 당신은 나를 한 번도 바라보지 않았다.

"두어 시간 정도 쉴게." 어머니가 차를 두 잔 마시고 나서 말했다. "너희 둘은 산책을 가지 그러니? 신선한 공기가 도움이 될 거야."

하지만 당신은 나도 눕고 싶을 거라고 재빨리 대꾸했다. '화가 나 있구나'라고 나는 생각했다. 당신은 통명스럽게 말할 수밖에 없는 상태였다.

"내가 원망스럽구나." 어머니가 말했다. "어떻게 보면 단호하게 술을 저지하지 못한 나를 탓하기도 해. 하지만 누가 뭘 할 수 있었겠니? 사랑하는 언니도 어쩌지 못했는데 누가 뭘 할 수 있었겠어?"

어머니는 검은 테두리의 손수건으로 눈가를 훔치고는 사라졌다.

"눕고 싶지 않아요." 내가 말했다.

우리는 말없이 언덕을 내려가 침묵 속에서 다리를 건너 시내로 들어갔다.

"어머니는 스스로 목숨을 끊었어요." 마침내 당신이 말했다. "면도날로 손목을 그었습니다."

당신은 걸음을 멈추지 않았다. 당신은 옷과 도자기가 가득한 진열창을 지나 울워스네와 약국으로 나를 데려갔다. 바람이 포도 위를 구르는 쓰레기를 휘젓고, 갈매기들은 우리 머리 위에서 날카로운 소리를 냈다. 폭풍우가 거칠어지고 있었고 당신은 그 공허한 목소리로 중얼거렸다.

"난 이모에 대해 잘 몰랐어요, 윌리."

지저분한 아이들과 함께 두 여자가 내 옷소매를 잡아당기면서 나를 위해 '성모 마리아께 기도를 올리겠노라'고 매달리며 애걸했다.

"지옥에나 떨어져!" 당신은 그들의 움켜쥔 손을 때리며 소리쳤다. 조금 후에 당신이 말했다.

"자살은 정상적인 매장 허가를 받을 수 없어요. 나는 그걸 구걸해야 했죠."

우리는 당신이 다녔던 학교를 지나갔다. 닫힌 파란색 문 옆 검은 명판에 *교장 미스 A. M. 할리웰*이라고 쓰여 있었다. "*온 힘을 다해 선한 싸움을 한다.*" 교훈이 보였다. 당신은 할리웰 선생에 대해 설명했고 우리가 길에서 그녀를 만날 수 있기를 바랐었다.

"우리는 그날 어머니를 그렇게 홀로 두는 게 아니었어요. 그걸 알았어야 했는데."

"유감이에요, 윌리."

"우리는 빅토리아 호텔에서 술을 한잔할 수도 있었는데. 어머니의 유일한 약속 장소에서."

당신은 씁쓸하게 말했고, 이모가 가고 싶어 했던 호텔을 방문하는 것에 무감각해진 듯 보였다. 당신은 예전의 당신과 모든 면에서 달랐다. 움직임과 걸음걸이마저 다르게 보였다.

"레모네이드 한 잔 주세요." 내가 호텔 라운지에서 주문했다. 머리가 아프기 시작했다. 눕고 싶을 거라고 당신이 말했을 때 그렇다고 할 걸 싶었다. 당신이 텅 빈 라운지를 걸어오는 것을 지켜보았다. 레모네이드는 긴 잔에, 당신의 호박색 술은 작은 잔에 들고서. 당신은 앉았고 우리 사이에는 마치 당신이 나를 벌주려는 것처럼 느껴지는 침묵이 흘렀다. 나는 무슨 말을 해야 할지 몰랐다. 침묵보다 더 나은 말은 없었다.

"난 몇 달간 스위스에 있을 거예요."

"스위스?"

"영국인 교수와 그 부인이 매년 여학생 몇 명을 초대해요. 몽트뢰에."

"아."

"거기서 지내는 게 어떤 걸지 모르겠어요."

"모르죠."

"불행히도 내가 당신에게 말했던 그 반장 애도 가요."

당신은 대답하지 않았다.

"아그네스 브론텐비요." 난 비참하게 덧붙였다.

당신은 여전히 대답 없이 술잔을 응시했다.

"당신한테 끔찍한 일이라는 걸 알아요, 윌리."

당신은 고개를 돌렸다. 부끄러움이 내 뺨을 붉게 물들였다. 당신은 내가 검은 옷을 입은 못생긴, 지금 스위스 이야기를 꺼낼 만큼 멍청하고 더럽고 작은 미물이라고 생각했을까요? 이런 때 이런 식으로 교수와 그 부인에 대해 언급하는 게 경박하게 들렸나요? 당신 어머니는 죽어서 누워 있고 당신은 성직자에게 예를 갖춘 장례를 간곡히 부탁해야만 했는데 우리가 전에 함께 느낀 감정을 나누길 바라는 것은 너무 이기적인 건가요? 애처롭게 나는 레모네이드 잔을 들었다. 달콤하면서도 소름 끼치는 맛이었다. 이게 당신이 전에 말했던 친구 아버지가 제조한다는 레모네이드일까 궁금했고, 이내 그런 걸 궁금해하면 안 된다는 생각이 들었다. 이것 또한 너무 경박하기 때문이었다. 당신은 영국인인 나를 경멸한다, 라는 생각이 몇 번이고 끈질기게 나를 강타하며 사라지길 거부했다. 영국인들이 당신 집에 불을 지르고 당신 가족을 파괴했다. 당신 어머니가 스스로에게 불러온 죽음은 그 비극의 일부였다.

"아, 그거 마시지 말아요." 당신이 다급하게 중얼거렸다. "좋아하지 않으면 마시지 말아요."

"당신에게 내가 뭔가 도움이 될 수 있으면 좋겠어요, 윌리."

"어머니가 성가시고 쪽팔렸어요. 어머니는 불행했고요. 어머니가 죽었으니 난 기뻐해야 해요."

비가 내렸다. 광택이 나는 나무관 위에서 조약돌 하나가 덜그럭거렸다. 당신이 고개를 숙이고 턱을 가슴 쪽으로 세게 누르는 것을 지켜보았다. 한두 번 당신은 얼굴에 손을 올렸다. 당신이 울고 있다는 것을 알았다. 고통 같은 고뇌가 나를 사로잡았다. 당신이 간절히 원하는 위로를 해줄 수 없었고, 손을 잡을 수도, 정직하게 당신만을 위해 울 수도 없었다. 우리는 돌아서서 모두가, 비를 긋기 위해 우산을 들고, 무덤에서 멀어졌다.

난 이날을 영원히 기억할 거라고 교회 입구에서 혼잣말했다. 교회는 빛바랜 템페라 벽화가 벗겨져 떨어지고 게시판의 초록색 모직 천에 변색된 안내문들이 붙어 있었다. 당신 어머니의 매장을 허락한 성직자가 안경에서 빗방울을 닦았다. 당신은 외따로 서 있었고 검은 코트와 금발에서 빗물이 뚝뚝 떨어졌다. 금욕주의자인 당신의 피츠유스터스 고모는 눈물을 참았고, 팬지 고모의 얼굴에는 눈물이 넘쳐흘렀다. "가엾은 아이." 내 어머니가 속삭였다. "도싯에서는 언제나 너를 환영한다는 걸 부디 꼭 기억해주렴."

파손되지 않은 킬네이의 별채에서 지내는 당신의 고모들이 준비한 점심 식사 자리에 당신은 나타나지 않았고, 아무도 당신의 부재를 언급하지 않았다. 데렌지 씨와 킬개리프 신부는 그곳에 있었다. 어머니는 대화를 계속했다. 난 당신이 비 따위는 신경 쓰지 않고 정원 어딘가에 있거나 들판을 걷고 있을 거라고 짐작했다.

"그녀는 결코 회복하지 못했어." 당신의 피츠유스터스 고모가 말했다. "가엾고 아름다운 에비."

어머니는 당신에게 했던 말을 되풀이했다. 우리 조부모가 그렇게 먼 곳에 있지만 않았다면 장례식에 참석했을 거라고. "스스로가 원망스러워요." 어머니는 마찬가지로 되풀이했다. "술에 더 단호하지 못한 것이."

"단호함은 거의 효과가 없었을지도 모릅니다." 킬개리프 신부가 부드럽게 지적했다. "상실이 너무 깊어서 종종 할 수 있는 게 아무것도 없을 때가, 어떤 위로도 소용이 없을 때가 있습니다."

그들은 당신에 대해 이야기했다. 당신에게는 신경 써야 할 제분소가 남아 있다고 데렌지 씨가 말했다. 최소한, 당신은 더 이상 어린애가 아니라고 피츠유스터스 고모가 말했다.

우리가 여전히 식탁에 앉아 차를 마시고 있을 때 마침내 당신이 나타나 술을 조금 마셨다. 개 두 마리가 당신에게 뛰어올랐고, 다른 개들은 흠뻑 젖은 당신을 보고 놀란 듯 사납게 짖어댔다. 당신은 전혀 신경 쓰지 않았고 여전히 말이 없었다.

"만약 부족한 게 있거나, 윌리." 내 어머니가 코크로 돌아가는 길에 말했다. "혹은 금전적으로 빠듯하……."

"돈은 많습니다, 감사합니다."

"우리는 사제관에 있단다, 윌리. 우리는 항상 그곳에 있어, 얘야."

어머니가 그런 말을 계속하지 않기를 바랐다. 당신이 대화하고 싶어 하지 않다는 것을 어머니가 알아채길 바랐다.

"한 걸음 한 걸음 내딛어라, 윌리."

"네."

"그런데 어떤 걸음을 제일 먼저 내디딜 거니? 내 말은, 다음은 뭐니?"

"다음이요?"

손에 땀이 났다. 얼굴에서부터 목과 어깨로 퍼지는 온기를 느끼며 풍경으로 시선을 돌렸다.

"상념에 깊이 빠지지 마라, 윌리."

"전 제분소 일을 계속할 겁니다."

"잘 생각했다, 윌리."

당신의 집에 도착해서 1년 전 휴가 때 몇 주 동안 행복하게 잠들었던 내 좁은 방에 잠시 혼자 앉아 있었다. 장례식의 모습 하나하나를 생생히 떠올리고 주고받은 말들을 되새기며 그 말들이 당신에게 어떤 의미였을지 생각했다. 당신을 위로해주길 갈망했다. 비록 산책길과 호텔 라운지에서의 우리 둘은 아주 어색했지만 난 당신과 다시 단둘이 있기를 간절히 바랐다.

"그에겐 끔찍한 일이었어요, 아가씨." 부엌에서 내가 말을 건네자 조세핀이 말했다. "그런 식으로 어머니를 발견하는 건 끔찍하죠."

"네, 틀림없이 그랬을 거예요."

"그날 저녁에 윌리는 편지를 쓰려고 했었어요."

"편지를 쓴다고요? *나에게?*"

"좋아한다고 말하기 위해서요, 아가씨. 그는 편지를 보낼 작정이었죠."

"날 좋아한다고요?"

"아가씨가 이곳에 다녀간 여름 이후로 내내 좋아했어요. 퀸턴 부인이 죽던 날 오후에 제게 고백했답니다."

나는 활기 없는 식당에 식탁을 차리기 위해 자리에서 일어났지만 저녁 식사에 당신은 나타나지 않았다. 당신은 혼자 어딘가로 갔다. 어머니와 나는 햄을 먹었고 당신을 위해 좀 남겨두었다. "윌리는 점심도 안 먹었는데……." 어머니가 한숨지었다. "메리앤, 얘야, 네가 그 애랑 같이 있었어야 할걸……."

"혼자 있는 쪽을 더 좋아하는 것 같아요."

내 머릿속엔 온통 조세핀이 부엌에서 해준 말뿐이었다. 하고 많은 밤 가운데 하필이면 그날 밤 내게 편지를 쓰려고 했다는 것이 운명처럼 느껴졌다. 나도 여러 번 우리가 나눈 대화를 잇기 위해 당신에게 편지를 쓰고 싶었다. 하지만 쓰려고 하면 어색함이 몰려왔고 편지로는 하고 싶은 말을 제대로 표현할 수 없다는 것을 깨달았다.

날이 밝으면 우리는 영국으로 돌아가는 길을 나서야 했다. 내가 스위스에 가는 바람에 우리는 더 오래 머무를 수 없었고, 난 이미 그 프로그램에 늦은 상황이었다. 아래층에서 한 시간가량 기다렸지만 계단에서 당신의 발걸음 소리를 들은 건 한참이 지나 내가 방에서 옷을 벗고 있을 때였고, 이 또한 운명처럼 여겨졌다. 난 잠옷을 머리 아래로 끌어 내리고 차가운 침대에 미끄러져 들어가 울었다. 우리가 지금 함께였다면 당신의 고통을 입맞춤으로 날려 보내기 위해 두 팔로 당신의 머리를 감싸 안고 내 쪽으로 끌어당겼을까? 그러면 내가 어쩌다 영국인인 것을 용서해주었을까? 한 시간이 넘도록 난 비련하게 침대에 누워 있다가 일어나 선반에서 등유 램프를 집어 들었다.

당신 방 앞에 선 나는 아주 가볍게라도 문을 두드리지 않았다. 그저 문을 열었다. 모든 두려움과 도덕이, 세상의 모든 잣대가 내게서 사라졌다. 난 아무것에도 관심을 두지 않았다. 내가 당신을 사랑한다는 걸 당신이 알아야 한다는 것 말고는, 내가 당신을 사랑한다는 걸 알면 당신이 적어도 약간의 위안을 얻을지 모른다는 것 말고는. 난 램프를 화장대에 올려놓고 당신 이름을 불렀다.

3

"아, 메리앤, 내 사랑스러운 학생."

기차역에서 새로 도착하는 학생을 마중하길 좋아한다고 기브바첼러 교수가 설명했다. 그는 60대의 키가 크고 과하게 마른 남자였다. 수염은 희끗희끗하고 성겼으며 가발은 칠흑같이 검고 가벼운 웨이브가 져 있었다.

"조금 늦었구나." 그가 별거 아니라는 듯 말했다. "오늘 도착하다니, 얘야."

"장례식이 있었어요. 아버지가 전보를 치셨는데요."

"아, 맞아, 그랬지. 집을 나서기 전에 '오늘 전보 소녀를 만나러 가요'라고 아내에게 말했단다." 음흉한 웃음이 교활하게 터졌다. "난 이제 널 그렇게 부를 거다, 작은 메리앤. 내 전보 소녀. 몽트뢰에 온 걸 환영한다."

"늦게 도착한 게 불편하지 않으셨길 바랍니다."

"물론, 전혀 아니지! 다만 개인적으로 걱정을 했단다. 혹여 장례 때문에 네 여행 일정이 엉망이 되는 건 아닌가 하고. 그로 인해 여행이 불편해지기라도 할까 봐."

"아니요, 조금도 그렇지 않았습니다."

"교구 사제시니, 아버님이? 도싯? 내 기억이 맞다면."

"네."

"도싯은 매력적인 곳이지. 그리고 장례식은? 가까운 사람은 아니겠지?"

"이모요. 아일랜드에서."

"아, 아일랜드……."

그는 말할 때마다 나를 자세히 관찰했는데 분명 내 눈을 찾고 있었다. 떠나지 않는 미소는 콧수염으로도 감출 수 없었다.

"몽트뢰를 싫어하는 사람은 아무도 없지." 우리가 차를 타고 가는 동안 그가 털어놓았다. "우리는 가족이 되었단다. 아내와 나, 그리고 우리를 방문한 소녀들이. 우리 집에서 불행한 사람은 지금까지 한 번도 없었어."

우리는 광활한 호수를 지나갔는데 기브바첼러 교수가 레만 호라고 알려주었다. 우리를 둘러싼 알프스 산맥은 온통 눈으로 덮여 있었다.

"골칫덩어리 나라, 아일랜드. 넌 꽤 안전하다고 느꼈지, 메리앤?"

"그럼요. 꽤 안전하죠."

차가 정문을 통과해 창문 앞에 철제 발코니가 딸린 집에 멈추었다. 창문마다 양옆으로 갈색 벽에 연결된 나무 덧문이 있었다. 베란다는 방금 지나간 아주 큰 소나무 문들을 포함해 집의 전면만큼 길게 뻗어 있었다.

"쟈베즈!" 내가 여행 가방을 들고 기다리는 동안 교수가 복도에서 불렀다. 아내의 대답을 들으며 이제 조금은 익숙해진 방식으로 내 쪽으로 고개를 약간 내밀었다.

"전화가 왔어요." 안경을 낀 호리호리한 소녀가 그에게 알렸다.

"아, 고마워, 신시아."

벽의 화려한 색감에 눈길이 갔다. 복도의 과도한 벽화들은 기브바첼러 부부가 수년간 쏟아부은 노력을 보여주었다. 호수, 알프스, 그리고 계단을 반쯤 올라가자 새들이 있는 성곽 풍경의 그림이 있었다.

"만나서 반가워, 메리앤?" 건장하고 쾌활한, 남편보다 훨씬 키가 작은 기브바첼러 부인이 갑자기 나타났다. 그녀는 다양한 라벤다 색조의 드레스를 단정하게 입었고 희고 검은 머리는 파마를 해 가볍게 물결쳤다.

"이리 와라, 메리앤."

그녀가 방금 나왔던 방으로 나를 이끌었다. "앉으렴." 탁자 뒤로 앉으며 내게 의자를 가리켰다. 복도와 베란다에도 같은 의자들이 있었다. 쿠션은 없고 좌석과 등받이에 캔버스 천을 댄. 나무 바닥은 여기저기 있는 융단들과 더불어 최신 유행을 따른다는 걸 난 알아차렸다.

“몽트뢰에 온 것을 진심으로 환영해.” 기브바첼러 부인이 쉰 목소리의 스코틀랜드 억양으로 기운차게 말했다. “문화가 우리 빌라의 대명사지만, 그것만 빼면 우리는 이 지역 사람으로 산단다. 우리 친구 마드무아젤 플로랑스의 수업이 매일 있고, 내 남편이 스위스와 각 주의 역사를 가르치지. 엄격하진 않지만 우리는 아침 일찍 시작하는 걸 좋아하고, 마드무아젤 플로랑스와 나누는 모든 대화는 물론 프랑스어로 이루어진단다. 고맙다, 메리앤.”

일어나서 기브바첼러 부인에게 감사 인사를 했다.

“너희 학교에서 온 다른 소녀가…….” 부인이 책상 위의 서류들을 넘겼다.

“아그네스 브론텐비요.”

“아, 아그네스 브론텐비. 물론이다. 아그네스는 아주 쾌활하지. 이번 가을에는 메이비스와 신시아도 함께 지낸단다.” 부인이 잠깐 멈췄다. “아주 건강하지, 메리앤?”

“네, 그렇게 생각해요.”

“너는 체구가 정말 작지만 알다시피 그걸로 걱정할 필욘 없지. 어떤 불리한 조건도 멍청한 것보다는 나은 법이니까.”

작은 몸에 익숙해졌다고 말했지만 부인은 내 말을 듣는 것 같지 않았고 자신의 논지를 계속 이어나갔다.

"그렇다고 네가 건강하지 않다는 건 아니야, 메리앤. 네 치아는 아주 튼튼해 보이는구나, 그렇지? 훌륭해. 네 어머니께서 아마도 이런 말씀을 하셨을 거야. 의치는 본데없이 자란 것을 의미한다."

"사실 제 어머니가 그런 말씀을 한 것 같지는 않은데요."

"글쎄……." 부인은 다시 멈췄다. 그녀의 머리가 살짝 옆으로 수그러졌다. "우리 스위스 가정에서는 과거의 예절을 무시하지 않는단다. 알겠지, 메리앤?"

"네, 기브바첼러 부인."

"좋아. 너는 메이비스와 방을 같이 쓸 거야. 뾰루지로 약간 고생하고 있지만 그게 전염된다고는 결코 생각지 않아. 이곳에서 보내는 시간이 행복할 거야, 메리앤. 우리 집에서 행복하지 않은 여학생은 지금까지 없었어."

"교수님도 그렇게 말씀하셨어요."

"교수가 벌써 널 좋아하기 시작했다는 걸 알겠구나. 그건 훌륭한 일이지."

기브바첼러 부인을 따라서 여행 가방을 위층으로 가져갔다. 우리는 더 많은 벽화가 있는 계단을 지나 두 개의 침대 중 시트가 하나 깔려 있지 않은 아주 작은 방으로 들어갔다. 기브바첼러 부인은 망사 커튼이 바닥까지 닿은 창을 가리켰다. 그녀가 방을 가로질러 가더니 걸쇠를 풀고 커튼이 쳐진 창문을 밖으로 밀었다. 우리 아래로 황혼의 레만호와 몽트뢰의 반짝이는 불빛이, 위로는 우뚝 솟은 눈 덮인 알프스 산맥이 펼쳐졌다. "스위스에서 볼 수 있는 아주 멋진 풍경 중 하나지." 기브바첼러 부인이 확신에 차 말한 뒤 방을 나갔다.

창문을 닫고 짐도 풀지 않은 채 침대 가장자리에 앉았다. 아일랜드를 떠나온 이후로 다른 사람들과 같이 있는 게 힘들었다. 사제관으로 돌아오는 길에, 그리고 도착한 후에도 혼자 있기를 간절히 원했다. 당신을 두고 왔다는 어머니의 걱정과 아버지의 동정 어린 탄식으로부터 벗어나고 싶었다. "우리는 그의 마음의 평화를 위해 기도해야 한다." 아버지는 몇 번이고 눈을 감으며 다잡은 손 위로 고개를 숙였다. 두 번째 여행을 떠나기 위해 사제관을 나설 때 받은 안도감은 스스로를 배은망덕하게 느끼도록 했다.

"안녕." 목소리가 들렸다. "네가 메리앤이니? 나는 메이비스야."

"응, 난 메리앤." 나를 빤히 쳐다보는 주근깨투성이 얼굴을 나도 빤히 바라보았다. 난 편지에 대해 물었다. 복도에 놓인 편지함에 가 보니 텅 비어 있었다. 왜 내가 편지에 대해 묻고 그걸 보러 갔는지 알 수 없었다. 물론 벌써 편지가 왔을 리 없었다.

아그네스 브론텐비의 가슴은 교복 속에 있을 때보다 더욱 봉긋했고 아름다운 파란 눈은 학교에서 봤을 때보다 훨씬 촉촉했다. 식당에서 그녀는 안경잡이 신시아와 함께 내 건너편에, 메이비스는 옆에 앉았다. 기브바첼러 부부는 다른 시간에 따로 먹었다.

벽화가 없는 식당은 어둑시근했다. 창문을 거의 가린 벨벳 커튼과 마찬가지로 벽 또한 갈색이었다. 소나무 바닥에는 미끄럼과 삐걱거림을 막기 위한 활석 가루가 흩뿌려져 있었다.

"음식을 먹을 수가 없어." 신시아가 내게 일러줬다. 메이비스가 말하길 작년에 한 여자애는 도망을 갔다고 했다. 아그네스 브론텐비의 상냥함이 벌써 이 모임의 분위기에 고루 스며 있었다. 그녀는 이미 떠도는 험담은 뒷전으로 두고 밝은 희망을 발굴한 듯 보였다. 그녀는 당면이 든 묽은 수프를 뜨며 맛있다고 말했다. 그날 오후에서야 작년에 여학생이 도망간 일은 오해에서 비롯된 것이었다고 기브바첼러 부인이 아그네스 브론텐비에게 털어놓았다. 기브바첼러 부인이 살면서 한 번이라도 진실을 말한 적 있을지 의문이라고 신시아가 얘기했을 때 "자, 얘들아, 너무 그렇게 몰아가지 말자"라며 아그네스가 제지했다.

"그는 *끔찍해*." 메이비스가 말했다.

"맞아, 정상 범주를 꽤 벗어나지." 신시아가 동의했다. 신시아는 기브바첼러 부인이 자기 부모에게 쓴 편지에 여학생들은 각자의 방이 있고 마드무아젤 플로랑스는 프랑스어뿐 아니라 독일어로도 가르친다고 적었다고 했다. "그런데 왜 우리는 갑자기 방을 같이 쓰는 거야?" 신시아가 물었다. "그들이 방을 어디 다른 데 잘못 두고 잊어버리기라도 한 거야? 게다가 어떻게 마드무아젤 플로랑스가 기적적으로 독일어를 가르쳐? 자기는 독일어를 한마디도 못한다는데?"

"오, 너 재밌다, 신시아!" 아그네스가 소리쳤다. "방을 어디 잘못 두고 잊어버리다니!"

아그네스는 까르르 웃더니 심각해졌다. 그녀는 분명 또 다른 시답잖은 오해가 있었을 거라고 변호했다. 아그네스는 기브바첼러 부인이 자신의 부모에게 어떤 내용의 편지를 썼는지 기억하지 못했지만 어찌 됐든 그녀가 즐겁다는 것이 제일 중요하지 않을까?

메이비스와 나는 이어지는 논쟁에 끼지 않았다. 식당 일은 우리끼리 나누어 하기로 되어 있었다. 그날 저녁 뒷정리는 내 담당이었고, 메이비스는 우리에게 얇게 썬 사과와 치즈가 놓인 접시를 나눠 주어야 했다.

"또 다른 문제는……." 신시아가 말했다. "가사 담당 직원이 있다는 언급도 확실히 있었어."

"오, 너희도 알다시피 기브바첼러 부부는 지금 최선을 다하고 있어. 게다가 사실 난 부엌일이 상당히 즐거워. 기브바첼러 부인이 내게 토드 인 더 홀(Toad in the hole)* 만드는 법을 가르쳐줄 거거든."

"내 생각은 이래. 이 끔찍한 사람들은 자신들을 위해선 너무

나도 잘하고 있지. 우리한테 이 집을 꾸미게 하고, 그들의 음식을 요리하게 하고, 먼지를 털고 닦게 하고, 이른 아침 그들의 침대로 차를 나르게 하고. 교수가 너희 옆에 아주 바짝 붙어 서는 것은 말할 필요도 없지."

"오, 신시아, 너 *정말* 재밌는 애구나. 하지만 넌 지금 영국을 그리워하고 있는 거야, 그렇지, 신시아? 알다시피 너도 결국엔 이곳을 사랑하게 될 거고."

"난 그럴 거라고 확신할 수 없어." 신시아가 말했다.

우리가 식사를 끝마쳤을 때 기브바첼러 부인이 복도에서 우리를 기다리고 있었다.

"애들아……." 그녀가 큰 소리로 알렸다. "교수의 호롱불 강의가 저녁 9시에 있다." 그녀는 마치 먼지라도 찾는 것처럼 우리를 하나하나 세심하게 살폈다. 신시아를 근엄한 눈길로 뚫어져라 보았다. "얘야, 이걸 너에게 가르쳐줘야겠구나. 냅킨은 무릎 위에 펼쳐야 한단다. 절대 옷 속으로 집어넣지 말고. 그리고 차나 다른 음료를 마실 때 식탁 위에 턱을 괴는 건 본데없는 짓이다."

"죄송합니다, 기브바첼러 부인."

"이것들이 오늘 하루 내가 알아챈 아주 사소한 잘못들이다. 신시아. 메리앤, 너도 이해하지?"

---

* 밀가루, 달걀, 우유 등으로 만든 반죽을 입혀 구운 전통적인 영국 소시지 요리.

"네, 기브바첼러 부인."

"그렇다면 아주 훌륭하구나."

그녀는 향수 냄새를 남기며 큰 걸음으로 의기양양하게 성큼 성큼 걸어갔다.

"더러운 늙은 보지." 신시아가 말했다.

교수의 마법 호롱불 강의는 영국의 풍경과 집들을 문학과 연관 지어 우리에게 보여주었다. 그는 제임스 톰슨의 시를 인용하면서 해글리 공원의 슬라이드를 설명했다. 조지 엘리엇과 개스켈 부인, 그리고 특히 워즈워스를 인용했다. "여기, 네더스토이에서, 윌리엄 워즈워스는 도로시 워즈워스와 함께 걸었다. 우리는 지금 라이달산에 있는 그의 집을 보고 있다. *그리고 나는 나를 방해하는 존재를 느꼈다……. 장엄함…….*" 그는 우리에게 도싯의 라임 레지스 해변과 스타우어헤드의 아폴로 신전을 보여주었다. "*나는 모든 정원을 걸었다.*" 그가 근엄하게 말했다. "*붉은색, 흰색, 초록색 사이로.*"

숲과 초원과 미로와 장미 정원의 그림들과 더불어 높고 날카롭고 학구적인 목소리가 들렸다 사라졌다. 난 당신을 생각했다. 생각하지 않을 수 없었다. "*하지만 많은 나무 중에 한 그루 나무가 있다.*" 교수는 계속 말했다. "*내가 바라본 단 하나의 들판은…….*" 교수의 요청에 메이비스가 침대 시트를 옷핀으로 고정해 만든 스크린에 나무들과 들판이, 떡갈나무와 너도밤나무, 스코틀랜드 소나무, 오리나무, 물푸레나무와 사과나무가 나타났다. 여러 계절의 들판이 보였고 쟁기질에 이어 원숙한 결실에 대한 교수의 강의가 이어졌다. "저 딱한 남자는 도대체 끝을 모르네." 신시아가 내 옆에서 투덜거렸다.

마법 호롱불 풍경들 사이사이로 그날 밤 당신 꿈을 꾸었다. 당신의 따뜻한 몸이 내 몸을 뜨겁게 덥혔고 당신의 입술은 그날 밤처럼 열정적이었다.

"**아니야, 아니야**, 메리앤!" 마드무아젤 플로랑스가 외쳤다. "넌 노력이란 걸 하질 않는구나."

난 노력했다. 난 사과했다. 말하고 미소 짓기 위해 최선을 다했다.

……*그래서 매우 바쁘단다.* 아버지는 편지에 이렇게 썼다. *추수감사절을 위한 모든 채비를 하느라. 네 엄마는 침대에 이틀을 누워 있었다. 네 엄마는 지난 몇 주 동안 그 모든 소란 끝에, 아일랜드와 네 몽트뢰 여행을 준비하느라 신경이 완전히 너덜너덜해진 걸 테지. 축복받은 딸아, 우리는 너를 위해 항상 기도하고 있단다.*

호숫가의 유명한 성에서 교수는 바이런 경이 자신의 이름을 새긴 기둥 옆에 서 있었다.

"넌 근심이 있구나, 작은 메리앤?"

그는 다른 사람들이 바이런 경의 유려한 서명에 경탄하는 동안 동정하듯 물었다.

"아니에요." 난 거짓말을 했다. "전혀, 전혀 아니에요."

"알다시피 넌 언제든 내게 와도 좋아. 언제든 내게 말해도 좋단다."

그는 발을 가까이 내딛더니 내 어깨에 손을 얹었다. "나는 네 친구야"라고 그가 말했다.

다시 그날, 난 편지가 있을까 싶어 편지함을 들여다보았다. 당신과의 밤이 지나고 날이 밝았을 때 내가 몽트뢰의 기브바첼러네 주소를 적어 당신의 화장대 위에 올려놓았으므로. 그리고는 당신이 자는 동안 슬그머니 그 방을 빠져나왔다.

"방문 카드는……." 기브바첼러 부인이 포고했다. "복도의 명함 접시나 탁자에 놓는다. 물론 싸구려 인쇄물이 아닌 문자와 도안으로 고급스럽게 새긴 것으로." 결혼한 숙녀는 자기 것으로 한 장과 남편 것으로 두 장을 두었다. 하지만 숙녀가 미혼이거나 미망인이면 남편의 카드 중 한 장만 현관 홀 스탠드나 탁자에 놓으면 되었다.

그녀의 목소리를 들으며 난 기도했다. 용서를 빌었다. 내 죄를 변명하지 않겠노라고, 약간의 자비를 얻을 수 있다면 죄와 더불어 살고 그 죄로 고통받겠다고 약속했다.

"하느님……." 난 애원했다. "자애로운 하느님, 부디 제 말을 들어주세요."

기브바첼러 부인은 우리 한 사람 한 사람을 향해 차례차례 미소를 지었다.

"바느질 같은 걸 하기엔 스스로가 너무 아깝다고 생각지 말거라. 자신의 옷을 건사할 기술을 갖춘 평범한 소녀가 덤벙대는 예쁜 소녀보다 유리한 법이다."

다시는 그러지 않겠다고 결심했지만 그날도 어김없이 난 편지함을 들여다보았다.

교수가 말했다.

"작은 메리앤, 넌 워즈워스의 운율감에 대한 내 강의를 한마디도 듣지 않았어."

"아니에요, 전 정말 들었습니다, 교수님."

"아, 아니야, 내 작은 소녀."

혐오스럽게도 그는 뼈가 앙상한 손가락을 내 입술에 대고 떼지 않았다. 그가 고개를 흔들자 가발이 살짝 움직였다. 서고에는 우리 둘뿐이었다.

"내게 너는 특별한 소녀야, 메리앤. 그만큼 너의 불만은 더욱 괴롭구나."

다시 얼음처럼 차가운 손가락이 내 입술 위에 놓였다. 교수의 입가에 신선한 미소가 번졌고, 창백한 묘비처럼 커다란 이가 튀어나올 때까지 입술 끝을 뒤로 끌어당겼다. 우리는 창문의 벽감에 서 있고 난 창을 등지고 있었다.

"워즈워스와 관련해 내가 강의한 대부분의 이야기는 특별히 너를 위한 거란다, 작은 메리앤."

"제발, 교수……."

"넌 스트레스에 시달리고 있구나, 작은 소녀야."

그는 내게 가까이 다가오며 창문으로 나를 밀어붙였다. 그의 숨결에서 하루나 이틀 된 마늘 냄새가 났다. 그의 입술이 나의 왼쪽 뺨 위, 광대뼈 바로 아래에 닿았고, 그러는 동안 그의 손바닥은 나비의 손길처럼 가볍게 내 허벅지 아래로 미끄러져 내려갔다. 난 욕지기를 느끼고 몸서리를 치면서 그를 밀어냈다. 내가 이 남자에게 어떤 말을 할 수 있겠는가? "우리는 킬네이에 갈 수도 있어요. 당신에게 킬네이를 보여주면 좋을 텐데"라고 당신이 말했고, 내 인생에서 그렇게 행복한 날은 없었다고 어떻게 이 남자에게 말할 수 있겠는가? 제분소 사람들은 나와 악수했다. 로크에서 당신은 드리스콜네 잡화점과 성모 마리아 성당을 가리켰다. 페르모이에서는 당신이 금요일 쇼핑을 했던 철물점과 포목점을 가리켰다. 우리는 너무 수줍어서 마음속에 일렁이는 감정을 말하지 못했지만 그건 중요하지 않았다.

"자, 애야." 기브바첼러 부인이 사무실에서 경쾌하게 말했다. "작고 귀여운 새가 네가 사랑에 빠졌다고 알려주더구나."

"만약 아그네스가……."

"애야, 난 아그네스라고 말하지 않았다. 하지만 친구가 사랑에 빠진 걸 알아채는 건 어려운 일이 아니잖니? 그렇지? 전형적인 신호라는 게 있잖아, 안 그러니?"

"이건 개인적인 문제예요, 기브바첼러 부인."

"맞는 말이야. 다른 한편으론 난 내 소녀들을 고통받게 할 수 없단 것도 맞지. 매달 방문하는 손님은…… 제날짜에 오시지? 그렇지? 세상에, 흘겨보지 말거라. 내가 장담하는데 사랑이 소녀들의 생리 현상에 막대한 영향을 끼치는 걸 지켜봐왔어. 모든 것이 뒤죽박죽 되어버리지."

"저는 이런 이야기는 정말 하고 싶지 않습니다, 기브바첼러 부인."

"내 귀여운 새는 믿을 만한 작은 피조물이지." 고개를 한쪽으로 기울인 기브바첼러 부인이 마치 새처럼 순간을 노리며 미소 지었다. "우리 사이에 비밀은 필요 없단다, 메리앤. 너 이전에 다른 소녀들도 교수와 사랑에 빠졌단다, 얘야."

나는 깜짝 놀라서 부인했다. 역겨움과 격분으로 최대한 단호하게 말했다.

"저는 남편분과 사랑에 빠지지 않았습니다, 기브바첼러 부인."

기브바첼러 부인은 부드럽게 사랑은, 아주 자주 선택의 문제가 아니라고 대답했다. 소녀들이 남편을 사랑하는 것은 이해할 수 있는 일이라고 말했다. 교수의 치명적인 매력을 많은 소녀들이 알아보았노라고.

"하지만 이건 진실이 아닙니다, 기브바첼러 부인. 부인께서

하는 말은 결코 진실이 아니에요."

"내 남편은 뛰어나고 섬세한 사람이야. 아무도 너를 탓하지 않아, 메리앤. 진심으로 진실을 말하자면 나는 종종 그게 소녀의 정신적 충만함을 의미한다고 생각……."

"저는 그 사람을 사랑하지 않습니다."

"얘야, 교수님을 그런 식으로 언급하는 것은 본데없는 짓이다. 어른의 말을 자르는 것 또한 본데없는 짓이야."

"기브바첼러 부……."

"무엇보다도 목소리를 높이는 것은 본데없는 짓이다. 얘야, 너에겐 어떤 비난도 뒤따르지 않을 테고 설령 생리가 규칙적이지 않더라도 걱정하지 말아라. 사랑은 길을 잃지 않는단다, 메리앤."

어깨를 으쓱하자 그녀는 그것도 본데없는 짓이라고 말했다. 좀 더 항변하려다 그만두었다. 결국 무슨 소용이 있겠는가?

"지나갈 거야." 기브바첼러 부인이 약속했다. "너를 사로잡고 있는 감정들은, 메리앤, 지나갈 거야. 시간이 약이란다."

이 말은 나를 물러나게 했고, 난 대답하지 않았다.

"저기, 우리 산책 가자." 사무실 밖에서 기다리던 아그네스 브론텐비가 제안했다.

고개를 가로젓고 그녀를 지나치려 했지만 그녀가 내 팔을 잡으며 막아섰다.

"내 친구 메리앤, 넌 현실을 제대로 알아야 해. 우리는 오랜 세월 서로를 알아왔지. 난 학교에서 항상 너를 좋아했어, 메리 앤. 그리고 앞으로도 그럴 거라고 확신해."

"제발 그만하자, 아그네스."

"교수……."

"오, 세상에, 그 딱한 교수하고는 아무 상관없어."

내가 그런 불쾌한 언어를 사용해야 한다는 데 놀란 그녀를 뒤로하고 난 자리를 떠났다. 그녀가 나중에 이를 언급했지만 사과하지 않았다.

하루는 또 하루로 이어지고 한 주는 또 다른 주로 이어졌다. 메이비스의 뾰루지는 나아지지 않았다. 신시아는 맛없는 음식 때문에 살이 빠졌다고 했다. 본 아쾨이 카페의 남자 종업원은 감출 수 없는 기쁨으로 아그네스 브론텐비를 바라보았다. "**그 거대한 방에는 즐거운 분위기가 감돌았다**." 마드무아젤 플로랑스가 받아쓰기를 시켰다. 하지만 난 이해하지 못했고 이해하고 싶지도 않았다. "**넌 멍청하구나**." 그녀가 꽥 소리를 질렀다. "너보다 더 **멍청한** 여자가 몽트뢰에 오는 일은 없을 거야."

매일 아침 잠에서 깨면 모든 것이 소용돌이치며 찾아왔다. 램프가 깜박거리다 꺼졌고 어둠 속에서 등유 냄새가 났다. 난 당신에게 편지를 써보려고 했지만 할 수 없었다. 미안하다고 말하고 싶었지만 동시에 당신이 편지로 기쁘다고 말해주길 갈망했다.

"건강이 좋지 않아 젊을 적 몹시 괴로웠다. 그러지 않았더라면 결혼을 더 빨리 했을지도 모르지."

호숫가에서 다시 그와 단둘이 있게 되었다. 그가 수완을 발휘해 다른 소녀들을 따돌렸다. 소녀들은 커피와 플로랑틴(Florentine)*을 주문하기 위해 서둘러 본 아쾨이 카페로 갔다.

"아버지보다 나이 많은 남자에게 애정을 느끼는 것은 잘못이 아니야. 너는 그런 감정 때문에 괴로워하고 있지, 작은 메리앤, 하지만 그럴 필요 없단다."

난 고요한 레만호를 응시하며 고개를 가로저었다. 그의 팔이 어깨에 닿는 것이 느껴졌고, 매트리스 속 털처럼 거친 턱수염이 내 턱과 뺨에 닿는 것이 느껴졌다. 내 입술을 찾는 커다란 이들은 차가웠다.

"제발, 교수님."

서고의 벽감에서 그랬듯이 난 그의 가슴에 손바닥을 대고 앙상한 몸을 밀어냈다. 내 왼쪽 다리에 대고 있던 그의 두 무릎이 강하게 내 다리를 움켜잡았다. 그는 나 없이는 못 산다고, 그렇게는 살고 싶지 않다고 낮은 목소리로 말했다. "너는 내 작은 아내야." 그가 속삭였다.

"제발 손을 떼주세요, 교수님."

나는 그의 포옹을 뿌리치고 미친 듯이 분노하며 몇 미터 떨

---

* 견과류와 과일을 넣어 만든 달콤한 비스킷.

어진 곳에 섰다. 바닥을 쿵쿵 짓밟고 싶었고 실제로 그렇게 했다. 발뒤꿈치가 아스팔트 도로 위에서 짧고 날카로운 소리를 만들었다.

"난 당신에게 애정을 느끼지 않아요!" 내가 절규하자 개들을 데리고 지나가던 두 여성이 당황한 표정을 지었다. "당신한테 어떤 감정도 없어요. 전 당신 아내가 아니에요. 날 아내라고 부르다니 터무니없는 짓이라고!"

"내 작은 아이야, 난 그저 네가 그랬으면 좋겠다는 거야."

"당신은 이미 아내가 있어요. 당신은 호색한이야, 기브바첼러 교수. 당신 아내가 당신을 격려하는 게 수치스러울 노릇이라고."

"제발……." 그가 속삭였다. "너를 향한 내 감정을 주체할 수 없어. 너는 아름다워, 귀여운 메리앤, 아그네스 브론텐비보다 더 아름다워."

그때 그에게 말했다. 난 더 이상 처녀가 아니라고.

"그걸 알고 있다고 믿어요. 당신은 짐작했을 거라고 믿어요, 기브바첼러 교수님."

"내 사랑스러운 아이야, 당연히 처녀지. 넌 그 단어의 의미를 모르지 않잖아?"

나는 그 밤 내가 어떻게 램프를 들고 내 방을 나와 계단참을 지나쳐 갔는지 설명했다. 그대가 날 경멸하고 부끄러워하더라도 그대를 영원히 사랑할 거라고 말했다는 사실을.

"오, 사랑스러운 아이야, 우린 이런 이야기를 좋아하지 않아."

난 그를 때렸다. 움켜쥔 주먹으로 그의 옆얼굴을 때렸다. 그에게 구역질 난다고 말했다. 담담하게 경고했다.

"그러니 앞으로는 제발 내버려둬요, 교수님. 부인이 싫증 나면 아그네스랑 잘해봐요. 신시아나 메이비스, 마드무아젤 플로랑스도 나쁘지 않겠네요. 하지만 나한테서는 그 손 떼는 게 좋을 겁니다."

"이 이야기를 기브바첼러 부인에게 해선 안 된다, 메리앤. 이건 판타지이지만 우리만의 비밀이어도 돼. 네가 사촌에 대해 생각하고 싶은 이 모든 것은."

"그건 사실이에요. 일어난 일이라고요."

"그래, 그래, 물론 그렇지. 하지만 기브바첼러 부인은 절대 알면 안 돼. 얘야, 부인이 아는 순간 짐을 싸서 널 당장 영국으로 돌려보낼 거야."

"부인은 날 성적으로 괴롭히지 않으니 알리고 싶은 마음은 전혀 없어요."

"제발, 귀여운 아이야, 그렇게 모질게 말하지 말아다오. 난 오직 너의 어여쁨을 사랑할 뿐이란다."

난 대답하지 않았다. 다만 그가 다시 말했을 때 나의 죄가 내 태도에서 어떤 식으로든 드러나더라도 내가 그의 욕망을 충족시켜줄 거라는 생각은 하지 말라고 말했다. 그는 우는 시능을 하면서 손수건으로 뺨을 훔쳤다. 우리가 본 아쾨이 카페에 도착할 즈음 그는 평정을 되찾았다. 그는 편리하게도 호숫가의 일이 일어나지 않았을 수도 있다는 강렬한 몽상에 빠져들었다. 나중에 내가 그의 관심이 너무 괴로워 그를 밀치고 심지어 때리기까지 했다고 말했을 때 아그네스 브론텐비는 내가 오해한 게 틀림없다고 했다. "추잡한 늙은 야만인." 신시아가 말했고 기브바첼러 부인에게 모두 보고해야 할 사안이었다. 하지만 난 그럴 필요가 없다는 것을 알았다. 난 그녀의 남편과 더 이상 문제가 없을 테니까.

제발 날 나쁘게 생각하지 말아주세요. 오, 윌리, 난 여전히 당신을 진심으로 사랑해요. 그 단어들은 쓰일 수 없었다. 그것들은 대화에 속했지만 대화는 불가능했으므로. 이 모든 것은 형벌, 떠나지 않는 공허, 두려움, 앞으로 다가올 세월의 예측불허였다. 교수의 치아와 숨결 또한 그의 무릎이나 손가락과 마찬가지로 형벌이었다. 그가 내 죄의 냄새를 맡았다.

크리스마스와 새해를 기브바첼러 부부, 신시아, 메이비스, 아그네스 브론텐비와 함께 보냈다. 2월 초 우리 넷은 영국으로 돌아올 채비를 했다. "너희는 엄청난 혜택을 받았어." 기브바첼러 부인이 우리에게 똑같은 말을 건넸다. "너희의 모든 면이 눈부시게 나아졌어."

나는 사제관에 남을 수 없다는 것을 돌아오자마자 깨달았다. 우리는 보잘것없는 집안이라 우드컴 파크 정원을 산책하려면 허락을 받아야 했다. 로마식 여름 별장과 버드나무들과 호수와 위풍당당한 주목 옆을 산책했다. 이곳은 당신의 킬네이와 너무 달랐지만 킬네이 또한 보잘것없기는 마찬가지였다. 지도에 없는, 무시무시하고 알려지지 않은 어떤 곳처럼 킬네이가 나를 밀어내어도, 스위스에서 모은 용돈과 내가 가진 얼마 안 되는 돈이 아일랜드 여행 경비에 보태졌다. 머지않아 나의 추악한 비밀이 아버지를 치욕스럽게 할 것이다. 스스로 평화를 찾지 못하게 된 아버지가 어떻게 신도들에게 하느님의 평화를 빌겠는가? 어머니가 기독 어머니 연합 모임에서 들끓을 잔인한 시선을 어떻게 견딜 수 있겠는가?

난 윌리와 사랑에 빠졌어요. 그들에게 남긴 쪽지에 이렇게 썼다. 그리고 나의 고통뿐 아니라 그들의 고통 또한 견딜 수 없어 마음의 문을 닫았다. 나는 '우리는 아이를 가졌어요'라고 덧붙였다.

4

배는 해상에서 발생한 눈보라로 인해 속도가 느려져 몇 시간 늦게 코크에 도착했다. 여전히 뱃멀미로 기진맥진한 상태인 난 여행에 앞서 하룻밤 청할 수 있길 바라며 윈저 테라스의 집으로 향했다. 하지만 창문들에는 블라인드가 쳐져 있었고 문을 두드려도 아무런 응답이 없었다. 조세핀이 돌아오길 한 시간 넘게 기다렸지만 그녀가 오지 않아서 여행 가방을 끌고 성 패트릭 언덕의 계단을 내려가 경사면 아래에 있는 전당포를 지나쳐 걸었다. 한 여인에게 싸게 묵을 만한 곳을 아느냐고 묻자 나를 멀지 않은 샌던 하숙집으로 안내했다. 오래된 음식 냄새가 배어 있고 숙박비를 선불해야 하는 음울한 곳이었다. 복도의 탁자에는 성모 마리아상이, 내 방에는 성모의 초상화가 있었다. 긴 레이스 커튼은 다른 곳들—복도의 장식장, 계단과 창문턱—에도 두껍게 쌓인 먼지로 인해 회색빛이 돌았고 홀스탠드에는 과거 이곳에 묵었던 사람들에게 보내진 편지가 가지런히 놓여 있었다. 다른 하숙인은 보이지 않았는데 그곳을 운영하는 비호감의 여성이 말하길 보통은 하숙인들로 꽉 찬다고 했다. 잠깐 누워 있다가 일어나 윈저 테라스로 다시 가보았으나 노크에는 여전히 응답이 없었다. 그날 밤 부모님의 울음소리에 끝없이 쫓기는 꿈의 파편들에 시달려 잠을 제대로 이루지 못했다. 아침에는 환기가 잘 안 되는 식당에 홀로 앉아 아침을 먹었다. 식탁보가 얼룩과 부스러기로 엉망이었다. 나는 페르모이로 가는 기차를 탔고 기차역에 여행 가방을 맡겼다. 마차를 탈 형편이 될지 의심스러워서 당신이 말했던 대로 로크까지 약 5킬로미터, 킬네이까지 1.6킬로미터를 걸었다. 다시 눈이 내리기 시작했고 세상 만물이 달리 보이는 것이 왠지 이상하지 않았다. 킬네이의 정문 사이로 길고 하얗게 빛나는 가로수 길을 바라보았다. 이제는 얼어붙은 풍경이 그해 여름만큼이나 아름다웠다. 제분소까지 계속 걸어갔다. 당신이 나를 어떻게 맞을지 점점 더 걱정이 되었다.

"세상에! 이게 누구야?" 데렌지 씨가 놀라움을 감추지 않고 나를 바라보며 소리쳤다. 문을 두드리자 사무실로 들어가라고 외치는 소리에 난 당신을 만나기를 고대했다. 데렌지 씨 앞에서 당신을 쳐다보지 않기로, 침착함을 잃지 않기로 마음먹었다. 그러나 당신은 그곳에 없었다.

"윌리……." 내가 말했다.

"윌리?"

데렌지 씨는 얼굴을 살짝 찡그리며 불쾌한 표정을 지었다. 나는 부모님이 크리스마스 선물로 준 갈색 모피 모자를 쓰고 있었다. 그것을 벗어 의자에 올려놓았다. 그리고 코트에서 눈을 털어냈다.

"전 사촌을 만나러 왔습니다, 데렌지 씨."

그의 이마에 팬 주름이 깊어졌다.

"하지만 윌리는 여기 없어요, 메리앤. 알다시피 윌리는 킬네이를 떠났습니다. 몇 달 동안 여기에 없었어요."

"저는 전혀 몰랐습니다."

"정말 여기 없어요."

나는 아무 말도 하지 않았다. 아무 말도 할 수 없었다.

"누구라도 떠나고 싶겠지요, 메리앤, 그런 일이 일어난 후라면."

"어디 있나요, 데렌지 씨? 그는 어디로 갔나요?"

그가 천천히 고개를 저었다.

"제발 말해주세요, 데렌지 씨."

"아무도 윌리에게서 연락을 받지 못했습니다. 코크의 집은 내놓았고요."

작은 사무실에 정적이 감돌았다. 난 일렬로 늘어선 회계장부의 가죽 표지들과 라벨이 붙은 얕은 나무 서랍 캐비닛들을 응시했다. 한쪽 구석에는 자루들이 쌓였고 다른 쪽에는 톱니바퀴 같은 것이 있었다. 조세핀을 만나고 싶어 그 집에 갔었노라고 말했다. 데렌지 씨는 고개를 끄덕였다. 또 다른 침묵이 시작되었다. 침묵은 사무실 구석으로 살금살금 들어와 서랍들과 회계장부들과 데렌지 씨 책상에 깔끔하게 정리된 서류 위를 떠돌았다. 그는 파란 깡통에서 꺼낸 코담배를 권했다. 내가 고개를 젓자 자신의 것만 얼마간 집었다. 쇠 살대의 석탄 위에서 주전자가 끓기 시작했다. 등 뒤 선반에 놓인 찻주전자에 손을 뻗으며 그가 말했다.

"윌리가 태어나던 날을 기억합니다. 저는 줄곧 그의 삶을 지켜봐왔어요."

당신이 해골 같다고 했던 얼굴이 화덕에서 찻주전자에 차를 떠 넣으며 나를 올려다보았다. 뼈만 앙상한 얼굴에는 미소가 번지지 않았고 생동하던 붉은 머리카락은 고요했다. 찻주전자는 많이 사용해서 주둥이 주위와 뚜껑의 갈색 에나멜이 벗겨졌다.

"메시지를 남기면 윌리의 손에 반드시 전해주겠습니다." 그는 우울하게 들릴 만큼 단호한 어조로 말했다. 그는 차를 따르고 장미 무늬가 그려진 컵을 그것과 어울리는 받침에 얹어 내게 건넸다.

"조세핀과 연락을 할 거라고 생각하세요?"

"전 정말 몰라요."

"조세핀은 지금 어디 있나요, 데렌지 씨?"

"성 피나의 집에서 일해요. 수녀들이 운영하는 코크에 있는 시설이죠."

나는 데렌지 씨가 나를 위해 화덕 가까이에 놓아둔 의자에서 일어나 창가에 섰다. 하늘은 잿빛이었고 무겁게 가라앉았다. 부드럽게 내리는 눈을 바라보았다. 이미 지붕과 제분소 마당의 굵은 돌들 위로 눈이 쌓였다. 초록색 시계는 11시 20분을 가리켰다. 반사적으로 시계가 항상 빠르다고 했던 당신의 말이 기억났고, 또 반사적으로 흰 눈이 시계에 영향을 미칠지 궁금했다. 위쪽으로 이동하던 큰 바늘이 30분 후 그 위에 쌓인 눈으로 때아니게 멈추지는 않을까? 난 창문에서 몸을 돌려 제분소 관리자와 시선을 마주치려고 했지만 성공하지 못했다.

"저한테 뭔가 숨기시는 게 있나요, 데렌지 씨? 무슨 일이 있었나요?"

"아, 아니, 아니에요, 메리앤."

그의 목소리에는 설득력이 없었다. 좀 더 확실히 보여주려는 듯 그가 머리카락을 나풀거리며 고개를 저었다.

"그가 어디 있는지 알아야 해요."

그는 대답하지 않았다. 그는 차를 조금 마시고 희미하게 한숨을 쉬었다. 내가 말했다.

"윌리의 아이를 가졌어요."

그가 마치 나를 쳐다보는 것을 견딜 수 없다는 듯 눈꺼풀을 아래로 떨궜다. 그에게서 고통에 허우적거리는 짐승의 낑낑대는 소리 같은 것이 들렸다.

"나는 집에 있을 수 없어요, 데렌지 씨. 부모를 욕되게 할 수 없어요. 여기에 온 건 그래서예요."

내 말을 듣지 못하기라도 한 듯 그가 말했다.

"영국으로 돌아가는 편이 더 좋을 거예요, 메리앤."

"그 편이 더 좋을 거라고 생각지 않습니다, 데렌지 씨. 윌리가 언제 돌아올 거라고 생각하죠?"

"그는 돌아오는 즉시 당신이 여기 왔었다는 것을 알게 될 겁니다."

"끔찍하다고 생각하시나요, 제가 한 이야기가?"

"전 이곳 제분소 관리자예요, 메리앤. 평생 총각으로 살았어요. 그런 문제는 전혀 모릅니다."

"하지만 당신과 윌리의 고모……."

"그건 사생활입니다, 메리앤."

"죄송합니다."

그는 괜찮다고 했다. 다시 한번 내가 영국으로 돌아가는 편이 더 좋을 거라고 말했다.

"데렌지 씨, 윌리는 지금 내 곤경을 알지 못해요. 그는 분명 어디로 가는지에 관해 뭔가 말했을 겁니다. 확실히 말씀드리는데 전 그가 떠나야만 했던 걸 정말로 이해합니다. 하지만 그는 뭔가 이야기했을 거예요, 데렌지 씨."

"윌리는 당신과 당신 어머니가 영국으로 떠나고 며칠 후 코크에 있는 집의 처분에 대해 변호사와 합의를 마치자마자 이곳을 떠났어요. 어느 날 아침에 왔더니 윌리가 여기 없었어요."

깔끔하게 정돈된 책상 위로 그의 연약한 두 손이 떨리고 있었고 눈에는 공포 같은 것이 얼비쳤다. 마치 공포를 은폐하려는 듯 그가 다시 눈을 감았다.

"전 킬네이까지 걷고 싶어요."

그의 입꼬리가 아래로 당겨졌고 나는 그가 잠시 말할 수 없다는 것을 감지했다. 그러더니 눈을 뜨고 나를 사납게 노려보았다.

"제발 영국으로 돌아가요. 제발, 이 철딱서니야, 내가 이렇게 사정한단다."

달리 어떻게 대답해야 할지 몰라 고개를 저었다. 킬네이로 가는 길을 기억한다고 내가 말했고, 잠시 후 그는 자리에서 일어나 문 뒤의 고리에서 진한 남색 외투를 집어 들고 모직 장갑을 꼈다. 그는 앞장서서 나무 계단을 내려갔다. 그때 작업복 차림의 말쑥하고 다리를 절뚝이는 남자가 휘파람을 불며 마당을 가로질렀다. 그는 우리를 보지 못했다. 우리가 방문했을 때 당신이 그의 이름을 말해주었지만 기억이 나질 않았다.

"저기……." 데렌지 씨가 말했다. "왼쪽으로 가시덩굴 울타리를 따라가면 나무 계단이 보일 겁니다. 하지만 걸을 만한 날

씨가 전혀 아니에요, 메리앤. 그리고 윌리는 집에 없어요, 알다시피."

"네, 저도 잘 알고 있습니다."

나는 그가 가르쳐준 방향을 따라갔다. 제분소 사무실에서 참았던 눈물이 뺨으로 폭포처럼 흘러내렸다. 데렌지 씨는 의심할 여지 없이 나를 한심한 사람이라고, 어쩔 줄 몰라 자신을 성가시게 하러 온 부도덕한 여자애라고 생각했다. 나는 우드컴 사제관과 거기에 깃든 다정함을, 그 방의 편안함과 안락함을 떠올렸다. 그들은, 내 부모님은 최선을 다했다. 그럴 형편이 안되는데도 날 기숙학교에 보내기 위해, 내게 도움이 될 거라고 믿는 몽트뢰에 보내기 위해 절약하며 돈을 모았다. 그들은 항상 최선을 다했다. 내가 언짢아하면 걱정했고 일을 바로잡아주었다. 격정이 온몸을 뒤흔들어 난 계속 울었고, 눈물이 얼어붙은 얼굴 위로 따뜻하게 흘러내렸다. 사제관에서는 아버지가 좋아하는 귀리 비스킷을 곁들여 모닝커피를 마실 시간이었다. 그러나 두 분 다 비스킷을 먹을 마음이 들지 않았을 것이다.

나는 가만히 서서 감정이 가라앉기를 기다렸다. 그리고 다시 걸음을 뗐다. 자작나무 숲과 땅이 완만하게 솟아오르는 곳을 지나자 길은 더욱 가팔라졌다. 가장 높은 곳에 이르렀을 때 불에 탄 집이 한눈에 들어왔고 그 확연한 윤곽은 창백한 풍경과 대비를 이루어 아름다웠다. 천천히 내려갔다. 돌담을 기어오르고 문을 지나 철쭉나무 정글 속으로 들어갔다. 더 이상 아름답지 않은 집이 내 주위에 험상궂게 불쑥 모습을 드러냈고, 검은 벽들이 몹시 축축하고 음산한 기운을 내뿜어 나도 모르게 몸을 떨었다. 현관의 잡초는 그해 여름보다 덜 푸르고 덜 자랐고 당신이 한때는 주홍빛이었다고 말한 응접실에는 눈이 내렸다. 벽난로와 그랜드 피아노의 잔해 위로도 눈이 가볍게 내려앉았다. 입구의 아치는 거친 목재들로 막아놓았다. 난 부엌을 발견했고 그 위로는 피해를 면한 방들이 있었다. 어떤 방도 잠기지 않았지만 온기라고는 없었고 벽에는 습기가 스며들어 있었다.

정원의 온실은 산산조각이 나서 녹슨 경첩에 달린 문은 축 늘어지고 유리가 내려앉았다. 높이 자라 시든 엉겅퀴들이 채소밭이었던 자리에 눈송이를 모았다. 당신은 나와 함께 여기서서 늙은 정원사와 조세핀을 사랑했던 팀 패디를 추억했다. 그때 제분소 마당에서 다리를 절뚝이던 남자의 이름이 떠올랐다. 조세핀이 좋아했던 조니 레이시.

"메리앤!"

당신의 팬지 고모가 내 옆에 있었다. 그녀는 영문을 몰라 했다. 난 그녀가 다감하게 내민 손을 잡고 그녀를 따라 과수원 별채로, 그 여름 아침에 우리가 스콘을 대접받고 당신 어머니의 장례식이 끝난 후 우리가 어색하게 서 있던 차갑고 네모난 거실로 들어갔다.

"언니가 여기 없어서 정말 유감이야." 그녀가 말했다. "언니와 킬개리프 신부는 아침 일찍 나갔어. 이 눈 때문에 정말 걱정이네."

다시 새 모피 모자를 벗었지만 코트는 벗지 않았다.

"차 한잔할래?" 팬지 고모가 제안했다.

"고맙습니다만 데렌지 씨와 마셨어요."

"메리앤을 보고 정말 놀랐어."

"윌리가 떠난 줄을 전혀 몰랐습니다."

"아, 그래, 그랬지."

목에 건 은목걸이에 달린 카메오 세공 브로치를 신경질적으로 만지작거리며 팬지 고모는 내가 기억하는 방식으로 자기 모습을 감추려고 애썼다. 포도주색 소파 등받이에 몸을 잔뜩 기대며 눈에 띄고 싶지 않다는 듯 소파 안으로 몸을 구겨 넣었다. 하지만 늙지 않는 천사 같은 얼굴에 걱정스러운 표정이 나타나는 것만은 어쩌지 못했다. 그녀가 내게서 시선을 돌리며 말했다.

"진심으로 미안해, 메리앤."

"그런데 어디로 떠난 건가요?"

데렌지 씨가 그랬듯이 그녀도 고개를 가로저었다. 예전처럼 거실에는 개 여러 마리가 안락의자와 소파 위, 화덕 앞 깔개를 따라 널브러져 있었다. 장식품과 잡동사니들이 어수선하게 벽난로 위에 흩어져 있었다. 산자락에서 풀을 뜯는 소들의 풍경 사이로 윌리엄 글래드스톤의 엄숙한 얼굴이 어두운 틀에 끼어진 액자가 중심을 차지했다. 책들은 높고 앞면이 유리로 된 책장에 어지럽게 꽂혔다. 흑백 대리석으로 상감 세공한 커다란 괘종시계가 문 옆 구석에서 장중하게 똑딱거렸다. 방은 그을음과 개 냄새가 났다. 개털이 소파와 안락의자에 달라붙어 있었다.

"*진심으로* 미안해. 그런데 특별히 일이 있어 여기 온 건 아니지?"

"네, 일이 있어서 왔어요."

팬지 고모가 고개를 끄덕였다. 한동안 그렇게 계속 고개를 끄덕거렸다. 내가 말했다.

"전 사랑에 빠졌어요, 보시다시피 윌리랑."

분홍빛이 빠져나가면서 팬지 고모의 뺨에 어두운 그림자가 드리웠고 통통한 작은 손은 카메오 브로치에 필사적으로 매달렸다. 은목걸이를 한 손가락에 감았다 다시 다른 손에 감았고, 브로치를 문지르고 누르는가 하면 한쪽에 두었다가 다시 집어 들었다. 잠시 브로치로 입술 윤곽을 따라 그려 보더니 그 입술을 열고 말했다.

"글쎄, 우리도 짐작했다고 생각해. 그날 아침 윌리가 너를 여기 데려왔을 때……. 맞아, 우리는 감이 왔지. 그리고 나중에 윌리가 킬개리프 신부에게 고백했고 킬개리프 신부는 내 언니에게 뭔가 말했어. 그리고 내 생각에는 데렌지 씨가 짐작하고 내게 말을 했고. 모두가 기뻐했어. 가게를 하는 드리스콜 부인은 내 언니에게 어떤 말을 했지. 데렌지 씨가 스위니 부부에게 뭔가 말했고 그들은 그걸 드리스콜 부인에게 전했으니까……. 아니면 조니 레이시의 부인이나 제분소 남자 중 한 명이 전했겠지. 잘 기억은 안 나. 내가 확실히 기억하는 건 교구 사제도 알았다는 거야. 어느 일요일에 우리더러 킬네이에 또 한 명의 영국인 부인이 생기는 미래를 생각해보자고 했거든. 너희 둘을 염두에 둔 거지. 뭐, 너희는 어렸고 이제 킬네이는 반 폐허가 되었다고. 당연히 킬네이가 다시 살 수 있는 곳이 되려면 꽤 오랜 시간이 걸리겠지. 하지만 그건 우리를 행복하게 해주었고, 그런 미래를 바라보면서 정말로 우리는 행복해졌지."

숨이 가쁜지 팬지 고모는 헐떡였고 얼굴은 다시 분홍색이 되었다. 사람들이 행복하다니 나도 기쁘다고 말했다.

"아, 내 말은 그렇게 짐작했을 때 행복했어. *그때*는 행복했지, 정확히 말하면."

그녀는 은목걸이를 다시 손가락마다 감았다. 연한 점이 있는 달마티안 한 마리가 내 발 위에서 잠들더니 코를 골았다. 내가 말했다.

"윌리 어머니가 돌아가시기 전에요?"

"맞아, 그녀가 죽기 전까지."

그 화제는 슬며시 사라졌다. 차가운 거실에서 입에 올랐던 결혼은 무위가 된 추측에 지나지 않았다. 미래를 생각하게 하고 로크 사람들 사이에 행복을 퍼뜨렸던 소문은 이미 과거의 영역이었다.

"얘야, 우리에게 편지를 썼더라면 윌리가 여기 없다고 알려 주었을 텐데. 거기서 여기가 얼마나 먼 길인데……. 내 말은 그렇게 고생해서 여기까지 왔다 다시 또 그 먼 길을 돌아가야 하니……."

"그런데 윌리는 어디 *있나요*? 킬개리프 신부님은 아시나요?"

그녀가 다시 고개를 저었다.

"내가 꼭 좀 차를 대접하고 싶구나, 메리앤."

"아니에요, 괜찮습니다."

그곳에 있을 수 없었다. 나는 일어났고, 팬지 고모도 안도감을 드러내며 선선히 일어섰다.

"언니가 실망할 거야. 물론 킬개리프 신부님도."

"저도 죄송합니다."

"실은 우리가 작은 자동차를 샀단다. 오늘 아침 처음으로 킬개리프 신부님이 언니를 태우고 시승을 나갔어. 눈이 오기 시작해서 걱정을 한 게 그 때문이지."

그녀는 당신에 대해 이야기하기를 원치 않았다. 어리석었다. 먼저 편지를 썼어야 했다. 난 사랑에 번민하는 멍청한 아이였을 뿐이다. 비록 그녀는 드러내고 싶지 않았을지라도 그 모든 게 얼굴에 고스란히 쓰여 있었다.

"난 윌리의 아이를 가졌어요." 내가 말했다.

나는 얼어붙은 들판을 걸으며 새들이 강둑에서 애벌레들을 쿡쿡 찔러대는 것을 지켜보았고 내가 어디로 가는지 내 기분이 어떤지 신경 쓰지 않았다. 양들은 울타리 아래 옹기종기 모여 있고, 소들은 서로 가까이 붙어 있었다. 그들의 스산한 자기 위안이 부러웠다. 스위스에 있을 때처럼 기도하고 간청하고 자비를 갈구했다. 모든 것이 너무 힘들지만 당신이 이곳에 없는 게 가장 힘들었다. 제발 이 상황이 기적적으로 바뀔 수 있기를 애원했다.

다시 마을에 도착했을 때는 5시가 다 되어 내가 가게에서 코크행 기차 상황을 물었을 때 그걸 타기엔 너무 늦었다는 대답이 돌아왔다. 어쨌든 눈이 많이 내리고 있어서 페르모이까지 걷는 것은 불가능해 보였다. 킬네이로 돌아가도 되었지만 그러고 싶지 않았다. 대신 숙박을 알아보기 위해 스위니네 펍으로 갔다.

팔이 하나뿐인 남자에게 기차 편에 대해 묻자 따뜻하게 악수를 하더니 자신을 스위니라고 밝혔다. 그는 최근에 사업을 확장했는데 옆 공터에 차 판매장 겸 정비소를 열었다고 알려주었다. 자랑스럽게 나를 그곳으로 안내하며 그는 당신 고모들에게 새 자동차를 판 사람이 바로 자신이라고 설명했다.

"내가 말한 두 여성을 알아? 폐허 옆에서 살지. 자동차는 킬개리프가 그들을 태우고 다니려고 샀고. 혹시 킬개리프에 대해서도 들은 적이 있나?"

"네."

"몽매한 사람이지. 신의 가호가 있길! 그럼에도 세상엔 여전히 더 나쁜 사제가 많으니까."

"저도 그렇게 생각해요."

"아가씨가 그 사람을 알아서 놀랐어. 이 동네 사람 아니잖아, 아가씨?"

"저는 윌리 퀸턴의 사촌이에요. 그를 보러 영국에서 왔고요. 그가 떠난 줄 몰랐거든요."

"오, 세상에나!"

우리는 여전히 차고에 서 있었다. 내 모자 위에서 녹은 눈이 옷 아래로 방울방울 떨어졌다. 발이 흠뻑 젖었다. 스위니 씨가 날 잠깐 바라보다 시선을 돌리며 혼자 중얼거렸다. 그는 혀로 입술을 쓸면서 중얼거림을 끝냈다.

"정말이지 아가씨가 누군지 전혀 몰랐어." 그가 말했다. "마누라가 날 잡아먹으려고 들 거야."

그가 길을 안내했고 바를 지나서 천장이 낮은 따뜻한 부엌으로 들어갔다.

"여기는 윌리 퀸턴의 사촌." 그가 손에 고깃덩어리를 든 여자에게 말했다. "이 아가씨에게 정비소를 보여주고 곧장 왔어. 정말이야, 낸들 알았겠어? 윌리의 사촌일줄?"

여자가 눈을 크게 뜨고는 고기를 든 손동작을 멈추더니 나를 빤히 쳐다보았다. 하지만 그녀의 입은 남편을 향해 열렸다.

"네 꼬락서니를 좀 봐!" 그녀가 새된 소리를 질렀다. "오후

4시에 양조장 냄새가 나잖아."

그러고 나서 그녀는 내 코트 단추를 풀고 신발을 벗도록 하며 부산을 떨었다. 내가 정비소를 보는 데 관심이 있을 거라고 생각한 남편을 어리석다고, 또 그 잘못된 상황 판단은 전적으로 자동차 발판을 고쳐야 할 시간에 스타우트 열두 병을 마신 데서 기인하는 거라고 비난했다. "레인지 가까이 앉아요." 그녀가 재촉했다. "작은 뼈들을 좀 녹여야지. 그 망할 정비소가 아가씨를 완전 동태로 만들었네요."

"아가씨에게 럼주를 줘." 스위니 씨가 제안했다. "아가씨 주게 냄비에 럼주 좀 데워." 그는 문 옆에 서 있었고, 발치의 돌바닥에 물웅덩이가 생겼다. 아내는 그의 말을 무시했다.

"내가 아가씨를 위해 방을 준비할게요." 곤경에 빠진 상황을 설명하자 그녀가 말했다. "그리고 아직 덜 끓었지만 아가씨를 따뜻하게 데워줄 스튜가 있어요. 보브릴(Bovril)* 한입 하겠어요?"

"뜨거운 럼주만큼 좋은 게 없다고." 스위니 씨가 기어이 끼어들었다. "나한테 좋은 다크 럼주가 있는데 바에서 얼른 가져올게."

"바에는 얼씬도 하지 말고 가서 씻기나 해! 당신은 하느님이 창조하신 인간 중에 제일 게을러터진 인간이야."

---

* 두껍고 짠 고기 추출물의 상표 이름.

부엌에는 하녀도 있었는데 우리의 출현이 싱크대에서 감자를 씻는 그녀의 과업을 중단시켰다. 광대뼈가 낮고 사시인 그녀는 한때 몸집이 큰 스위니 부인의 것이었을 초록색 작업복 바지에 푹 들어가 있었다.

"그만 어슬렁거려!" 스위니 부인이 그녀에게 소리를 꽥 질렀다. "물병을 세 개 채워서 손님용 침실에 넣어두도록 해."

"이렇게 성가시게 해드려 죄송합니다, 스위니 부인."

"아, 아가씨, 아가씨는 절대 성가시지 않아요. 그저 방을 사용한 지 오래되어서 시간이 좀 걸릴 뿐이죠."

"아침에는 페르모이에 기차가 있나요? 그러니까 코크로 가는."

"물론 있죠. 이제 레인지 옆에 앉아요."

나는 시키는 대로 했고 잠시 후 부엌 뒤쪽에서 스위니 부인이 신랄하게 남편을 질책하는 소리가 들려왔다. "당신 취한 거야 뭐야?" 그녀는 분노한 목소리를 애써 죽이며 훈계했다. "저 애를 이리 데려오면 어떡해? 빈방이 없다는 말도 못 해?" 스위니 씨가 뭔가 대꾸하려고 했지만 아내가 그를 멍청이라고 부르며 말을 토막내버렸다. "저 애가 영국으로 가져갈 이야기는 하느님만이 아시겠지. 앞으로 재한테 말할 때 조심해!"

얼마 후 내가 여전히 레인지 옆에서 몸을 말리고 있을 때 데렌지 씨가 부엌으로 들어왔다. 그는 거기서 나를 다시 보는 것을 분명히 달가워하지 않았고, 내가 기차를 놓쳤다고 말하자 짜증을 숨기지 못했다. 저녁 식사 테이블에서 대화를 나누다 내가 당신 이름을 언급했을 때 그는 쨍그랑 소리를 내며 나이프를 떨어뜨렸다. 이 불편함을 공유하듯 스위니 부부는 부자연스럽게 음식을 먹었다. 그들은 접시 위의 내용물을 아주 세심하게 살피고 산만한 대화를 최선을 다해 계속 이어나갔다. 로크에 15년 동안 눈이 내리지 않았다는 말을 들었고, 또 다른 침묵을 깨기 위해 나도 비슷한 노력을 했다. 난 도싯의 애나 퀸턴의 고향과 같은 동네에서 산다고 말했다. 그걸 아는 데렌지 씨가 음식 위로 고개를 끄덕였다. 스위니 씨는 내가 언급한 사람을 들어는 보았는데 정확히 누군지는 모르겠다고 말해서 나는 대기근의 애나 퀸턴이라고 설명했다.

"귀신 언덕은 그녀 때문에 그렇게 불렸어요, 스위니 씨. 킬네이에 뽕나무 과수원을 만든 사람도 바로 그분이고요."

"대단한 분이네! 대적할 자가 없겠는 걸!"

그가 약간의 관심을 보여서 나는 그녀가 성장한 저택을 묘사했다. 당신 어머니가 우드컴 가족과 관련이 있는 것 역시 흥미롭다고 내가 말했다. 하지만 나의 말이 갑자기 터무니없게 느껴져 목소리가 흔들렸다. 그래서 이렇게 말했다.

"전 제 사촌이 킬네이를 떠난 걸 몰랐어요."

광대뼈가 낮은 하녀가 작업복 소매에 대고 코를 훌쩍이자 스위니 부인이 당장 조용히 하라고 다그치고는 하녀가 지독한 감기에 걸렸다고 알려주었다.

"우리는 이번 겨울에 감기로 망했어." 스위니 씨가 단언했지만 소녀는 감기에 걸린 게 아니었다. 그저 잠시 울먹였을 뿐이었다.

식사가 끝나자 데렌지 씨는 빠져나가고 스위니 씨는 바에 손님을 맞으러 나갔다. 스위니 부인과 하녀는 설거지를 마친 후 긴 고무장화를 신고 뜰의 가축을 돌보기 위해 부엌을 나섰다. 난 설거지와 가축 일을 돕겠다고 했지만 스위니 부인은 강경하게 손 하나 까딱 못 하게 말렸다. 레인지 옆에 앉아 있는데 다리를 절뚝이며 제분소 마당을 지나갔던 남자가 아침과 똑같은 곡조의 휘파람을 불며 부엌으로 들어왔다.

"조니 레이시라고 합니다." 그가 말했다. "지지난 여름에 만났었죠. 기억나세요?"

"그럼요, 기억납니다."

그는 진한 색깔의 맥주가 담긴 커다란 잔을 탁자에 내려놓고는 내 옆으로 의자를 끌고 왔다.

"난 스위니 집안의 사위죠. 혹시 윌리가 그 이야길 했나요? 우리는 두 집 건너에 살아요. 연한 파란 집이에요."

"네, 결혼했다고 윌리가 말해줬어요."

그는 잔을 들더니 맥주를 한입 가득 마셨다. 그가 입술을 훔치고 다시 휘파람을 불었다.

"이 노래 알아요?" 그가 물었다.

"잘 모르겠는데요."

"이 〈맬로의 방탕아〉에 맞춰 춤을 출 수도 있어요."

"그렇군요."

"맬로는 여기서 멀지 않죠."

그는 다시 술을 마셨다.

"아침에 코크로 가는 기차를 타나요?" 그가 물었다.

그럴 거라고 말했고, 그는 흡족하다는 듯이 고개를 끄덕였다. 난 그가 데렌지 씨나 스위니 부부의 부탁을 받고 내가 여기서 꾸물거리지 않을 거란 확답을 듣기 위해 온 것은 아닌지 궁금했다.

"윌리가 어디로 갔다고 생각하세요, 레이시 씨?"

그는 다시 술잔을 잡았다. 내 질문에 대답하는 대신 바에서 마실 것을 가져다줄까요, 하고 물었지만 난 목마르지 않다고 대답했다.

"윌리 이야기는 하지 않는 편이 좋겠어요."

그가 말하고 있을 때 스위니 부인과 하녀가 부엌으로 돌아왔다. 그는 당장 일어나서 공손하게 나를 다시 만나게 되어 영광이라고 강조했다. 그가 가고 내가 물었다.

"성 피나의 집은 코크 어디쯤 있나요, 스위니 부인? 조세핀이 지금 일하고 있다는?"

그녀는 탁자에 앉아서 고무장화를 벗는 중이었다. 쌓였던 눈이 빠르게 녹아내리는 초록색 작업복을 입은 채 낮은 광대뼈의 소녀가 개수대에서 양동이들을 씻으며 덜걱덜걱거렸다.

내 질문에 얼른 답하는 대신 스위니 부인은 눈이 어느 때보다도 많이 온다고 말했다. 그녀는 버리고 간 자동차를 언급했고 아침에 트랙터로 차 주인 집까지 견인해야 한다고 했다.

"조세핀을 만나고 싶어요. 제 사촌으로부터 혹시 뭔가 들었을까 싶어서요."

"성 피나의 집은 도시 외곽의 밴던 로드에 있어요. 문제는, 아가씨, 내 생각에 당신의 사촌은 홀로이고 싶어 할 것 같다는 거예요."

"하지만, 스위니 부인……."

"방해받고 싶지 않은 것들이 있기 마련이죠, 아가씨."

그날 초저녁은 천천히 흘러갔다.

스위니 부인의 뜨거운 물병들에도 불구하고 여전히 살짝 눅눅함이 느껴지는 침대에 누워 있었다. 스위니 부인이 빌려준 잠옷을 입고 누웠지만 잠이 들지 않았다. 어둠을 응시하며 방해받지 않은 채로 두는 편이 나은 것이 무엇일지, 그들이 내가 영국으로 가져갈까 봐 두려워하는 이야기가 무엇일지 곱씹었다. 데렌지 씨는 내가 당신 아이를 가졌다고 그들에게 말했을까? 그들이 모두 당신이 어디 있는지 아는데 내가 당신을 결혼으로 옭아맬까 봐 알기를 바라지 않는 것일까?

이런 의심과 추측에 사로잡혀 지치고 뒤숭숭한 잠에 빠져들었고 당신이 코크의 강어귀를 다시 보여주는 꿈을 꾸었다. 그러더니 갑자기 꿈이 바뀌었다. 내가 당신에게 우드컴 파크를 보여주고 있었다. 햇살 아래 로마식 여름 별장 옆에서 당신은 나를 끌어안고 사랑한다고, 언제나 사랑할 거라고 말했다. 주목들 사이에 화려한 옷을 입은 사람들이 있었다. 그들은 잔디밭 여기저기 흩어져 있었는데 교수와 기브바첼러 부인, 아그네스 브론텐비와 당신 친구들, 링과 드 커시였다. 신시아는 배를 먹었고 메이비스는 호프리스 기번과 함께였고 올드 더브화이트는 본 아쾨이 카페 웨이터에게 불에 그을린 옷의 수선을 맡겼다. 당신은 마을의 멀리온 창문들이 아름답다고 말했고, 내가 우드컴 파크의 이 방 저 방을 소개했을 때 그것들도 모두 아름답다고 말했다. "레모네이드!" 당신의 작은 교장 선생이 정원으로 서둘러 오며 소리쳤다. "넌 레모네이드 제조업자가 된 적이 없어!" 당신 어머니가 웃었고 내 어머니도 웃었다. 내 아버지는 우리의 기도가 응답을 받았다고 했다. 팬지 고모는 데렌지 씨에게 팔장을 꼈고 킬개리프 신부는 성직이 박탈된 것은 꿈에서뿐이라고 말했다. "내가 하려던 말이 그거예요"라고 당신이 전했다. "난 당신을 결코 울게 하지 않아요. 당신이 들판에서 운 것은 꿈일 뿐입니다." 지평선 너머로 해가 지기 전에 그림자들, 주목과 화려한 옷을 입은 사람들의 그림자들이 길어졌다. "여기는 천국이에요." 우드컴 파크의 기둥과 창문들이 태양 아래 황금빛으로 변했기 때문이라며 당신이 그 이유를 설명했다. "*여기 우드컴 파크*가 바로 내가 있던 곳입니다"라고 당신이 말했다. 내가 당신에게 말했던 곳들을, 사제관과 마을과 우드컴 파크의 정원을 돌아다녔노라고, 폐허 속에 머무는 건 의미가 없다고 당신이 말했다. 그리고 우리는 후일 애나 퀸턴이 재현한 뽕나무 과수원에 섰다. "기품이 넘치는 영국!" 당신이 말했다. "킬네이처럼 무섭지 않아!" 그러고 나서 당신은 내 손을 잡았고 우리는 파티에 온 사람들 사이를 걸었다.

깨어났을 때 방의 유일한 창문에 달린 커튼 주위로 첫 번째 여명이 비쳤다. 생생한 꿈을 꾸고 난 후 누워 있는 나를 발견하는 건 충격이었고 전날의 현실이 나를 압박하면서 피곤하고 우울해졌다. 그저 다시 잠들어 꿈을 계속 꾸고 싶을 뿐이었다. 이른 아침의 소음이 들리자 마침내 커튼을 젖히고 햇살의 박명을 방 안으로 불러들였다. 씻고 옷을 차려입곤 8시 15분에 부엌으로 내려갔다.

데렌지 씨는 벌써 제분소로 떠났다. 스위니 씨는 휘발유 냄새를 풍겼다. 그는 부인이 어젯밤 언급했던 자동차를 도랑에서 끌어내기 위해 트랙터로 작업하는 중이었다. 그는 소시지와 베이컨을 먹으면서 눈이 12시 5분이 되자 그쳤다고 알려주었다. 그때 그는 뜰에서 술병 궤짝들을 버리고 있었고, 바람이 잦아들고 순식간에 별들의 은하가 하늘에 나타났다고 했다.

"여정을 위해 샌드위치를 만들어줄게요." 스위니 부인이 내게 말했다. "햄 두 개와 잼 두 개. 그럼 하루 동안은 아주 잘 지낼 거예요."

"아가씨는 기차에서 즐거운 시간을 보낼 거야." 스위니 씨가 말했다. "아가씨가 영국으로 돌아가는 그 운 좋은 소녀 아니겠어?"

그날 늦은 아침 난 둘에게 작별 인사를 했다. "잘 가." 스위니 씨가 기름 묻은 손바닥을 바지에 닦으며 말했다. "아가씨가 우리에게 들려준 영국의 그곳은 흥미로웠어."

"오늘 기선을 타고 돌아가요, 아가씨." 스위니 부인이 낮은 목소리로 강조했다. 내 손을 꼭 잡고 뭔가 다른 말을 하려는 것 같았지만 하지 않았다. 그들은 내가 내민 돈을 받지 않았다.

광대뼈가 낮은 하녀는 페르모이로 가는 마차 편이 마련된 드리스콜네까지 나와 함께 가는 임무를 부여받았다. 내린 눈에 반사된 강렬하고 차가운 햇빛 속에서 우리는 가게 밖에 함께 서 있었고, 잠시 후 자신을 드리스콜 부인이라고 소개하는 여자가 나왔다. 그녀는 아직 말에 마구가 채워지는 중이니 안에서 기다리는 쪽이 더 따뜻할 거라고 했다. 그녀는 계산대를 따라 일렬로 늘어선 품목 중에 위를 유리로 덮은 깡통에서 비스킷을 꺼내 우리에게 건넸다. 그녀는 로크에는 15년 동안 눈이 내리지 않았다고 이미 들은 이야기를 했다.

말과 수레가 가게 뒤쪽의 얼어붙은 마당에서 덜컹거렸고 누군가 다 됐다고 소리쳤다. 난 드리스콜 부인에게 안녕히 계시라고 인사하고 하녀에게 3펜스 동전을 건넸다.

"아, 아가씨, 아가씨……." 그녀가 감사하는 마음으로 사팔

눈에 눈물을 흘리며 외치고는 서둘러 나를 마차로 데려갔다.

"손잡이 잘 잡으세요, 아가씨." 마부가 지시했다. "혹시라도 늙은 말이 넘어질지 모르니까."

나는 시키는 대로 했고 우리는 아주 느린 속도로 페르모이 기차역을 향해 떠났다.

5

수녀의 눈이 안경 너머에서 빠르게 깜박였다. 안경이 너무 깊숙이 박혀 있었고, 단단히 고정되어서 마치 고통을 주기 위해 그곳에 있는 것 같았다. 그녀가 말할 때는 입에서 빽빽한 치아가 튀어나오는 듯했다.

"무슨 일로 오셨는지 모르겠네요." 그녀가 말했다.

"조세핀과 얘기할 수 있을까 해서요."

나는 수녀와 함께 성 피나의 집 홀에 섰다. 갓 청소를 마친 갈색과 크림색의 거대한 타일에선 여전히 제이스 소독약 냄새가 났다. 리놀륨으로 번쩍이는 넓은 소나무 계단은 완만하게 올라가다 날카로운 각을 이루었다. 이 리놀륨은 녹색과 빨강과 파랑 무늬였는데 이제 희미해져서 알아볼 수 없는 얼룩으로 변했다. 벽도 특별할 게 없는, 사람의 시선을 끌지 않는 회색이었다. 홀에 가구라고는 없었다.

수녀가 한쪽 발에서 다른 쪽 발로 무게 중심을 옮기자 묵주가 달랑거렸다.

"편지를 썼더라면 더 좋았을 텐데요." 그녀가 말했다.

"편지를 쓸 시간이 없습니다. 아주 중요한 일이라서요."

"그렇다면 실례했습니다."

그녀의 검은 구두가 타일 위를 소리 없이 걸어갔다. 그녀는 조용히 문을 닫고 안으로 사라졌다. 또 다른 수녀가 손에 걸레와 광택제 통을 들고 계단을 내려왔다. 나를 보고 미소 지으며 좋은 아침이라고 인사했다.

조세핀이 홀에 들어온 것은 20분이 더 지나서였다. 수녀회 복장을 하고 있으니 달라 보였고 유니폼을 입었을 때보다 덜 예뻤다. 달려오기라도 한 것처럼 숨을 헐떡이며 그녀는 내가 미처 말을 건네기 전에 먼저 말했다.

"아가씨가 찾아오리라곤 짐작도 못 했어요."

"미안해요. 놀라게 할 생각은 전혀 없었어요."

"내가 여기 있다고 누가 말을 한 거예요? 코크를 방문했어요, 아가씨?"

"내 사촌이 어디 있는지 알아요, 조세핀?"

"아, 아니요, 아가씨. 전혀, 전혀 몰라요." 그 목소리에 깃든 근심은 팬지 고모와 데렌지 씨의 메아리였다. 스위니네 하녀가 울던 게 생각났다.

"그가 아일랜드에 있을 거라고 생각해요, 조세핀?"

"그는 내게 말하지 않았어요, 아가씨. 제분소를 떠나려 한다는 말도 하지 않았고요."

그녀는 쥐고 있던 행주를 만지작거렸다. 행주는 파랗고 그릇을 닦았는지 젖어 보였다.

"난 그를 찾으러 여기에 왔어요, 조세핀. 그 먼 데서 여기까지 왔어요."

그녀가 고개를 끄덕이고는 그날 당신 어머니를 홀로 두고 킬네이로 떠나는 게 아니었다고 말했다. 갑자기 그녀가 몸을 돌리더니 서둘러 홀을 나갔고, 그러자 안경 낀 수녀가 계단을 내려와 자선함을 내밀었다.

"우리 성 피나의 집을 도우시려면." 그녀가 말했다.

경황없이 동전을 찾아 자선함에 밀어 넣었다. 수녀가 나타나지 않았더라면 조세핀을 쫓아갔을 것이다. 난 여전히 그러려고 했지만 그녀는 이미 사라져버렸고 안경 낀 수녀는 고개를 저었다. 그녀가 날 들여보내면서 빗장을 질렀던 홀 문을 열었다. 그녀가 다시 눈을 깜박이며 미소 짓자 빽빽한 이가 튀어나왔다.

"조세핀은 아직 마음의 평화에 이르지 못했어요." 그녀가 말했다.

"마음의 평화요?"

대답이 없었다. 문은 닫혔고 난 한때 이 지역 가문의 자부심이었을지도 모르는, 지금은 수녀원 시설이 된 너른 대저택을 걸어 나왔다. 킬네이의 가로수 길과 전혀 닮지 않은, 양쪽이 들판을 향해 열린 길고 곧게 뻗은 길을 지나갔다. 정문 옆집에서 초라한 행색의 나이 든 남자가 나타났다. "날씨 참 좋네요." 하고 그가 모자에 손을 대며 말했다.

"좋은 날씨를 주신 하느님께 감사드립니다, 아가씨."

난 샌던 하숙집으로 돌아갔다. *윌리가 날 돌봐줄 거예요*. 사제관에 남긴 쪽지에 이렇게 썼다. *그러니 걱정하지 마세요*. 난 최대한 겸손하게, 용서를 간구하고 참회에는 저항하는 편지를 썼다. 하지만 하숙집 주소를 적지 않았고 당신이 킬네이에 없다고 밝히지 않았다.

길을 걸었다. 당신을 만나기를, 당신이 갑자기 여기에 있길 반쯤 희망하면서. 무엇을 해야 할지 모르고, 더는 기도도 하지 않고 마음을 앓으며 그저 울었고 종종 울음을 멈출 수 없었다. 날씨는 여전히 추웠지만 눈은 다시 내리지 않았다.

나는 노래하는 도회지의 목소리로 뜬소문을 늘어놓는, 따뜻한 뺨을 가진 시골 여자들과 남자들에 둘러싸여 톰슨네 카페에서 두 번의 오후를 어슬렁거렸다. 어둑어둑한 하숙집보다 그곳에 있는 편이 더 좋았다. 모락모락 피어오르는 김과 가스등은 카페를 활기차게 만들었고 때때로 난 눈을 감고서 당신이 사람들을 뚫고 내가 앉아 있는 곳으로 오는 상상을 했다.

"존 길버트는 너무 멋져." 그런 상상에 빠져 있을 때 내 테이블에 앉은 여자가 친구에게 말했다. 눈을 떠 보니 장바구니 위쪽에 청동 국화가 놓여 있고 다른 여자가 먹는 케이크에서 체리가 떨어졌다. 사람들이 나의 비참함을 짐작하지 못하고, 내가 받는 형벌이 얼굴에 드러나지 않는 것은 놀라운 일이었다.

운동장에서 노는 아이들은 없었지만 두 개의 교실 창문에서 불빛이 비쳤다. 문을 밀어 열고 복도를 따라 걸었다. "누구시죠?" 내 손가락 마디마디가 여전히 교실 문을 두드리고 있을 때 할리웰 선생이 소리쳤다.

지도와 차트들에 둘러싸인 그녀가 앉은 탁자에는 연습 문제집이 쌓여 있었다. 선생은 내가 예상했던 것보다 젊었다. 당신은 내게 중년 여자의 인상을 심어주었는데 할리웰 선생은 아직 그 정도는 아니었다.

"아, 그럼요, 윌리는 아주 잘 기억하고 있죠. 앉아요."

낡은 책상 가장자리에 앉았다. 나는 그녀에게 영국에서 여기까지 왔지만 결국 당신이 사라졌다는 것을 알게 되었고 당신이 언급했던 사람들을 찾아 당신 소식을 들었는지 묻는 것이 지금 할 수 있는 전부라고 이야기했다.

"윌리가 이제 제분소에 없어요?"

"네."

"아……."

숨을 내쉬는 소리가 부드러웠다. 쌓아놓은 연습 문제집 너머로 할리웰 선생의 눈동자에 백일몽이 스며들었다.

"그저 궁금해서요." 내가 말했다. "혹시 여기 코크에서 무슨 소식을 들으셨는……. 윌리가 전에 이 교실을 언급한 적이 있거든요. 혹시 뭔가 들으셨을 가능성이 있어서요."

"아, 아니요." 할리웰 선생이 희미하게 미소 지었다. 가느다란 집게손가락으로 교과서 가장자리를 어루만지는 동시에 고개를 돌리고 마치 초상화 모델이 자세를 취하듯 움직이지 않았다.

"가슴이 아프곤 했어요." 그녀가 말했다. "그 애가 겪은 비극을 생각하면 가슴이 아팠죠, 그 끔찍한 비극과 그것이 남긴 모든 게."

"할리웰 선생님, 혹시 알 만한 사람이 없을까요?"

"어머니가 술꾼이었죠. 날마다 그 애는 그런 집으로 걸어 들어갔고. 아이가 아무리 잘 극복했다 한들 언제나 그 비극을 상기시키는 어머니의 이기심이 그곳에 있었어요."

"아무도 내게 진실을 말하지 않는 느낌이에요. 감추어진 뭔가가 있다고 느껴요. 조세핀마저……."

"조세핀?"

"퀸턴가에서 일했던 가정부예요."

"아, 맞아. 가정부가 그를 돌봤지." 그녀가 씁쓸히 말했다. 얼굴에서 백일몽이 사라졌다. "술에 빠진 어머니와 돌봐줄 가정부만 있는 아이라니 끔찍했죠." 그녀가 말했다. "떠나버렸다고 비난할 수 있어요? 이 비참한 나라를 떠나 새롭게 인생을 시작했다고 그를 비난할 수 있어요? 아마 우리 모두 그렇게 이 나라를 떠나야 할 거야."

난 일어섰다. 감춰진 뭔가가 있다고 말했을 때 할리웰 선생은 내 말을 이해하지 못했다. 그녀는 당신의 행방에 대해 아무것도 알지 못했다. 난 방해해서 미안하다고 사과했다.

"당신 사촌과 그렇게 급박하게 연락해야 할 무슨 이유라도 있어요?"

"네, 있지요."

"그 이야길 안 했어요."

"상관없어요. 성가시게 해드렸어요. 죄송했습니다, 할리웰 선생님."

"나는 그를 사랑했어, 진심으로 사랑했어요. 알다시피 그건 쉽지 않지요."

몰랐다. 당신이 내게 말하지 않았다. 어쩌면 당신도 몰랐을지 모른다. 할리웰 선생이 말했다.

"어느 날 당신 사촌을 길에서 만났어요. 차를 마시자고 했는데 그는 그러길 원치 않았죠. 제발, 아직 가지 마요." 다시 부드럽게 그녀가 숨을 내쉬었다. "그 애는 당연히 새롭게 시작해야만 해. 이 나라는 사람들이 혁명을 일으킨 이후로 산산조각이 났지. 이제 총잡이들이 이 나라를 다스리고."

"어떻게 해야 할지 모르겠어요, 할리웰 선생님. 전 윌리의 아이를 가졌어요."

"총잡이들……." 할리웰 선생이 되풀이해 말하다가 갑자기 멈췄다.

"그래서 돌아온 거예요." 난 말했다.

말과 수레가 머시에 스트리트를 지나갔다. 언젠가 당신이 시든 꽃에 비유했던 얼굴이 뒤틀렸다.

"윌리의 아이……." 난 다시 말했다.

"하느님 맙소사……."

"조세핀이 여전히 윈저 테라스의 집에 있었더라면 거기서 지내며 그를 기다렸을 거예요."

"지금 도대체 무슨 말을 하는 거예요?"

"돈이 거의 남지 않았어요, 할리웰 선생님. 숙소를 떠나기 전 매일 아침 숙박비를 지불해야 하는 하숙집에 머물고 있어요. 곧 무일푼이 될 거예요."

"어떻게 감히 그 몸으로 여기에 온 거지?"

"오지 말았어야 한다는 걸 알아요. 죄송해요."

"넌 여기 구걸하러 왔어. 내가 한 번도 본 적이 없는 애가 윌리 퀸턴의 사촌……."

"전 그의 사촌이에요. 그리고 전 구걸하는 게 아닙니다."

"거짓말이야, 아이에 대한 얘기는." 그녀가 손을 뻗더니 내 손목을 붙잡았다. "너는 다른 사람들이 거짓을 말한다지만 정작 네가 거짓말을 하고 있다고!"

"아니에요, 거짓말이 아닙니다, 할리웰 선생님."

손이 손목을 더 꽉 움켜쥐었다. 선생의 시든 얼굴에 자리 잡은 입술이 혐오감으로 움찔했고 그녀가 말할 때 분사되는 고운 침이 내 이마를 적셨다.

"나는 이 교실에서 남자애들이 능글대기나 하는 막돼먹은 놈으로 자라는 걸 봐왔어. 윌리는 결코 그러지 않았어. 길을 잃은 특별한 아이였어."

"제발 가게 해주세요, 할리웰 선생님."

그녀는 손을 풀었다. 분노가 빠져나온 얼굴은 하얗게 질리고 주름이 졌다. 그녀가 고개를 돌렸고 좀 전에 그랬던 것처럼 잠시 머리를 움직이지 않았다. 난 그녀를 두고 나무 마루를 가로질러 문으로 향했다.

"네가 고통받길 바라." 할리웰 선생이 말했다. "넌 평생 고통받아도 싸!"

우리가 함께 지나갔던 가게 진열창을 스쳐 갔다. 터키 과자 가게와 밝게 빛나는 빅토리아 호텔 정면을. 당신이 매몰차게 거절했던 거지 여자가, 우리 머리 위의 갈매기들이 기억났다. 강가는 살을 에는 듯이 추웠다. 그해 여름 햇살 아래서 우리는 남자들이 화물선의 철물을 칠하는 것을 지켜보았다. 우리는 우리의 한 걸음, 한 걸음을 향유했다.

그러나 지금은 강물이 음울하게 훌쩍이며 달빛 아래 기름진 광택을 번들거렸다. 그 여름이 끝나갈 때 사제관과 학교에서 우리가 서로 결혼할지도 모른다고 상상한 것은 너무 터무니없었을까? 난 교회에 앉아 있는 당신 어머니와 고모들, 예식을 주재하는 내 아버지, 노란색이 깃든 웨딩드레스를 아주 선명하게 상상했었다. 우리는 찬송가 23번 〈주님은 나의 목자시니〉를 부르고, 그 후 영원히 함께할 거라 생각했었다.

천천히 방파제를 따라 걸었다. 도대체 얼마만 한 용기가 당신 어머니로 하여금 소매를 걷고 피부 아래서 뛰는 연약한 동맥을 드러내고, 색지 포장에서 면도날을 꺼내 고통을 참으며 금속 조각을 긋게 했을까. 한 달 후 정도면 내 몸 상태도 나를 보는 사람 누구에게나 명백하게 판단될 것이다. 난 당신이나 조세핀처럼 사라질 수 없다. 내가 시린 강 위에 서 있다는 사실을 당신이 알아주길 바라지만 그조차 허락되지 않으리라는 것을 알았다. 그리고 그 순간 난 내가 당신 어머니의 용기를 갖길 바랐다.

몸을 돌려 하숙집으로 돌아가는 길을 택했다. 난쟁이만큼이나 키가 작은 남자가 내게 관심을 보였지만, 무시하며 가라고 말했다. 내가 정문에 도착하기 전에 그는 다시 내 옆에 있었다. 그의 손가락들이 허공에서 잡아당기는 시늉을 했지만 실제로 내 코트 소매를 잡아당기지는 않고 내게 고개를 까딱했다. 그는 내 얼굴에 눈빛을 쏟아내며 열의에 차 있었다.

"제발 가세요." 난 다시 말했고, 그제야 그가 내게 봉투를 전달하려 한다는 것을 알아챘다. 그에게서 봉투를 받았다. 쪽지엔 이렇게 써 있었다.

라니건과 오브라이언 변호사 사무실의 라니건 씨가 귀하께 내일 아침 11시에 사무실로 방문해주실 것을 정중히 요청합니다. 사무실 주소와 약도가 첨부돼 있었다.

"무례하게 대꾸해서 죄송합니다." 그에게 말했다. 그가 가져온 초대장은 내게 희망이나 기대를 결코 불러일으키지 않았다. 더는 무언가 좋은 일이 생기기란 불가능해 보였다. "죄송합니다." 난 다시 말했다.

남자는 대답하지 않았다.

6

"저분은 데클런 오드와이어예요, 메리앤. 말을 못하시지. 윌리가 혹시 이야기했을지도 모르겠습니다."

"윌리가 어디 있는지 아시나요, 라니건 씨?"

"아니요, 메리앤. 저는 알지 못합니다."

그는 당신에게 피라미드를 연상시켰던 체격에 갈색 양복을 입고 있었다. 선명한 물방울무늬 넥타이는 라니건 씨의 목에 자리를 잡은 나비 같았다. 그는 내게 음료수를 권하며 기분 좋게 미소 지었다.

"아니, 아닙니다. 정말로 사양할게요, 라니건 씨."

"우리는 좋은 과일 주스와 백포도주를 갖고 있어요. 혹시 그게 좋으시다면 데클런 오드와이어가 우리에게 쟁반을 가져올 겁니다. 그는 그걸 영광스러워할 테고요."

데클런 오드와이어를 부르려고 벽 쪽으로 들어 올린 흑단 줄자가 다시 변호사의 압지철로 돌아왔다. 아직 아무것도 쓰지 않은 압지는 파란색이었다. 책상 위에는 봉랍도 있었고 빨강과 검정과 초록으로 된 긴 막대기들과 놋쇠 통에 든 고무줄들도 있었다.

"메리앤 양, 우리와 어긋나지 않아서 정말 기쁩니다. 아가씨께서 선한 스위니 부인에게 하숙집을 언급하셨죠. 그러지 않았다면 우리는 아가씨를 찾지 못했을지도 모릅니다."

그의 말투엔 연민이 있었다. 작고 반짝이는 두 눈이 안쓰러워하며 내 안색을 살폈다. 그는 내가 아일랜드로 돌아오는 불운한 여행을 시작한 이후로 나를 좋아하는 것처럼 보이는, 아니 최소한 날 환영하는 유일한 사람이었다. 그의 연민과 얼굴에 깃든 염려가 나를 울게 했다. 난 눈물을 닦기 위해 고개를 돌렸고, 말할 수 있게 되었을 때 어떻게 수녀원 시설의 조세핀과 학교에 있는 할리웰 선생을 방문했는지 이야기했다. 아무도 당신에 관해 알리려고 하지 않았다고. 아무도 날 도와주지 않았다고. 사제관과 아버지의 교구에서 내가 아이를 낳았을 때 닥칠 비운에 관해서도 이야기했다. 심지어 스위스에서 내가 얼마나 비참했는지, 나를 향한 교수의 음란한 욕구로 불행이 가중되었던 이야기도 했다. 말을 마치자 그는 자로 벽을 두드렸고 벙어리 서기가 사무실로 들어왔을 때 커피와 구운 크럼핏(crumpet)*을 기운차게 주문했다.

"상당히 화가 나 있네요." 서기가 나가자 그는 나를 부드럽게 꾸짖었다. "아가씨, 몹시 아파 보입니다."

"전 아프지 않아요."

그가 신중하게 고개를 끄덕였다. 그의 미소가 조금은 사라졌다.

"메리앤, 킬네이에서 아가씨 부모님으로부터 전보를 받았어요. 부모님이 당연히 걱정을 많이 하십니다."

데클런 오드와이어가 커피와 구운 크럼핏을 들고 들어왔다. 라니건 씨의 눈은 깊은 생각에 잠겼고 단정한 손은 여전히 흑단 자를 움켜쥐고 있었다. 서기의 등 뒤로 문이 닫히자 그가 다시 말하기 시작했다. 그는 내 상태가 내가 말한 대로라는 것을 확실히 하기 위해 꼬치꼬치 물었다. 의사의 진찰을 받았는지. 그거라면 받지 않았다. 아이가 언제 태어날지 계산해봤는지, 몸이 아프지 않다고 확신하는지.

조바심을 내며 난 이 모든 것을 한 귀로 흘려버렸다.

"사람들은 저한테 뭔가를 감추고 있어요. 난 사람들이 그렇다는 걸 알고 있고 변호사님도 그래요, 라니건 씨."

그는 대답하지 않았다. 그는 커피를 홀짝이고 크럼핏을 네 조각으로 나누었다. 그의 대답은 내 질문을 무시했다.

"아가씨가 여기 무사히 잘 도착했다는 전보가 사제관으로

---

* 잉글리시 머핀과 유사한 전통적인 영국 빵.

보내졌어요. 아가씨가 곧 돌아갈 거란 내용의 또 다른 전보를 제가 칠 수 있도록 해주세요, 메리앤. 그리고 식기 전에 어서 커피 드세요."

그가 달래듯이 내게 미소 짓자 두 줄로 늘어선 치아가 진주알처럼 얼굴을 장식했다. 내가 말했다.

"부모님께 편지를 썼어요. 하루나 이틀 후면 그것도 받으실 겁니다. 전 그곳으로 돌아갈 수 없어요."

난 커피 위에 뜬 껍질을 휘저었다. 내 몫의 크럼핏을 먹으려고 애썼다. 우리의 대화가 시작되기 전보다 더욱 혼란스러운 느낌이었다.

"전 이제 그곳에 속해 있지 않아요." 내가 말했다.

크럼핏 때문에 손가락이 끈적거렸다. 손수건으로 손가락을 닦았다. 라니건 씨가 나를 향해 계속 미소 지었다.

"속해야 할 곳이요, 메리앤?"

"전 더 이상 우드컴 사제관에 속해 있지 않아요."

미소가 다시 사라지기 시작했지만 그의 목소리엔 여전히 염려와 친절이 깃들어 있었다. 그가 말했다.

"제가 가진 제안을 듣게 하려고 아가씨를 불렀어요. 하지만 그러기 전에 우드컴 사제관으로 돌아갈 것을 간절히 요청합니다. 물론 부모님에게는 고통이 되겠지요. 물론 그분들이 고개를 들고 다니시긴 힘들겠지만 그렇더라도 나는 아가씨가 영국으로 돌아가길 간청합니다."

"전 변호사님의 제안을 듣고 싶어요, 라니건 씨."

미소가 완전히 사라졌다. 커피 쟁반은 한쪽으로 밀려났다. 라니건 씨도 손수건으로 손가락을 닦았다. 조용하게 그가 실망이라며 숨 고르기를 계속했다.

"저는 다음 사항과 관련한 중개자입니다, 메리앤. 전달하라고 지시받은 것을 당신에게 전할 겁니다. 내가 좋아서 하는 일이 아닙니다. 이해하지요, 메리앤?"

"네."

"자, 그럼." 그는 다시 멈췄다. "자, 그러면 이제, 메리앤." 그는 계속하기를 꺼리며 입술을 오므리고, 내게 심적인 변화를 나타내는 징후가 있는지 꼼꼼히 관찰했다. 그가 한숨을 내쉬었다. "자, 메리앤, 당신이 선택한 입장을 강경하게 유지하고 있고, 또한 반대할 권리가 충분한 당신 아버지 쪽에서 법적인 반대를 제기하지 않는다면, 당신의 권리를 침해하지 않고 법적 구속력을 갖지 않으며, 또한 당신 후원자의 의지에 따라 종결될 수 있다는 상호 합의에 기반하여 당신 사촌의 고모인 피츠유스터스가 당신을 거둘 거라고 전합니다. 저는 그의 고모 피츠유스터스를 언급했습니다. 이에 관한 의사를 저와 교환했고 제가 알기로 킬네이의 가계 전반을 책임지는 분이기 때문입니다. 그녀도 여동생도 당신을 용서하지는 않았습니다. 이 점은 확실히 해둡시다. 그리고 여건이 허락하는 한 여러 가지 집안일과 관련된 노동에 공정한 기여를 해야 합니다."

난 아무 말도 하지 않았다. 변호사가 긴 연설을 하는 동안 예고 없이 혹은 그가 하는 말과 관련 없이 진실이 내 마음속에 스며들어 입을 막았다. 놀라울 만큼 느닷없이 난 변호사와 데렌지 씨와 스위니 부부, 조니 레이시, 조세핀, 팬지 고모와 그들이 내게 감추려던 것을 공유했다. 당신을 아는 모든 사람 중에 할리웰 선생과 나만이 그 범위 밖에 있었고, 이제 할리웰 선생 혼자인 그 상황을. 누군가 말해줄 때까지 당신이 예전에 항상 그랬듯이, 그녀의 눈에 당신은 똑같을 것이다. 내게서 당신은 한순간에 다른 정체성을 얻었다.

"그러니까 알았지요, 메리앤." 라니건 씨가 말을 마쳤다.

두려워 마땅했지만 두렵지 않았다. 울어야 했지만 이미 충분히 울었다. 소리를 지르거나 어떤 말을 하고 싶은 마음이 전혀 없이 평온함을 느꼈다. 라니건 씨에게 질문하려고 하지도 않았다. 그럴 필요가 없었다. 사제관으로 돌아가기를 거부하는 이유가 내가 불명예를 안고 가야만 해서가 아니라는 것을 감지할 뿐이었다. 또 다른 현실이 변호사 사무실에 무거운 짐처럼 놓여 있었고 난 당신이 나를 위해 최선을 다해 우리의 사랑을 파괴하려 애썼다는 것을 완벽하게 이해했다. 당신이 허락하지 않았지만 난 지금 나의 선택을 당신이 비난할 거라고 생각지 않았다. 우리 둘이 어디에 있든 우리의 사랑은 여전히 여기에 있었다. 모든 것을 변화시킨 일부분의 진실에도 불구하고 난 그 사무실에서 나를 둘러싼 사랑을 느꼈다.

"자, 또 다른 문제가 있어요, 메리앤."

날카롭고 작은 눈이 날 다시 자세히 살폈고 어쩌면 내 생각까지 꿰뚫어 보았을지도 몰랐다.

"간단히 말하면 이겁니다, 메리앤. 당신 사촌이 떠나기 전에 날 찾아왔어요. 사촌이 이 나라를 상당히 오래 떠나려 한다고 생각되는, 혹은 그렇지 않을 수도 있는 어떤 문서들이 작성되었어요. 나는, 사견 없이, 그것들을 당신 앞에 제시해야 합니다. 이것이 의무이기 때문에 저는 당신이 어려움에 처하면 법률 용어를 인용해서 메리앤…… 당신이 경제적 곤경에 처하면 일정한 금액이 당신에게 지급되리라는 것을 밝힙니다."

그는 잠시 멈추더니 내 얼굴을 더 자세히 살펴보았다.

"당신 사촌은 저도 모르게 만일의 경우에 대비해 자금을 만들었습니다. 그가 당신의 현재 상황에 대한 가능성을 염두에 두었다는 것이 이제는 명확합니다. 저는 합의를 이행할 권한을 부여받았고, 메리앤, 전 당신이 지금 분명히 곤궁에 처했다고 판단합니다."

라니건 씨는 계속 말했다. 그는 나를 영국으로 돌려보내기 위한 마지막 노력을 쏟아부었다. 하지만 얼마 후 나는 이해할 수 없는 단어들이 쇄도하는 그의 목소리만 들었을 뿐이다. 킬네이는 그 어느 때보다 무시무시한 곳이었지만 난 다른 어디도 가고 싶지 않았다. 반쯤 탄 집이 아무리 음울해도, 아무도 나를 원하지 않아도 당신이 거기에 속했으므로 내가 있어야 할 곳은 그곳이었다. 내 존재의 모든 세부, 내 몸의 모든 혈관, 모든 흔적, 내 모든 친밀한 부분이 눈을 감고 쓰러지고 싶게 만든 그 부드러움으로 당신을 사랑했습니다. 내 20년의 삶은 매 순간 당신과 연결되어 있었고, 인도의 조부모님이 당신 어머니를 그토록 염려해주신 데 대해 하느님께 감사했습니다. 그 염려가 우리의 여름과 우리의 사랑을 선물했고 그 사랑은 우리에게 우리 아이를 선물했지요. 킬네이에서 난 당신을 기다릴 거예요. 당신이 이 세계를 떠도는 동안 난 어떤 가혹한 운명에도 살아남을 겁니다. 외로움이 당신을 사로잡았다는 걸 난 이해합니다.

"무슨 일이 일어났는지 읽지 못했어요." 나는 지금까지 그가 한 말과 관계없는 내용으로 끼어들어 라니건 씨를 놀라게 하며 물었다. "전 그때 스위스에 있었으니까요."

그가 천천히 고개를 끄덕였다. 그의 말이 갑자기 중단된 뒤 다시 시작되지 않았다. 사제관에서는 그 사건을 신문에서 보았을 것이다. 아버지는 수수께끼 같은 사건에 고개를 갸웃하고 어머니는 이름과 이름을 연결 짓는 데 실패했을 것이다. "러드킨"이라고 당신은 말했다. 그리고 길모퉁이에서 한 손을 감싼 채 담배에 불을 붙이다 다정하게 경례했던 그 남자를 묘사했다.

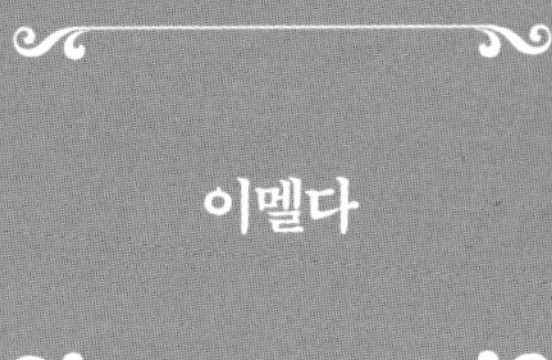

이멜다

1

폐허 옆에는 식탁보 위 도시락이 펼쳐져 있었다. 마마이트 샌드위치와 딸기 크림 케이크와 색색으로 장식한 작은 스콘들이 있다. 찻주전자를 끓이기 위한 불이 지펴졌고 코르크 마개 병에는 그늘에 보관해야 하는 우유가 들어 있었다. 이멜다가 오늘 아침 킬개리프 신부를 도와 만든 레모네이드도 있었다. 그녀의 어머니는 새 꽃무늬 드레스를 입었다. 이멜다의 아홉 번째 생일이었다.

피츠유스터스 고모는 아주 오랜 세월 퀸턴가에 있던 핀이 부러진 용 브로치를 이멜다에게 선물했다. 팬지 고모는 맛이 다른 밝은색 크림이 든 프라이스 초콜릿 바 두 개를 선물했다. 제분소 사무실에서 폐허까지 걸어온 데렌지 씨는 6펜스를, 마지막으로 킬개리프 신부는 초록색 나무 팽이를 선물했다.

피크닉이 끝나자 남은 케이크와 스콘은 식탁보 위에 두고 모두 둘러서서 이멜다의 어머니가 선물한 연을 날리기 위해 애썼다. 팬지 고모가 실이 감긴 짧은 막대기에서 실을 푸는 동안 머리 위로 연을 들고 달려 마침내 바람에 뜨게 한 사람은 킬개리프 신부였다. 킬개리프 신부가 이멜다에게 줄을 당기고 팽팽하게 유지하는 방법을 가르쳐주는 사이 빨갛고 파란 삼각형 연이 나무들과 폐허 위의 하늘로 높이 솟아올랐다가 급강하했다. 잡아당기는 바람이 마치 이멜다의 손가락 사이에 살아 있는 무언가 같았다.

스패니얼 두 마리가 연날리기엔 전혀 관심을 보이지 않고 풀밭 위에서 빈둥거렸다. 다른 개들은 오래되고 시원한 낙농장에 남는 것을 더 좋아했다. 엄밀히 말하면 찻주전자는 과수원 별채에서 쉽게 가져올 수 있으니 주전자를 끓이기 위해 불을 피울 필요가 없었지만 이멜다의 특별 요청이 있었다. 소풍에는 언제나 불이 있다고, 그리고 우유는 우유 단지보다 코르크 마개 병에 들어 있어야 한다고 그녀가 말했고 아무도 반대하지 않았다.

은밀하게 속삭이는 목소리로 데린지 씨가 팬지 고모에게 요즘 미들턴 자루 회사에서 새로 온 젊은 외판원 때문에 겪는 고충을 이야기했다. "건방져요"라고 그가 보고했다. "그 사람 손톱의 흙이면 감자도 충분히 키울 만합니다." 피츠유스터스 고모는 담배를 찾기 위해 널찍한 핸드백을 뒤졌다.

연이 높이를 잃고 고꾸라졌다. 이멜다의 손아귀에서 그토록 신나게 잡아당겨지던 끈이 느슨해지고 축 늘어졌다. 킬개리프 신부가 팬지 고모로부터 하얀 막대를 낚아채 최대한 빨리 실을 감았다. 연을 이쪽저쪽으로 잡아당겨보려 했지만 말을 듣지 않았다. 연이 아래로 늘어지며 곤두박질쳤다. 그리고 나무에 떨어졌다.

"망가졌을까요?" 이멜다가 물었다. "약한 가지로만 만들었어요."

"아, 아니, 아니."

연은 망가지지 않았다. 킬개리프 신부가 연을 아래로 끄집어냈을 때 그들은 손상된 부분을 전혀 발견하지 못했고, 다시 날리자 아주 높이 올라가 하늘에 점으로 보였다. 데렌지 씨와 팬지 고모가 번갈아 연의 방향을 이끌면서 끈을 통해 전해지는 바람의 힘을 느꼈고, 이멜다의 어머니는 햇살 아래 예쁜 새 드레스를 입고 머리는 산뜻하게 틀어 올리고서 연과 함께 달렸다.

"아니, 난 빠질게." 피츠유스터스 고모가 말했다.

"연은 아마 인간이 가질 수 있는 가장 좋은 물건일 거예요."

마지막으로 실을 감았을 때 이멜다가 말했다.

이멜다는 레모네이드를 많이 마셨고 다른 사람들은 차를 마셨다. 그녀는 아침 일찍 깨어나 침대 발치에서 갈색 종이에 싸인 연을 발견했다. 그저 기다란 묶음의 꾸러미였고 아직 부품이 조립되지 않아서 그게 무엇인지 짐작할 수 없었다. 아침 식사를 마치고 부엌 탁자에서 그걸 조립한 사람은 킬개리프 신부였다.

레모네이드를 마시며 이멜다는 마음의 눈으로 선명하게 연을 그려보았다. 갑작스레 소용돌이치는 움직임, 연을 올려다보는 얼굴들, 해를 가리기 위해 비스듬히 기울인 손들. 데렌지 씨의 솜털 같은 희끗하고 붉은 머리카락, 실을 조종하는 킬개리프 신부의 걱정스러운 눈빛, 꽃무늬 드레스를 입은 어머니의 작은 몸. 피츠유스터스 고모와 장식물처럼 미동이 없는 스패니얼들과 함께 그들은 맑고 푸른 하늘에 멀리 뜬 연과 어우러져 한 폭의 그림을 만들었다.

그들은 점점 식어가는 낮의 열기 속에 이야기를 하며 앉아 있었고 이멜다는 이런 이야기를 듣는 걸 좋아했다. 7시가 다 되어서야 모든 것이 정리되었다. "이제 다 컸네." 데렌지 씨가 헤어지며 말했다. 우체부인 오마라 씨도 오늘 아침 〈코크 이그재미너〉와 〈아이리시 타임스〉를 들고 부엌으로 들어오면서 똑같은 말을 했다. 킬개리프 신부도 그렇게 말했고 본인 나이를 잊어버리고 일흔여덟쯤일 거라고 짐작하는, 고모들의 하녀인 필로미나도 그랬다. "아홉 살이 되다니 좋구나." 팬지 고모가 말했다. "나도 아홉 살엔 좋았던 걸로 기억한단다."

이멜다는 데렌지 씨에게 작별 인사를 하고 생일 파티에 와주셔서 감사하다고 말했다. 그런 다음 어머니와 다른 사람들과 함께 과수원 별채로 돌아왔다. 저마다 소풍에 가져갔던 무언가를 들고 있었고 스패니얼들이 뒤를 따랐다. 그들은 폐허를 가로지르지 않고 반원을 그리며 뒤쪽 아치를 지나 굵은 돌이 깔린 마당에 도착했다. 이윽고 소란이 일었다. 개들이 으르렁거리며 오래된 낙농장에서 달려 나왔고, 닭들은 허둥지둥 길을 나섰고, 거위들은 비명을 질렀다. 킬개리프 신부가 개들을 물리치고 집에 하나뿐인 젖소의 젖을 짜기 위해 소를 몰아 과수원으로 향했다. "세상에, 얌전히 좀 있어!" 피츠유스터스 고모도 핸드백으로 개들을 때리면서 소리쳤다. "개들한테 얌전히 좀 있으라고 말해줘, 팬지." 그녀의 부탁처럼 팬지 고모는 날뛰는 짐승들에게 니들은 끔찍하다고 부드럽게 말했다.

"난 오늘이 영원히 계속되면 좋겠어요." 이멜다가 제 방에서 어머니에게 주기도문을 암송한 후 말했다. "최고로 멋진 날이었어요."

"맞아, 그랬지."

어머니가 몸을 숙여 이멜다에게 입을 맞추고는 저녁 해를 가리기 위해 커튼을 쳤다.

"여름에 생일이라 좋아요." 이멜다가 말했다. 그녀는 대화가 끝나기를 원하지 않아 다른 할 말을 찾았다. 자신도 잘 모르면서 어머니는 때때로 화재가 나기 전에 이 집과 정원이 어땠는지 설명하곤 했다. 어머니는 주홍 응접실과 여름이면 스며들던 스위트피 꽃향기와 과거 퀸턴가의 남자와 그 부인의 초상화에 대해 이야기했다. 그러나 오늘 밤 어머니는 오래 머물고 싶지 않아 보였다.

"이제 자야지." 어머니가 재촉하며 다시 입을 맞추었다.

눈을 뜨고 누워서 이멜다는 잠시 초상화들을 상상하려고 애썼다. 그러고 나서 식당에 있는 베네치아 그림 두 개, 선착장에 세워진 빛바랜 초록색 곤돌라, 다리 근처 돔 지붕 교회를 생각했다. 배가 곤돌라라고 불린다고 가르쳐준 사람은 팬지 고모였고, 킬개리프 신부는 베네치아엔 도로 대신 운하가 있다고 알려주었다. "난 정말 거기 가고 싶어요"라고 말하자 킬개리프 신부는 "누가 알겠니? 어느 날 네가 가게 될지"라고 답했다.

이멜다는 찬장에 든 밀랍 과일 그릇과 반짝이지 않는 은색 찻주전자와 디캔터와 크리스마스에 사용하는 호두까기 인형을 생각했다. 식당에는 열한 개의 마호가니 의자가 있는데 그 위의 태피스트리는 카펫만큼이나 낡았다. 벽지는 무늬가 사라졌지만 문 옆의 작은 그림을 아주 살짝 밀면 그 무늬가 리본으로 묶은 백합 꽃다발인 것을 알아볼 수 있었다. 창문들 사이에는 밀기에는 너무 무거운 거울과 폭포 그림이 있었다. 노란 꽃병들, 접시와 촛대들이 있었다. 벽난로 위의 시계는 언제나 6시 5분 전에 멈춰 있었다. 계단 벽에 걸린 그림들은 모두 시시했고 어느 것도 색깔이 없었다. 복도의 박제된 공작새는 오래전에 버렸어야 했다고 피츠유스터스 고모가 말했다.

잠이 오지 않았다. "개들을 세어봐." 피츠유스터스 고모의 조언이었다. "잠이 안 올 때 내가 하는 방법이야." 댄디와 라이플먼, 눈먼 사냥개 브리지드, 스패니얼인 진저와 피클스, 그레이하운드인 머피, 아킬레스, 클로나킬티, 블랙가드와 샘과 메이지 제인. 머피는 땜장이들이 로크에 버렸고, 메이지 제인의 주인이었던 사제는 죽었고, 클로나킬티는 코크주에 있는 마을 이름이다. 과거에는 다른 개들도 있었다. 포메라니안 한 마리와 케리 블루 한 마리, 스프래츠와 비로 불리던 테리어들, 그리고 다리가 세 개인 엘크하운드 루드비그. 이멜다는 모두를 다 세고 나서 열네 마리의 닭과 거위들도 세었다.

일주일 전 천둥이 쳤을 때 개들은 두려움에 짖어댔지만 닭들은 비만 맞지 않으면 개의치 않는 듯했다. 필로미나는 침대 밑을 번개 피신처로 삼았다. 킬개리프 신부는 개들을 조용히 시키려 했고 팬지 고모는 하녀가 숨은 곳으로 밀크티를 들고 몇 번이나 기어들어 갔다. "네가 들어가, 이멜다" 마지막에 팬지고모가 말했다.

이멜다가 잠들지 못하는 것은 생일의 흥분이 가시지 않아서였다. 저녁 식사 때 피츠유스터스 고모가 아직도 흥분된다고 말하자 킬개리프 신부는 그건 너무나 자연스러운 일이라고 했다. 팬지 고모는 크리스마스이브에 잠을 잘 수 없었노라고 했다. 피츠유스터스 고모의 말에 따르면 1년 내내 과수원 별채는 웃풍이 불었기에 그들은 지금 거실에 모여서 불을 피웠을 것이다. 팬지 고모는 꽃을 말리고 킬개리프 신부는 책을 읽을 것이다. 여전히 새 드레스를 입은 이멜다의 어머니는 소풍에 관한 이야기로 일기를 쓰기 시작했을 것이다. 피츠유스터스 고모는 다 탄 성냥개비를 불에 던지며 연이어 담배를 피울 것이다. 이따금 피츠유스터스 고모는 종자 카탈로그를 보기도 했지만 주로 담배를 피웠다. 황량한 거실의 땅거미 속에 윌리엄 글래드스톤의 긴 구레나룻이 낮보다 더 근엄해 보일 테고 괘종시계의 똑딱거리는 소리는 더욱 장엄할 것이다.

"자, 그럼 뽕나무를 세어봐." 피츠유스터스 고모가 충고했다. "서쪽 모퉁이에서부터 시작해. 눈을 감으면 나무 하나하나가 네 마음으로 들어올 거야." 반대로 팬지 고모는 잠드는 데 가장 좋은 방법은 뭔가 좋은 것을 생각하는 거라고 조언했다. 두 고모가 너무 달라서 이멜다는 어릴 때 두 사람이 자매라고 느껴지지 않았다. 둘이 자매라고 설명해준 사람은 이멜다의 어머니였다. 팬지 고모는 잼과 버터를 킬개리프 신부나 이멜다의 어머니, 혹은 언니에게 쉴 새 없이 건네주었다. 그녀는 필로미나의 주름 장식이 달린 캡이 바닥이나 식기대의 구운 고기 위로 떨어졌을 때 언제나 식탁에서 살며시 일어나 캡을 집어 들었다. 피츠유스터스 고모는 그런 것들을 절대 알아채지 못했다. 입술은 담배로 얼룩졌고 개 모양의 넥타이 핀이 종종 거꾸로였으며 오래된 트위드 모자 아래의 흰색 머리카락은 헝클어져 있었다. 그녀는 잔디를 깎고 관목에 거름을 주었으며 호스로 물을 내리고 실내 장식과 도장 부분을 광내면서 자동차를 관리하는 일에 열정을 쏟았다.

"열셋." 이멜다가 말했다. 더 이상 셀 수 없다. 까마귀처럼 생긴 뽕나무와 한쪽으로 기울어진 뽕나무가 있고 열매를 맺지 않는 뽕나무가 있다. 뿌리가 땅 위로 나오는 뽕나무가 있고 오디 맛이 시큼한 나무가 있다. 바람에 너덜너덜해진 것 같은 나무가 있고, 과수원 옆으로 모두 똑같은 나무 아홉 그루가 줄지어 늘어섰다. 하지만 다른 나무들을 알아보기는 너무 어려웠다.

이멜다 퀸턴은 내 이름, 아일랜드는 내 조국. 불탄 집은 내 거처, 천국은 내 목적지. 시멘트 건물 앞에 하얀 성모 마리아 상이 있는 로크의 새 가톨릭 학교에는 압운 열풍이 불었다. 이멜다는 필사책 표지 안쪽에 이 말을 적었다. 단어들이 오렌지색 표면에서 단정하게 찰랑거렸다. "천국이라고?" 테레사 셰이가 말했다. "넌 천국에 가지 않아, 이멜다 퀸턴. 네가 어떻게 가?" 테레사 셰이는 몸집이 크고 서툴고 멍청했으며, 학교에서 말이 험하기로 유명했다. 멀케이 수녀가 그 애 말에 신경 쓰지 말라고 했다.

이멜다는 테레사 셰이를 생각하지 않으려고 애썼다. 그 애의 얼굴을 머릿속에서 밀어내는 데 성공하고 그 대신에 하늘로 솟구치는 연과 그걸 올려다보는 사람들을 떠올렸다. 이윽고 그녀는 잠이 들었다.

그녀는 악몽을 꾸었고 어머니가 그녀를 달래러 왔다. 아이들과 치솟는 불길, 항상 꾸는 악몽이었다. "자장, 자장, 자장, 이멜다." 어머니가 달랬다. "쉿, 내 아가."

*

긴 곱셈을 배웠다. 이멜다는 어려워했고 종이 울리자 고마워했다. 평신도 선생인 미스 가비는 스커트의 걸단추를 채웠다. 수업을 시작할 때면 편안함을 위해 스커트를 헐겁게 하는 것이 그녀의 습관이었다. 교실에서 재잘거리는 소리가 들려왔고 소녀들이 가방을 메고 학교를 떠나면서 이내 재잘거림은 사라졌다. 학교가 파하고 드리스콜 부인의 가게 밖에서 감초과자를 먹으며 테레사 셰이가 말했다.

"네가 가톨릭 학교에 다니면 안 된다고 말하는 사람들이 있어, 이멜다."

"불쾌하게 굴지 마, 테레사." 다른 소녀가 말했다.

"난 불쾌하게 구는 게 아니야."

"내가 왜 가톨릭 학교에 다녀서는 안 되는데?" 이멜다가 물었다.

"왜냐면 넌 가톨릭이 아니니깐. 이멜다 퀸턴! 어쩜, 이렇게 뻔뻔할 수가!"

테레사 셰이가 웃으며 가방을 다리에 대고 쾅쾅 두드리면서 사라졌다. 그녀가 한 말 중 최악은 어린 메이비 컬런에게 그

애 어머니가 삼촌을 방문하러 미국에 가는 길에 죽었다고 한 것이었다. 그건 사실이었다.

"저 애는 신경 쓰지 마." 테레사에게 불쾌하다고 했던 소녀가 말했다.

하지만 테레사가 한 말은 이멜다가 마을을 지나가는 동안 내내 걱정했던 긴 곱셈 숙제의 어려움을 가리기에 충분했다. 이멜다는 가톨릭 학교에 다니는 것이 좋았고 무언가가 그 기분을 망치는 게 싫었다. 그녀는 학교가 지어지는 것을 지켜보았고 그 학교에 다니게 될 거라고 늘 생각해왔다. 마을에 신교도 학교가 더 이상 존재하지 않기 때문이었다. 교장 수녀, 멀케이 수녀, 헤네시 수녀, 가비 선생과 평수녀들, 학교의 모든 사람이 그녀에게 친절했다. 기도와 교리 문답 시간에는 피아노를 연습하거나 로언 수녀가 부엌에서 빵 만드는 것을 지켜봤다. 테레사 셰이 말고는 아무도 이멜다가 가톨릭 신자가 아니어서 그들과 다르다는 것을 신경 쓰지 않았다.

첫영성체 드레스도, 묵주도 없었고, 페르모이의 성체 축일 행렬에도 참여하지 못하지만 이멜다는 자신이 다르다는 것에 개의치 않았다. 그녀는 달팽이를 밟을 때면 용서를 구했다. 멀케이 수녀가 달팽이도 다른 어떤 것과 마찬가지로 하느님의 피조물이라고 설명했기 때문이다. 그러나 이멜다는 신교도인 이라면 그런 것에 용서를 구하고 가톨릭에서 하듯 참회의 뜻으로 〈성모송〉을 외울 필요가 없다는 것도 알았다. "아이리시 애가 신교도래.” 테레사 셰이가 이멜다의 가톨릭 학교 등교 첫날 속삭였고, 비웃음을 띠며 피츠유스터스 고모가 괴상하다고 중얼거리기도 했고, 킬개리프 신부에 대해서도 뭔가 중얼거렸다. 그는 오랫동안 사제가 아니었기 때문에 엄밀하게 말해서 신부라고 부르면 안 된다는 것을 이멜다는 알았다. 하지만 그런 건 중요해 보이지 않았고 이멜다는 피츠유스터스 고모가 괴상하다고도 생각하지 않았다. “이단자.” 테레사 셰이가 깔보며 중얼거렸다. “엿 같은 이교도 무리.”

이멜다의 어머니는 설명해주려고 애썼다. 수 세기 동안 가톨릭 신자들은 신앙생활이 금지되었으므로 여전히 테레사 셰이 같은 사람이 있는 게 놀랄 일은 아니라고 말했다. 킬개리프 신부는 총이나 칼에 의지하지 않고 가톨릭 신도에게 종교의 자유를 가져다준 대니얼 오코넬에 관해 이야기했다. 이멜다의 어머니는 미첼스타운 순교자들과 1915년 카포퀸에서 있었던 교전에 관해 이야기했다. 한번은 킬네이 사람들이 차로 드라이브를 가다가 유명한 혁명가가 매복 공격을 받아 저격당한 곳을 지나갔다. 그의 이름은 마이클 콜린스였다. 가족들이 욜의 해변에 갔을 때 이멜다의 어머니는 1602년 그곳에서 종교의 포기를 거부해 처형당한 사제에 관해 이야기해주었다. 어머니는 킬네이에서 말들을 쉬게 하고 싶었지만 문전박대당한 영국인 소령의 이야기를 했다. 매복 공격으로 사망한 혁명가가 킬네이를 방문하곤 했으며 퀸턴가에서는 혁명적 대의를 위해 그에게 자금을 대주었다고 말했다. 어머니는 어떤 남자가 매국적인 언행으로 혀가 잘린 채 목매달려 죽은 나무를 보여주었다. 제국주의가 점령했던 아일랜드 건물에 이제 녹색의 아이비가 자라는 걸 보는 것이 좋았다고 어머니는 말하곤 했다. 그리고 드라이브 중에 킬네이처럼 담쟁이덩굴이 있는 폐허와 사제들 교육 기관이나 정신병동이 되었던 여전히 멀쩡한 집들을 가리켰다. 평화주의자 대니얼 오코넬은 어머니의 영웅이 아니었다. 그들 대신, 아일랜드의 전사들로 영국과 전투에서 패한 아일랜드 생존자들이 항상 그랬듯 수 세기 전 이 나라를 떠나 망명길에 올랐던 타이론과 티르코넬 지방의 영주들을 꼽았다. 이멜다의 아버지도 외국에 머물러야만 해서 제분소로 돌아올 수 없었다. 그래서 종종 이멜다는 아버지가 타이론과 티르코넬 지방 영주들을 닮았을까 상상해보려고 했다. 가톨릭 학교 수녀들은 아버지를 영웅이라고, 심지어 핀 맥 쿨이나 전사 쿠훌린 같은 신화 속 영웅들에 비견했다. "너는 나의 특별한 이멜다야." 이멜다가 처음으로 빵 만드는 것을 지켜보았을 때 로언 수녀가 말했고, 이멜다는 그것이 아버지 때문이라는 걸 알고 있었다. "네 아빠는 언제나 기억될 거란다." 멀케이 수녀가 장담했다. "네 아빠는 언제나 기억될 거야, 이멜다. 로크나 페르모이에서나, 코크주 어디에서든. 우리는 네 아버지를 위해 날마다 기도한단다. 성모 마리아께서 기적을 베풀어주실 거야."

어머니의 침실에는 늘어선 소년들 사이에 선 아버지의 사진이 있었다. 머리카락이 그녀처럼 밝은 금발이라는 점 외에는 어떻게 생겼는지 알아보기 어려웠다. 사진에서 약간 미소 짓고 있었지만 얼굴을 좀 더 자세히 보려고 하면 눈물이 어려 앞이 부예졌다. "테레사 셰이는 그냥 질투하는 거야." 학교 친구가 말했다. "네가 그런 아버지를 두어서."

*

이멜다는 가비 선생이 낭송했던 시 〈이니스프리의 호수 섬〉을 생각하며 과수원에서 오디를 땄다. 시는 킬개리프가 신부가 가끔 인용하는 윌리엄 셰익스피어의 문구만큼이나 아름다웠다. *아침의 베일부터 귀뚜라미가 우는 곳에 이르기까지*. 그녀는 부드럽게 단어들을 되뇌었다. *한밤은 온통 어슴푸레한 빛, 한낮은 보랏빛 환한 기색*.

뽕나무 과수원에서 벌레들이 물기 시작했다. 사과나무 한 그루에서 떨어진 사과들이 긴 풀 사이에 놓였고, 초록색 요리용 사과는 먹기엔 너무 떫었다. 타이론과 티르코넬 지방 영주들이 떠났다고 말한 사람이 예루살렘 수녀 멀케이였던가? 머리 없는 시체들을 전차에 싣고 적진으로 질주하게 한 사람이 쿠훌린이었나?

로언 수녀가 성모 마리아의 기적을 기도해주고, 테레사 셰이가 질투하는 등 모두가 그렇게 법석을 떨어서 이멜다는 아버지에 대한 호기심이 생겼다. 아주 파란 눈을 가졌다고 어머니가 말했다. 그리고 가끔, 그저 재미로, 이멜다는 아버지가 드리스콜네 가게 앞에서 버스에 내리면 알아보고 달려가는 상상을 했다. 드리스콜네 가게 밖에서 감초 과자나 무지개 토피 사탕을 먹던 소녀들은 한순간 조용해진다. 그때 스위니 씨가 정비소에서 나오고 스위니 부인이 펍 문간에 나타난다. 그들은 기뻐하며 손을 흔들고, 이멜다는 킬네이까지 아버지와 함께 길을 따라 걷고 아버지는 자신이 여행한 곳에 대해 들려준다.

그의 용기와 명예가 그가 행한 일이 필요했다고 역설했기에 그는 영웅이었다. 어머니가 모두 설명해주었다. 아무도, 심지어 테레사 셰이조차 킬네이를 불태운 블랙 앤드 탠즈에게 복수한 것은 잘못이었다고 말하지 않았다. 그건 결코 범죄가 될 수 없다고, 대량 학살과 희생자들을, 한밤중에 벌어진 퀸턴가에 대한 잔혹한 살인을 생각한다면 죄가 될 수 없다고 어머니는 강조했다.

이멜다는 호기심이 일어서 사진을 보기 위해 자주 어머니의 방으로 갔다. 아주 파란 그 눈동자를 유심히 살폈다. 이멜다는 무엇이 아빠를 미소 짓게 했었는지 궁금했다. "아, 너만 했을 때 정말로 평범한 어린 소년이었지." 피츠유스터스 고모가 말했다. 킬개리프 신부는 그가 라틴어에 소질이 없었다고 기억했다.

이멜다는 눈을 감았다. 그림들이 흩어졌다. 불길이 아이들의 얼굴과 팔과, 다리 살을, 그들의 위장과 등을 집어삼켰다. 뚱뚱한 플린 부인은 방에 갇힌 채 공포에 질려 울었다. 연기가 그녀의 폐를 가득 채웠고 눈물이 흘러내렸다. 테디베어 잠옷 가운을 걸친 남자가 아내를 안고 불타는 계단을 내려와 자녀들을 찾아 나섰다. 발각될까 두려운 군인들이 돌아왔다. 정원에서는 정문 옆집에서 온 정원사들이 죽어나갔고, 래브라도들이, 떠돌이 개들이 죽었다. 텅 빈 정문 옆집도 불지옥이 되었다. 자동차 엔진 소리가 서서히 멀어졌다.

2

이멜다는 자동차의 바퀴가 분리되고 차체가 오래된 낙농장의 나무 받침 위에 놓이는 것을 지켜보았다. 스위니 씨가 그 일을 하려고 와서는 오전 내 필로미나와 수다를 떨며 부엌에 있었다. 그는 1916년 솜 전투에서 팔을 잃었다고 했다. "이번 전쟁은 러시아에게 달렸지." 그가 예언했다. "러시아의 힘을 절대 당해낼 수가 없어, 필로미나, 러시아가 어느 편에 서든 말이지."

이멜다는 킬개리프 신부와 페르모이에서 온 남자가 피츠유스터스 고모의 무선 안테나를 설치하는 모습을 지켜봤다. 안테나는 굴뚝에 매달아야 했고 페르모이에서 온 남자는 접지선을 거실의 프랑스식 여닫이 창문 밖 땅속에 있는 금속 막대에 연결해야 했다. 남자는 킬개리프 신부에게 습식 전지와 건식 전지에 대해, 그리고 습식 전지를 일주일에 한 번 어떻게 충전해야 하는지를 설명했다.

일요일 저녁이면 라디오에서 애국가가 흘러나왔고 데렌지 씨는 일요일 오후 산책이 끝난 후에도 팬지 고모와 그걸 듣기 위해 남았다. 이멜다 역시 남아서 라디오를 들어도 되었는데 그녀는 어머니가 다른 사람들과 달리 유럽 전쟁에 관심이 없다는 걸 눈치챘다. 팬지 고모와 데렌지 씨는 창문 벽감에, 킬개리프 신부는 소리가 직직거리거나 잘 안 들릴까 봐 라디오 옆에 자리를 잡았다. 피츠유스터스 고모는 평소와 같이 소파 위의 개들 사이에서 담배를 피우며 손으로 박자를 맞췄다. *부드럽게 흘러라, 달콤한 애프턴이여*라고 그녀의 갈색과 크림색 담뱃갑에 쓰여 있었다.

"화재가 나기 전에 여기서 살았나요, 필로미나?" 이멜다가 물었고, 필로미나는 그렇다고 대답했다. 그 전에는 캐넌 코널리의 가정부였고, 캐넌 코널리가 죽어 갈 곳이 없어지자 고모들이 그녀를 받아주었다. 이멜다는 귀를 기울였다. 캐넌 코널리에 대해 들어본 적이 없었다. 그는 침대에서 사과 먹는 것을 좋아했고 조끼 입기를 싫어했다고 필로미나가 말했다. 필로미나는 말할 때마다 고개를 한껏 뒤로 젖히고 이가 거의 다 빠진 입을 드러내며 웃는 버릇이 있었다.

"제 아버지를 기억해요, 필로미나?"

"아, 그럼 물론이지, 얘야."

"그가 블랙 앤드 탠즈를 쐈어요? 일이 그렇게 됐던 거예요?"

필로미나가 경우에 맞지 않게 웃었다. 그것에 관해서는 아무것도 모른다고 답했다. 그리고 가슴 위로 성호를 그었다.

"그 남자가 살던 곳이 리버풀이라는 걸 알았어요, 필로미나? 영국 북부에 있는 항구 도시예요. 전 세계에서 배들이 들어오는."

"뭐라고, 얘야?" 부엌 수도꼭지 아래서 양배추를 씻느라 바쁜 필로미나가 다시 웃었다. 그녀는 양배추에서 굼벵이를 우비면서 말했다. "사람들은 이런 미물을 먹고 있는 자신을 발견하고 싶지 않을 거야."

"제 생각엔 그렇게 된 것 같아요." 이멜다가 말했다.

필로미나가 다시 가슴에 성호를 그었다. "화재는 끔찍했었지." 그녀가 말했다. "코크주 사람들 전부가 킬네이에서 난 화재에 대해 알았어. 아니 아일랜드 전체가." 그녀는 화재 다음 날 라스코맥에 있는 자매의 집에서 소식을 들었다고 했다.

"블랙 앤드 탠즈 군인들 절반은 깡패나 진배없었어. 확실히 그 전에 아무도 그 악당에게 칼을 꽂지 않았다는 게 정말 놀랄 일이지."

"*칼이요*? 그 블랙 앤드 탠즈가 칼에 죽었어요?"

필로미나는 여전히 양배추를 씻으며 애매하게 대답했다. 사진 속 얼굴이 다시 이멜다의 머릿속에 떠올랐다. 이멜다는 그 칼이 건조대 위에 놓인, 필로미나가 잘 든다고 제일 좋아하며 손잡이가 변색되어 '작은 갈색 칼'이라고 부르는 것과 같았을까 궁금했다. 그러나 칼끝이 둥근 탓에 목적한 방향을 정확히 가리키지 않아서 누군가를 찌르려고 한다면 그것은 그다지 적절한 도구로 보이지 않았다. 총알로 심장을 겨냥하듯이 칼이 심장을 뚫고 들어갈 거라고 그녀는 생각했다. 하지만 킬네이를 방문하던 혁명가는 그의 두개골을 뚫은 총알로 인해 사망했다. 어머니가 그렇게 말한 기억이 났다.

"아, 여기 아름다운 사람들이 모여 있네요." 다뤄야 할 사안들이 있어 과수원 별채에 도착한 라니건 씨가 말했다. 그가 킬네이를 방문할 때마다 팬지 고모는 코크에 있는 그의 가족에게 가져갈 오디 잼들을 잘 꾸리고 신문으로 싼 달걀을 네모난 상자에 넣었다. 달걀은 피츠유스터스 고모가 천사라고 말하는 바람에 이멜다가 날개 달린 피조물로 상상했던 귀 먹고 말 못하는 서기 데클런 오드와이어를 위한 것이었다. "그런데 이멜다는 정말 아름다운 이름이지 않니?" 라니건 씨는 항상 말했다. "그런 이름을 가져서 이멜다는 참 행복하겠구나, 그렇지?"

킬개리프 신부에 따르면 이멜다는 5월 13일, 볼로냐의 은혜받은 성녀 이멜다 람베르티니와 축일을 나누었다. 이멜다는 예정일보다 한 달 이상 일찍 태어나서 볼로냐의 성스러운 소녀의 축일을 갖게 되었다. 은혜받은 성녀 이멜다는 열두 살이 되기도 전에 도미니크 수녀원에서 무릎을 꿇고 기도드리는 동안 성체의 빛이 머리 위에 떠도는 경험을 했다. 그 기적이 일고 그녀는 죽음을 맞았다.

"수입은 중단되지 않을 겁니다." 이멜다가 거실문에서 엿듣고 있을 때 라니건 씨가 말했다. "영국으로 돌아가더라도 말입니다, 메리앤."

어머니는 이상한 말을 했다. 지도를 보고 있노라면 아일랜드와 영국이 꼭 연인처럼 보인다고. "라니건 씨, 그렇게 생각하지 않으세요? 신기하게도 포옹을 떠올리게 하지 않나요? 이 모든 상황을 만들어낸 가장 특별한 포옹."

"포옹이라고요?"

"제가 아일랜드식 환상에 너무 도취했다고 생각하시나요? 킬개리프 신부는 그렇게 생각하죠. 다른 사람들도 그렇고요. 하지만 전 이제 이 모든 것의 일부예요. 제 열정을 어쩔 수 없어요."

이멜다는 거실문에서 멀어졌다. 부엌에서 물을 좀 마시고 테리어들과 양치기 개와 잠깐 놀았다. 그녀는 은혜받은 이멜다를 생각했다. 라니건 씨가 같은 이름을 가진 사람을 떠올리게 했기 때문이었다. 그녀는 로언 수녀에게 성체의 기적을 이야기했고 로언 수녀는 열심히 들었지만 결국 모든 아일랜드 수녀가 성령의 기적에 대해 아주 잘 알고 있다는 것을 깨달았다. 부엌에서 이멜다는 성체의 빛을 그저 연무 한 자락에 지나지 않는 희미한 윤곽으로 상상했다. 그러고 나서 그걸 잊고

헤드라인을 옮겨 적었다. *곤충은 폐나 아가미가 없다.* 막 끝마쳤을 때 복도에서 라니건 씨와 어머니의 목소리가 들렸다.

"푼타레나스라고 불리는 도시"라고 라니건 씨가 말했다. 하지만 나중에 이멜다는 지도책에서 그렇게 들리는 지명을 찾는 데 실패했다. 그녀는 대화가 아버지에 관한 주제로 바뀌었다는 것을 알고 그 도시가 아버지가 사는 곳이리라 짐작했다. "지금쯤 늙은 독일인들이 그를 해치웠을 거라고 생각해." 테레사 셰이가 오래전에 히죽히죽 웃으며 말했다. 이멜다는 본래 그게 궁금했었지만 지금은 언급된 도시가 더 궁금했다. 그녀는 어머니에게 물어보고 싶지 않았다. 그러면 엿들은 게 발각되기 때문이었다. 이멜다는 팬지 고모와 필로미나에게 물었지만 그런 곳은 비슷하게라도 들어본 적이 없다고 했다. 그래서 결국 우연히 들었다고 설명할 준비를 하고서 어머니에게 물었다. 그건 어느 정도는 사실이었다. 어머니는 대답하지 않았다. 그 대신 산책을 제안했고, 마지막에 마치 대답이 거기에 있는 것처럼 남자가 목매달렸던 나무를 가리켰다.

"그저 평범한 나무지, 이멜다. 넌 여길 그냥 지나치고 아무것도 모를 수 있어."

어머니가 이야기한 적이 있었다. 교살 후 화재가 있었고, 몇 년이 지나 코크에서 한 여자가 스스로 목숨을 끊었다고. 이멜다는 매우 가파른 언덕 꼭대기에 있는 그 집을 한 번 본 적 있다. 지금은 치과 의사가 살았다. 현관문 밖 황동 간판에 그렇게 쓰여 있었다.

"너는 무엇이든 지나칠 수 있고 아무것도 모를 수 있어, 이멜다. 영국에 있는 그 대저택의 정원을 걸으면서도 나는 한 소녀가 그곳에서 킬네이로 왔었다는 걸 결코 알지 못했단다. 그녀는 가족들에게 애원했어. 하지만 다른 나라의 무지렁이 농군들이 죽어가는 게 그들에게 무슨 의미가 있었겠니? 아일랜드에는 너무 많은 비참한 죽음이 있었어."

그들은 함께 들판을 가로질러 귀신 언덕으로 올랐다. 어머니가 어떻게 여행 가방 하나만 달랑 들고 아일랜드에서 이곳까지 왔는지, 길에서 만난 여인에게 안내받은 하숙집에서 어떻게 지냈는지 들려줬다. 또 다른 날에는 언덕을 오르며 이렇게 말했다.

"네 아버지와 나는 결혼할 기회가 전혀 없었다. 그건 네가 알아야만 하는 거야, 이멜다."

어머니는 과수원 별채 거실에서 벌어졌던 장면에 대해 계속 말했다. 어머니의 부모님이 그녀를 영국으로 데려가기 위해 왔었던 이야기를.

"내 아버지의 사촌이 살던 런던 클래펌 집에서 너를 낳기로 정리가 되었어. 넌 그곳에서 태어나 그 여인과 남편에게 맡겨지는 걸로. 그리고 난 우드컴 사제관으로 돌아가고, 마치 아무 일도 없었던 것처럼."

이멜다가 당황하고 놀라서 인상을 썼다.

"내가 킬네이에 없다고?"

"클래펌 사람들이 널 딸로 키웠을 거야."

이멜다는 조부모의 킬네이 방문에 대해, 황량한 거실에서 이루어졌던 무익한 설득에 대해 생각했다. 이멜다는 상상했다. 이슬비가 내리고, 프랑스식 여닫이 창문 밖으로는 닭들이 뽕나무 과수원의 울퉁불퉁하고 비틀린 나무들 사이에서 모이를 쪼았다. "우리는 클래펌에서 아이가 태어날 수 있도록 확실한 준비를 했단다." 사제가 선언했다. 그리고 이멜다의 어머니는 아일랜드 순교자와 아일랜드 전쟁, 여러 해 전에 일어났던 부활절 봉기에 대해 말하는 것으로 대답을 대신했다. 고모들이 오후 산책에서 돌아와 개들을 데리고 창문 옆을 지나갔다. 그러더니 필로미나가 과수원에서 레인 코트를 머리까지 뒤집어쓰고 닭들을 불러들였다. "여기서는 아무도 살 수 없어!" 사제의 아내가 이멜다의 상상 속에서 절규했다. "처참한 곳이야."

이멜다가 심각한 얼굴로 미소를 지었다. 그녀는 어머니의 목소리가 다른 뭔가에 대해 계속 이야기하고 있다는 것을 알아차렸다. 이멜다는 귀 기울이지 않았다.

"자, 차 마실 시간이에요." 이멜다는 피츠유스터스 고모가 비 오는 오후에 스펀지 케이크 접시를 들고, 팬지 고모와 킬개리프 신부와 개를 모두 이끌고 거실로 들어오며 이 말을 하는 상황을 상상했다.

"그는 인도에서 늙은 대령이었어." 어머니의 목소리였다.

그들은 언덕 꼭대기 근처 이판암에 도달했다. 그걸 기어오르느라 잠시 대화하기 힘들었다. 정상에서 이멜다가 말했다.

"인도?"

"그 두 노인네가 그렇게 염려하지 않았더라면 어머니와 내가 아일랜드에 오는 일은 없었을 거야. 그분들이 그런 편지를 쓰지 않았다면 네 아버지와 나는 절대 만나지 못했을 거고, 그랬다면 너나 나나 지금 여기 킬네이에 있지 않겠지."

"좋은 사람이었어요, 그 대령?"

"키가 아주 컸고 장대처럼 꼿꼿했지. 물론이고말고, 난 항상 그들을 좋게 생각한단다."

이멜다는 키가 큰 늙은 대령이 인도의 뜨거운 태양 아래 작은 인도 사원에 앉아 근심 어린 편지를 쓰는 것을 상상했다.

"내 말은, 이멜다, 일이 그렇게 된다는 거야. 가장 중요한 일은 우연히 일어난단다."

이멜다가 고개를 끄덕였다. "우리는 정말로 걱정하고 있다고 써요." 이멜다는 키 큰 남자의 부인이 했던 말을 상상했다. "사람들한테 당장 코크로 가보라고 말해요." 팬지 고모는 때때로 너무나 걱정된다고 말했다. "내가 당장 할게요." 데렌지 씨가 잔디 깎기의 날을 벼리겠노라고 피츠유스터스 고모를 안심시키며 지난 일요일에 약속했다. 사원에서는 터번을 두른 인도인이 늙은 부부의 더위를 식히고 모기를 쫓기 위해 종려

나무 잎을 흔들었다.

“아니, 난 말해야겠어, 메리앤.” 킬개리프 신부가 조용히, 하지만 분노가 실린 목소리로 주장했다.

이멜다의 어머니는 대답하지 않았다. 그들은 프랑스식 여닫이 창문 중 하나가 열린 거실에 있었다. 뽕나무 과수원에서 이멜다는 귀를 쫑긋 세웠고 그것은 이제 버릇이 되었다.

“어쨌든 내 아이예요, 신부님.”

“이멜다에게 하는 말에 신랄함이 배어나.”

“어떻게 신랄함이 없을 수 있나요? 저는 신부님처럼 착할 수 없어요. 신부님은 신부직을 박탈한 그 주교를 용서하죠. 폭력배와 휘발유 통을 가지고 여기 왔던 그 남자도 용서해요.”

“그 남자는 죽었어. 사는 동안 난 그를 용서하지 않았고.”

“그러면 윌리를 용서하세요, 신부님?”

“그건 내 생에 가장 슬픈 일이지.”

“아세요? 부모님은 여기를 다녀간 이후로 단 한 줄도 내게 편지를 쓰지 않으셨어요. 나에게 등을 돌렸고, 나를 생각조차 하고 싶지 않으신 거예요.”

“부모님 마음을 아프게 했잖아, 메리앤. 알잖아.”

“부모님을 사랑했어요, 신부님.”

“알지, 메리앤. 이 집 안팎에서 그분들과 함께 영국으로 돌아가라고 열심히 권하지 않은 사람이 있었나?”

"내 아이를 다른 사람의 아이로 키우라고요? 아이의 존재를 잊어버리고요? 어떤 홀아비가 와서 나를 가정부로 삼을 때까지 사제관에서 기다리면서요? 차라리 구빈원에서 끝내는 편이 낫겠네요."

"여기 있는 건 이멜다에게 쉬운 일이 아니지. 하지만 메리 앤, 네가 그걸 선택했으니 상황을 더 어렵게 만들지 마라. 내 부탁은 이게 전부야."

거실에 침묵이 찾아들었고 이멜다의 어머니가 침묵을 깼다.

"파괴에는 언제나 그림자가 따라다녀요. 확실히 그렇게 생각하죠, 신부님? 우리는 킬네이에 미만한 파괴의 그림자로부터 결코 벗어날 수 없을 거예요."

"나는 오로지, 지금이라도, 그대가 이멜다를 파괴의 그림자로부터 벗어나게 해주길 바랄 뿐이야."

어머니는 이멜다가 들을 수 없는 낮은 목소리로 대답했다. 그러더니 화가 나서 소리 질렀다.

"세상에, 그가 어떤 생활을 해왔다고 생각하세요? 저주받은 도시에서 도시로 옮겨 다니면서?"

"살인을 저지르고 나면 돌아올 수 없는 강을 건넌 거지. 하느님이 그렇다고 말씀하시잖아, 알다시피. "

어머니의 분노가 누그러졌다. 다시 아주 작은 소리로 말해서 이멜다는 어머니가 한 말의 마지막만 들을 수 있었다.

"신부님도 그날 밤 이후로 고통 속에 지내셨어요. 연과 함께 달리다 목숨을 끊을 수도 있었겠지요."

이멜다가 알아들을 수 없는 다른 말이 이어졌고, 그러고 나서 이멜다는 살금살금 멀어졌다. 그녀는 뽕나무 과수원의 먼 구석으로 가서 나무 둥치에 등을 기대고 따뜻한 곳에 앉았다. 벌 한 마리가 썩은 오디를 탐색하다 다른 무언가를 찾아 윙윙거리며 바삐 날아가는 것을 지켜보았다. 그녀는 킬개리프 신부가 그날 연을 날리며 어떻게 죽을 수도 있었는지 이해할 수 없었다. 다시 그녀는 사진 속 소년이 이 도시 저 도시를 떠도는 모습을 상상했다.

"아, 그냥 적어본 거야." 어느 겨울날 오후, 피츠유스터스 고모가 그녀의 책상에 앉아 말했다. 괘종시계가 숨을 헐떡이며 더듬거리더니 30분을 알리는 종을 쳤다. 글래드스톤의 어두운 얼굴은 찌뿌둥해 보였다.

"난 연인에게 편지를 썼어요." 이멜다가 말했다.

피츠유스터스 고모가 웃었다.

"글쎄, 나는 지금 연인이 없는데."

"예전에 있었잖아요. 필로미나가 말했……."

"필로미나 말은 듣지 마."

"고모가 결혼한 적이 있다고 필로미나가 그랬어요."

"맞아, 아주 짧은 결혼이었지."

"킬개리프 신부님은 연인이 있었대요."

"필로미나가 네게 그런 이야기도 했어?"

"테레사 셰이가 했어요."

"글쎄, 그건 테레사 셰이하고는 아무 상관없는 일인데."

"데렌지 씨가 팬지 고모랑 결혼한다면 정말 근사하지 않을까요?"

"사람들이 그렇게 말해왔지."

"그런데 왜 그는 안 하는 거예요?"

"데렌지 씨는 스스로의 질서 의식에 지배를 받거든."

피츠유스터스 고모는 다음 날 아침 오마라 씨가 신문들을 가져왔을 때 거둬 갈 수 있도록 우표를 붙인 봉투를 들고 거실을 나섰다. 이멜다는 곧장 책상으로 건너가 피츠유스터스 고모의 발소리에 귀 기울이며 잠시 그 옆에 서 있었다. 그녀는 피츠유스터스 고모가 팬지 고모에게 말하는 소리와 이어 부엌문이 닫히는 소리를 들었다. 이멜다는 피츠유스터스 고모가 방금 밀어 넣은 두 개의 작은 버팀대를 꺼냈다. 무거운 마호가니 덮개를 조심스럽게 버팀대 위에 놓았다. 책상에는 많은 서랍이 있었고, 수평으로 된 서랍과 세로로 된 서랍, 세로 홈이 새겨진 작은 받침들과 경첩이 달린 잉크병들이 있었다. 그리고 비밀 서랍들이 있었다. 이멜다는 피츠유스터스 고모가 오른쪽 어떤 서랍에 열쇠를 꽂아두라고 팬지 고모에게 부탁하는 것을 들었다. 이멜다는 지켜보긴 했지만 어떻게 여는지는 알 수 없었다.

이멜다는 서류들로 꽉 찬 서랍과 안에 다닝 카드들이 든 또 다른 서랍을 잡아당겼다. 코크의 가게에서 온 편지를 읽었다. 코트들이 들어왔다고 쓰여 있었다. 또 다른 편지는 라니건 씨에게서 온 것으로 환대와 온 가족이 좋아하는 오디 잼에 대한 감사의 인사였다. 그리고 이멜다의 흥미를 끄는 편지가 있었다. 날짜는 수년 전이었고 A. M. 할리웰로 서명이 돼 있었다. 어머니가 종종 그 이름을 말했기 때문에 누군지 알고 있었다. *내가 들은 말이 사실일 리 없습니다. 난 일주일 전에야 알았습니다. 당신에게 편지를 쓰고 있는 나는 낯선 사람이지만 어떤 것도 사실이 아니라는 확인을 부탁합니다. 만약 사실이라면 이 아이는 태어나서는 안 된다고 말하는 게 내 의무라고 생각합니다. 그 아이에게는 아이 아버지를 지금의 그로 만든, 잇따른 비극이 내재해 있습니다. 이건 내가 아는 가장 불길한 일입니다.*

3

팬지 고모는 방한모를 떠서 적십자사에 보냈다. 라니건 씨가 장갑 공장을 운영하는 빙켈만이라는 코크의 독일 스파이 이야기를 해주었다고 피츠유스터스 고모가 말했다. 킬개리프 신부는 프랑스의 함락 기사를 다룬 〈아이리시 타임스〉를 소리 내어 읽었다. 이멜다는 은밀하게 대화에 계속 귀를 기울였다.

"가끔은 내가 좀 더 그분 같았으면 해요." 어머니가 말했다. "숨을 쉴 때마다 고통이지만 그분은 어느 것에도 분노하지 않잖아요."

"그는 그렇게 만들어진 사람이니까." 피츠유스터스 고모가 대답했다. "난 그를 오랫동안 알았어. 여기서 우리와 살기 전에 누군가 내게 그가 성직을 박탈당했다는 편지를 보내왔지. 사실을 말하자면 나는 조금도 놀라지 않았어. 그가 친하게 지내던 여성의 힘깨나 쓰는 아버지와 충돌해야 했던 건 어쩌면 그의 본성 중 하나 같아. 알다시피 나는 그를 소년으로 기억하지. 그는 로크에서 와 나를 위해 정원 허드렛일들을 했어. 무엇이든 다치는 걸 싫어했어. 심지어 그게 벌레더라도. 그의 모든 것이 산산조각 났을 때 킬네이로 돌아온 것은 지극히 당연한 귀결이었지."

"그분이 내가 떠났어야 한다고 생각하지 않기를 바라요. 혹은 여전히 떠나야 한다고 생각지 않기를."

"그는 메리앤이 영국에서 보다 나은 삶을 살 거라고 믿을 수밖에 없지."

"그러면 고모는요?"

피츠유스터스 고모가 성냥으로 성냥갑의 사포를 그었다. 그러고 나서 담배 연기를 들이마시며 만족한 듯 한숨을 내쉬었다. 이멜다는 연기가 고모의 입과 콧구멍에서 소용돌이치는 것을, 바싹 여윈 한 손이 개의 머리를 쓰다듬는 것을, 그리고 그 개는 고모가 가장 좋아하는 눈먼 사냥개일 거라고 상상했다.

"나도 동의한단다, 얘야." 나이 든 여인이 마침내 입을 열었다. "그 비극 이후로 여기 킬네이에서 너와 아이가 우리와 함께한 것보다 더 좋은 건 없었어. 하지만 솔직해야지, 메리앤."

"아시다시피 돌아올 거예요. 언젠가 그는 돌아올 거예요."

그 말을 들으며 이멜다는 익숙한 몽상에 빠져들었다. 머리카락 색과 같은 밝은 금색 정장을 입은 아버지가 드리스콜네 가게 앞에 내렸다. "열대 지역 나라들에서는 수녀들이 하얀 옷을 입지." 멀케이 수녀가 지리 시간에 말했다. *푼타레나스는 코스타리카에 있는 해안 도시다.* 이멜다는 어머니의 일기장에서 읽었다. *아일랜드 은행이 그곳으로 돈을 송금했지만 지금 그는 다른 곳으로 떠났다.* 이멜다는 욜에 있는 것 같은 해변 산책로와 색색 가루로 모래 위에 그림을 그리는 화가를 떠올렸다. "얘들아, 퀸턴 꼴 좀 볼래?" 학교에서 이멜다가 몽상에 빠져들 때마다 테레사 셰이가 키득거렸지만 어쩔 수 없었다. 교실에서, 들판을 쏘다닐 때, 일요일 오후 애국가 방송 중에, 또는 침대에서 점점 더해가는 몽상이 이멜다를 사로잡았다. 어머니의 일기를 읽는 것처럼, 대화에 귀를 기울이는 것처럼 몽상은 그녀가 빠져드는 버릇이 되었다. "거기서 뭐 하고 있니, 이멜다?" 팬지 고모가 데렌지 씨와 함께 일요일 산책을 위해 가로수 길로 나서다 오래된 관목 숲에서 이멜다와 마주쳤다. 데렌지 씨는 제분소에 관한 전혀 흥미롭지 않은 이야기를 하고 있었다.

어머니의 일기들은 어머니 방 장식장에 보관돼 있었는데 이멜다가 학교에서 작문 숙제를 할 때 쓰는 것과 같은 작은 공책들이 쌓여 있었다. 줄이 그어진 거친 종이에 연필로 쓴 글씨들은 이제 희미해져 거의 암호를 해독하는 수준이었다. *킬개리프 신부가 내게 말하기 전까지 난 옐로 포드 전투에 대해 들어본 적이 없었다. 그리고 지금 그는 말하지 않았기를 바란*

다. 분노한 영국 여왕 엘리자베스는 영악하게 헨리 배그널 장군의 패배를 승리로 돌변시켜 아일랜드 전장에서 이익을 보는 한 전쟁을 계속하도록 했다. 킬개리프 신부는 주홍 응접실에서 둘 사이에 교과서를 펼쳐놓고 당신에게도 이 이야기를 했죠. 당신에게는 그저 또 하나의 아일랜드 역사일 뿐이었고 어쩌면, 만약 당신이 역사에 대해 생각한다면, 여전히 그러하겠죠. 계속되는 전장은 내 주위 어디서나 볼 수 있는 패턴이에요. 당신의 망명 또한 그러하듯이. 어떻게 우리가 안 그런 척할 수 있었겠어요? 어떻게 우리가 킬네이를 재건하고 우리 아이들이 파괴의 그늘에서 노는 것을 지켜볼 수 있었겠어요? 전장은 결코 잠잠해지지 않았어요.

이멜다는 말끔하게 노트들을 제자리에 돌려놓았다. 어떤 이유에선지 이멜다가 좋아하는 시의 한 구절이 머릿속에 떠올랐고 그녀는 그걸 들판으로, 강으로 가져갔다. *호숫가 옆 낮게 찰랑거리는 물소리를 듣노라*. 이제 그녀는 시를 암송하고 있었다. 가비 선생은 이멜다가 시를 제일 잘한다고 칭찬했고 테레사 셰이가 비웃자 교실에서 나가라고 말했다. “*내 마음 깊은 곳에서 그걸 듣노라.*” 강둑의 데이지들 사이에 누워 이멜다가 큰 소리로 읊었다. 그녀는 은혜받은 성녀 이멜다가 무릎 꿇고 기도하는 동안 성체의 빛이 머리 위에 떠돌았던 경험은 어떤 느낌일까 궁금했다. 한번은 로언 수녀에게 물었는데 평범한 사람들은 그런 것을 결코 알 수 없다는 대답을 들었다. 그건 이멜다에게 흥미롭고 여전히 궁금한 문제였다.

그녀는 징검돌에서 징검돌로 건너뛰어 물이 얕은 곳을 가로질렀다. 한동안 강가를 걷다가 폐허와 과수원 별채 사이에 있는 굵은 돌이 깔린 마당으로 돌아왔다. 거위 두 마리가 폐허 쪽으로 나다녔고 이멜다는 그것들을 따라갔다. 거위들에게 돌과 덤불 사이에는 먹을 것이 없을 거라고 말했다. 그녀는 거위들을 마당으로 다시 밀어 넣고 부엌으로 뛰어들어갔다.

어머니는 화가 나 있었다.

"소름 끼치는구나, 이멜다. 엿듣는 건 소름 끼치는 일이야. 그런 것을 좋아하는 사람은 아무도 없어."

"할 일이 없을 때만 그래요."

"개들을 산책시키면 되잖니. 난 네가 산책하러 가는 걸 자주 보는데."

"제분소에 가요. 아니면 강에."

"그래, 그럼 됐어."

"가끔 심심해요."

"난 네가 다시는, 절대로, 문에서 엿듣지 않기를 바란다. 지금 약속하자, 이멜다."

이멜다는 약속했다. 약속은 쉬운 거니까. 필로미나가 부엌에 있었고 고모들이 거실에 있었기 때문에 그들은 식당에서 약속했다. 문은 닫혀 있었다.

"학교 다니는 거 좋아하지? 그렇지, 이멜다? 테레사 셰이는 어쩔 수 없고 다들 너에게 잘하잖아. 모든 수녀님도, 그렇지?"

이멜다는 말하지 않았다. 그녀는 테이블 중앙에 있는 밀랍 과일 위의 파리를 지켜보았다. 그녀는 생각했다. 얼마나 실망스러울까, 과일에 과즙이 없다는 걸 알게 되면. "네, 모두 제게 잘해요." 그녀는 동의했다.

"그리고 킬네이에서도 다들 네게 잘하잖아. 팬지 고모보다 더 상냥한 사람은 없어. 피츠유스터스 고모랑 필로미나, 킬개리프 신부님도. 데렌지 씨도 오면 네게 잘하잖니."

파리는 과일을 떠나 장식장의 유리 램프를 선회했다. 그러더니 이미 다른 파리가 있는 디캔터 마개에 자리를 잡았다. 디캔터 마개는 금이 가 있었고, 깊고 변색된 균열이 그 외관을 망쳐놓았다.

"네." 이멜다가 대답했다.

"킬네이에서 살고 싶지 않니, 이멜다?"

두 마리 파리들은 디캔터에 흥미를 잃었다. 하나는 천장의 그림자 속으로 사라졌고 다른 하나는 장식장의 마호가니 표면을 따라 살금살금 기었다. 베네치아 그림 속 녹색 곤돌라는 마치 여정을 시작하려는 것처럼 짧은 순간 미세하게 떨렸다. 하지만 다리 옆 교회 밖의 인물들은 움직이지 않았다. 이멜다가 어머니를 바라보지 않고 말했다.

"정말로 돌아올까요?"

"언젠가 그럴 거야."

"때로는 일어난 일이 모두 실수일 수 있다는 생각이 들어요. 때때로 모든 사람이 틀린 걸지도 모른다는 생각이 들어요."

"실수?"

"쿠훌린이 적에게 전차로 시체를 실어 보낸 일이 사실이 아닐 수 있는 것처럼요. 미첼스타운 순교자들이나 욜의 그 사제의 순교가 사실이 아닐 수 있는 것처럼."

"하지만 그건 사실이야, 이멜다." 어머니가 부드럽게 말했다. "사실을 사실이 아닌 것처럼 여기면 안 된단다."

또다시 이멜다는 곤돌라가 아주 조금 움직인 것 같았고, 이번엔 교회 밖 인물 중 한 사람이 손을 들었다고 맹세할 수 있었다.

"그 여자는 제가 세상에 태어나서는 안 된다고 생각했어요."

"어떤 여자? 지금 도대체 무슨 이야길 하고 있니, 이멜다?"

"엄마가 그 여자에 대해 이야기했잖아요. 미스 할리웰."

"하지만 난 그에 대해 결코 말한 적이 없……."

"피츠유스터스 고모의 책상에 편지가 있어요."

"그 책상을 열어봤다는 소리니, 이멜다, 그런 짓은 해서는 안 돼. 그러면 안 된다는 걸 모르겠어? 문에서 엿듣는 것과 마찬가지야. 소름 끼치는 일이지. 다른 사람들의 편지를 읽는 것은 끔찍한 일인 거야."

"알아요."

닭들의 주의를 끌려는 필로미나의 목소리가 뒷문에서 들려왔다. 조부모님이 킬네이에 와서 어머니를 영국으로 데려가기 위해 설득했던 때의 이야기를 어머니에게 들으면서 이멜다는 레인 코트를 머리까지 뒤집어쓴 필로미나가 프랑스식 여닫이 창문 옆을 지나가는 모습을 떠올렸다. 여전히 화가 나 있는 어머니를 기쁘게 해주고 싶어 그 상상을 전했다. 하지만 어머니는 놀라서 이멜다를 응시했다. 어머니가 기억하기에 그날 필로미나는 창문 옆을 지나가지 않았으므로.

"아, 난 필로미나가 지나갔다고 생각해요." 이멜다가 반박했다. "확실히 그랬어요."

어머니의 얼굴에 커다란 당혹감이 밀려왔다. 이멜다는 고모들이 개들과 함께 오후 산책에서 돌아온 후 피츠유스터스 고모가 접시에 스펀지 케이크를 내왔다고 말했다. 킬개리프 신부도 거실로 들어왔었고.

"신부님은 불 위에 토탄을 조금 올리고 풀무질을 했어요. 이런 날은 습기가 뼛속까지 사무칠 거라고 말하면서."

이멜다는 어머니를 보고 미소 지었다. 둘이 나눈 대화에 어떤 갈등도 없음을 시사하는 미소였다. 갈등이 없었다는 데 둘 다 동의할 수 있다면, 어떤 어색함을 잊을 수 있다면 더 좋았을 것이다. 하지만 어머니는 그걸 알아채지 못하는 것처럼 보였다. 어머니는 한동안 인상을 찌푸리더니 대화를 계속 이어갔다. 이멜다는 엿듣지 않고, 피츠유스터스 고모의 책상도 뒤

지지 않겠다고 다시 한번 약속해야 했다. 이멜다는 그 대화가 최소한 어머니의 일기장을 읽었다는 사실을 밝히게 하지 않아 기뻤다.

그날 밤 침대에 누워 이멜다는 어머니와의 대화를 복기하며 그것이 다른 방식으로 끝났기를 바랐다. 어떻게 끝나야 했는지는 잘 몰랐지만 다만 모든 것이 그렇게 뒤죽박죽되진 않았으면 했다. 그러고 나서 주홍 응접실과 탁자 위에 펼쳐진 교과서들, 그녀랑 같은 또래인 금발의 라틴어를 못하던 소년을 생각했다. 그녀는 스위트피 향기가 풍기는 정원에서 팀 패디가 자갈을 긁어 고르는 것을 지켜보고 있었다.

정육점 칼이 사용된 흉기 유형일 가능성이 가장 높아 보인다.

이멜다는 깔끔히 오려낸 종이를 비밀 서랍에 넣고 찰칵 소리가 나게 닫았다. 결국 비밀 서랍은 아주 비밀스럽지는 않은 것으로 판명되었다. 책상의 작은 기둥을 따라 손가락을 더듬어 내려가기만 하면 되었다.

소리 나지 않도록 책상 덮개를 닫고 작은 버팀대 두 개를 밀어 넣었다. *머리는 목에서부터 부분적으로 난자됐고 몸에는 열일곱 군데의 자상이 있었다.*

"머리는." 이멜다는 책상에 등을 기대고 서서 큰 소리로 말했다. 머리의 무게가 아직 몸에 붙어 있는 동안 살을 찢는 상상을 했다. 그녀는 언젠가 보았던 칠면조가 죽은 후 거의 1분

동안 그랬던 것처럼 눈과 입, 그리고 몸을 뒤틀어 대는 모습을 상상했다.

4

"안녕, 이멜다." 데렌지 씨가 말했다.

"안녕, 이멜다." 조니 레이시가 말했다.

이멜다는 자기가 제분소를 좋아하는지 궁금했다. 자신이 초록색 시계나 물 흐르는 소리나 돌을 덮은 황갈색의 가을 담쟁이넝쿨을 좋아하는지 궁금했다. 그녀는 좋아하지 않는다고 생각했다. 갑자기 그 어떤 것도 좋지 않다고.

"우리는 오늘 바쁘단다, 이멜다." 조니 레이시가 말했다. "안 그러면 내가 이야기를 들려줄 텐데."

"서둘러, 조니." 데렌지 씨가 불렀다.

이멜다는 가느다란 다리를 앞으로 내뻗고서 마당의 굵은 돌 위에 잠시 앉았다. "대꼬챙이 다리." 테레사 셰이는 그렇게 놀렸다. 테레사 셰이는 다리가 끝없이 길어질 거라고 했지만 팬지 고모는 말도 안 되는 소리라고 일축했다. "이멜다, 넌 아름답게 성장할 거야." 고모가 약속했다. "반드시, 단연코."

어머니가 그는 언젠가 돌아올 거라고, 그들은 기다리기만 하면 된다는 말을 자주 해서 흥미로웠다. 어머니가 그걸 오래된 일기장에 써놓아서 거의 읽을 수 없다는 사실도 흥미로웠다. 이멜다는 일어나서 데렌지 씨와 이야기하기 위해 사무실로 갔다.

"제분소를 좋아하세요?" 그녀가 물었다. "이곳이 좋다고 생각하세요?"

"아, 나는 이곳에 아주 익숙하다고 말할 수 있겠지."

"제분소는 언제나 여기에 있을까요, 데렌지 씨?"

"그럴 거라고 생각한다."

이멜다는 자작나무 숲과 들판을 지났다. 그저께 그랬듯이 그 나무로 가서 몸을 기대는 것이 가장 좋았다. 나무의 잘못이 아니기 때문에 팔로 나무를 감싸는 것이 최선이었다. 불쌍한 늙은 떡갈나무를 탓하는 것은 징글맞고, 나무를 무서워하는 것은 어리석은 짓이다. "어리바리 퀸턴." 테레사 셰이가 놀리곤 했지만 이제 그 말을 안 한 지도 오래되었다.

이멜다는 앉아서 눈을 감았다. 아버지가 드리스콜네 가게 앞에 내리는 것을 이멜다는 그 나무에 기대어 앉아 생생히 느꼈다. "이멜다." 아빠가 말했다. "너무 사랑스러운 이름이구나!" 그러면 이멜다는 은혜받은 이멜다와 성체가 어떻게 그녀에게 임했는지를 이야기했다. 그는 미소 짓고 그녀의 머리를 쓰다듬었다.

이멜다는 벌떡 일어나 들판을 달렸다. 이따금 달리면 상상한 것들이 산산조각으로 부서져 흩어졌다. 하지만 이번에는 그러지 않았다. 그는 그녀의 머리를 계속 쓰다듬었다. 사방이 먼지투성이인 코크의 가파른 언덕 아래 전당포 같은 가게 안에 서 있던 이야기를 들려줬다. 눈이 나쁜 노파가 가게 진열창에서 묶여 있는 칼 세 자루를 들어 올렸고 그는 단단히 묶인 줄을 풀었다. 그는 그런 곳에 가야 했다고 설명했다. 반쯤 눈먼 노파에게 그는 그림자에 지나지 않았다.

이멜다는 돌담을 기어올라 다른 편 풀밭에 누웠다. 숨이 너무 차서 계속 달릴 수가 없었다. 배의 갑판 위에는 결혼식에 온 사람들이 있었고 그들은 옷에 색종이 조각을 묻히고 노래를 불렀다. 하얗고 고운 광택의 드레스를 입은 아이는 입 주위에 초콜릿 자국이 있었고 두 남자가 춤을 추며 병째 술을 마셨다. 여행하는 내내 그는 호주머니에 든 칼날을 느끼고 있었다.

"그리고 저녁엔……." 이멜다는 들판을 다시 달리며 자신에게 속삭였다. "홍방울새의 날갯짓 가득하고." 때때로 시를 암송하는 게 도움이 되었다. 그녀는 웃자란 쐐기풀에 몸을 숨기며 폐허의 한 모퉁이에 웅크리고 앉았다. "한낮은 보랏빛 환한 기색." 그녀가 속삭였다.

옆에서 물이 뚝뚝 떨어졌고 이멜다는 물이 돌과 석고 위로 스며드는 것을 지켜봤다. 그녀는 머릿속에서 시를 찾았지만 단어의 순서를 기억할 수 없었다. 눈을 감자 야채 가게 위의 방에서 피가 폭포처럼 뿜어져 나와 찢어지고 축 늘어진 벽지를 더럽혔다. 끈적끈적한 피가 그녀의 손등을 타고 흘러 머리카락에 튀었다. 피는 그녀의 옷으로 스며들었고 피부에 닿았다. 따뜻했다.

이멜다는 쐐기풀에 얼굴을 깊게 묻었지만 따가움을 느끼지 못했다. 그녀는 주먹으로 귀를 틀어막았다. 할 수 있는 한 눈을 꼭 감았다.

하지만 어떤 것도 사라지지 않았다.

아이들이 비명을 내지르기 시작했고 그들의 육체에 화염의 고통이 시작되었다. 개들은 마당에 죽은 채로 놓여 있고 테디베어 잠옷 가운을 걸친 남자의 시체가 계단에 누워 연기를 내뿜었다. 이멜다의 손에서는 피가 계속 흐르고 머리카락은 끈적끈적했다.

*

교실에서 가비 선생은 수업이 거의 끝나가고 있어서 스커트의 걸단추를 채우기 시작했다. "목요일에는 〈길리건 신부의 노래〉*에 관해 공부하죠"라고 그녀가 말했다.

선생은 칠판을 지워달라고 부탁했고, 놀랍게도 그 순간 이멜다 퀸턴이 마치 잠결에 걷듯이 두 팔을 앞으로 들고 로티 라일리와 함께 쓰는 책상에서 천천히 멀어졌다. 주저하는 걸음걸이로, 이따금 비틀거리며 교실 한구석으로 걸어갔다. 그 안으로 몸을 웅크리며 바닥에 쪼그리고 앉더니 모퉁이 벽에 몸을 바싹 붙였다. 아이는 얕은 신음을 내더니 이내 조용해졌다.

* 아일랜드 시인 W. B. 예이츠의 시.

윌리

전보를 받았다. 간단하게 쓰여 있었다. *조세핀 죽어가고 있음. 성 베르나데트 병원*. 병원 관계자의 서명이 있었다. 소식을 알린 수녀는 틀림없이 더 자세한 내용은 필요가 없다는 것을 알고 있었고, 그 수녀가 옳았다. 조세핀의 성을 떠올리려 해봤지만 할 수 없었다.

전보를 받자마자 떠났다. 작고 하얀 여행 가방에 짐을 꾸려서 아레초에서 피사로 가는 기차를 알아보지도 않고 내가 살던 산세폴크로에서 아레초로 가는 버스를 무작정 탔다.

"이 아가씨가 조세핀이란다." 어머니는 거실의 프랑스식 여닫이 창문을 지나 조세핀보다 한 걸음 앞서 정원으로 나갔다.

버스는 햇살과 움브리아의 부드러운 봄 풍경 사이로 천천히 움직였다. 처음 나온 초록빛 새싹이 길 양쪽의 포도나무를 채

색했고 새순이 올리브 가지를 더욱 생기롭게 했다. 조반니 벨리니와 도메니코 기를란다요의 세계에 빠져 사는 내가 노란 장미와 붓꽃, 등나무를 두고 떠나는 것이 터무니없게 느껴졌다. 하지만 지나면서 더욱 간절히 이 여행을 하고 싶었다는 것을 깨달았다.

피사의 공항은 파업 중이었다. 파리행 로마 익스프레스를 탔고 기차에서 오렌지색 타일 지붕과 황토색 벽들을 바라보며 가리비 국물 파스타를 먹었다. 브로리오 와인 1리터를 마시고 커피와 함께 이탈리아산 브랜디를 주문했다. 노년의 그녀는 겸손했으리라 생각했고 내가 그녀의 성을 모른다는 사실을 부끄러워했다. 아주 오래전에 마지막으로 본 이후 어떻게 살았고 어디에서 지냈는지, 그녀의 삶에 대해 아무것도 알지 못했다. 나는 작별 인사조차 건네지 않았고, 어쩌면 그래서 더욱 결연히 이 여정에 나섰는지도 몰랐다.

비행기의 초록색 유니폼을 입은 예쁜 승무원은 배려가 깊고 총명했다. 그녀의 목소리가 아일랜드를 떠올리게 했다. "네, 그러죠." 난 말했다. "위스키를 조금 마실게요." 그녀는 안도감을 느끼게 하는 기내용 미소를 지었다. "제미슨?" 친숙한 상표로 나를 위무하며 그녀가 중얼거렸다.

코크에서 택시를 이용할 수 있을 때까지 기다려야 했다. 위스키를 더 마셨다. 그처럼 오랜 세월이 지나 다시 이 도시에, 낯선 병원에 어떻게 말짱하게 도착할 수 있겠는가?

"요즘 교통 체증이 심합니다." 택시 기사가 말했다.

"정말 그렇군요." 난 가능한 한 빨리 가달라고 부탁했다.

"이해합니다." 그가 대답했다.

우리가 병원으로 가는 중이었기에 상황이 얼마나 위급한지 추측하는 걸 느낄 수 있었다. 그가 무심코 성호를 그었다.

"40년 만에 코크에 왔습니다." 내가 말했다.

"이곳이 변한 걸 느끼시겠습니다, 선생님."

"여기 살았었습니다."

"그러세요? 코크 말투가 아니네요. 여행객이신 줄 알았습니다, 선생님."

"여행객이 됐지요."

"40년 전엔 그렇게 대단한 곳은 아니었지요?"

"전 번성했던 곳으로 기억합니다. 선착장은 늘 분주했고요."

"지금은 확실히 번성하고 있지요. 양키들은 코크에 환장하죠."

"상상이 갑니다."

"북쪽 지역의 갈등 때문에, 선생님, 우려하는 목소리가 있긴 합니다. 여기 우리도 그 영향을 받지 않을까 하는 거지요. 하지만 이곳은 북쪽하고는 다릅니다."

"그에 관해선 읽었습니다."

"지금은 어디 사십니까, 선생님?"

"산세폴크로라는 곳이에요. 이탈리아에 있는."

"이탈리아는 가본 적이 없습니다."

병원은 하얀 십자가가 우뚝 솟은, 도색하지 않은 회색 콘트리트 건물이었다. 주차장의 작은 석굴에는 튀어나온 바위 위 잼 병에 꽂이 담긴 성모 마리아상이 있었다. 한 노파가 무릎을 꿇고 기도했다.

"행운을 빕니다, 선생님." 내가 돈을 지불하자 택시 기사가 말했다. 하얀 여행 가방을 들고 반회전문을 지나 접수처에서 수녀와 이야기를 나누었다. 발밑으로 반짝반짝 윤이 나는 쪽모이 세공 마루가 다른 반회전문들과 그 너머까지 뻗으며 복도의 시작을 알렸다. 접수처는 거대했으며 크림색 벽에 의자들이 놓였고 수녀의 책상 벽에는 십자가가 걸려 있었다.

"잠시만 기다려주세요." 훈련된 감성으로 미소를 지으며 수녀가 말했다. 위로 혹은 기쁨을 주는, 어떤 상황이든 다 받아들일 수 있게 하는 미소였다. "제가 알아볼 때까지 앉아서 기다려주세요."

다양한 연령의 남자와 여자들, 두 명의 어린아이 사이에 앉았는데 그들 모두 말이 없었다. 수녀가 전화기에 대고 말했지만 그녀의 말을 들을 수 없었다. 내 옆에 있던 남자는 호주머니에서 담뱃갑을 꺼냈다가 금연 표시를 기억해낸 듯했다.

"저와 함께 가시죠." 다른 수녀가 말했다. 그녀를 따라 두 번째 문을 지나 긴 복도를 걸었다.

"제가 너무 늦은 건 아니죠, 수녀님?"

"네, 늦지 않으셨습니다."

조세핀은 머리맡 탁자에 묵주가 놓인 어둑한 방에 있었다. 눈을 감은 채 베개에 몸을 기대고 있었고 그녀 위 벽에는 십자가상이 보였다. 젊은 수녀가 침대 옆에 앉아 있었다.

"파워 수녀님, 부탁드립니다." 나를 데려온 수녀가 속삭이자 파워 수녀가 침대 옆에서 일어났다. 어쩔 수 없이 들리는 바스락 소리 외에는 아주 조용히 내가 서 있는 곳으로 온 수녀가 나를 복도로 이끌었다. 우리는 문에서 한두 걸음 떨어진 곳에 서서 작은 소리로 대화했다.

"일주일 전에 여기로 왔습니다." 그녀가 말했다. "성 피나의 집에서는 폐렴에 걸린 것 같아 치료가 필요할 거라고 생각했습니다."

"폐렴이었나요?"

"아닙니다, 그저 감기였어요. 하지만 환자는 줄곧 쇠약해져 가고 있어요." 그녀가 말했다. "죄송하지만 선생님께 뭘 좀 부탁드릴게요. 선생님께서 술 냄새를 풍기면 환자가 깨어났을 때 마음이 편치 않을 수 있어요. 입을 헹궈주시길 바랍니다."

그녀는 자리를 지키기 위해 침대 옆으로 돌아갔고 난 다른 수녀와 함께 약품들을 보관하는 작은방으로 갔다. "괜찮습니다." 자주 있는 일이라는 듯 그녀가 말했다.

입을 헹구고 대야에 뱉은 다음 물을 조금 마셨다. 킬네이에서 조세핀이 저녁 식탁을 치우기 위해 식당에 들어왔을 때 무슨 말을 하고 있었든 간에 대화를 멈추는 사람은 아무도 없었다. 매일 아침 그녀가 맨 처음 하는 일은 화덕에 불을 피우는 것이었다. 그러고 나면 응접실에도 불을 피우고 식당에 불을 지폈다.

"고맙습니다." 수녀가 말하고는 조세핀이 있는 곳으로 나를 다시 데려갔다. 자리에 앉아 처음으로 그녀의 얼굴을 살펴봤다. 아름다움은 모두 사라져버렸다. 나보다 더 야위고 주름이 많은 얼굴에 눈은 여전히 감겨 있어서 생기가 없었다. 희끗한 머리카락은 듬성듬성하고 이마엔 검버섯이 피었다. 그러나 하얀 침대보 위 그녀의 손은 내 기억과 달랐다. 손등에도 검버섯이 피긴했지만 노동으로 인한 거침은 사라져 있었다.

"음……." 갑자기 눈을 뜨면서 그녀가 말했다. "음."

지친 기색 뒤에 예전과 같은 부드러움이 눈동자의 깊은 곳에 숨어 있었다. 그녀의 손이 침대보를 와락 잡아당겼고 입술이 살짝 벌어졌다.

"손님이 찾아왔어요, 조세핀."

그녀가 눈을 감았다가 잠시 후 다시 떴다. 눈동자가 그녀의 앞, 수녀와 나 사이, 침대 맞은편 텅 빈 벽을 응시했다.

"손님이에요." 파워 수녀가 내 쪽으로 수녀의 몸짓을 하며 다시 말했다.

"킬네이……." 조세핀이 말했다. 눈가에서 눈물이 흘렀다. "성모 마리아시여, 그들을 위로하소서." 그녀가 속삭였다.

파워 수녀가 구부러진 손가락 사이에 묵주를 놓았지만 조세핀은 알아채지 못했다. "모든 곳에서 그들을 위로하소서." 조세핀이 기도했다. "그들을 위로하소서."

그녀의 눈이 다시 감겼다.

"잠들었습니다." 파워 수녀가 말했다.

침대 옆 벨을 누르자 1분쯤 지나 다른 수녀가 들어왔다. 파워 수녀는 그녀에게 침대 옆을 맡아달라고 부탁하고는 내게 고개를 끄덕였다. 난 그녀를 따라 복도를 걷다 두 개의 창문 사이 작고 검은 십자가상이 걸린 사무실로 갔다. 예수 성심 그림도 있고 성모 마리아상도 있었다.

"전 커피를 좀 마시겠습니다." 전기 주전자 플러그를 꽂으며 파워 수녀가 말했다. "전보를 친 것이 잘한 일이길 바랍니다."

"그럼요, 물론이죠."

"커피 드시겠어요?"

"네, 고맙습니다."

그녀는 찬장을 열고 비스킷이 든 통을 꺼냈다. 파란 컵과 접시를 책상 위 서류들과 철제함 사이에 놓았다. 찬장에서 설탕과 인스턴트 우유 통도 찾았다.

"우리는 선생님께 연락을 취해야 할지 말지 잘 몰랐습니다. 어느 날 하루종일 조세핀이 선생님을 언급했고, 이후 변호사로부터 선생님의 주소를 알아냈습니다. 이탈리아는 멋진 곳이죠, 그렇죠?"

"그곳을 좋아합니다."

"조세핀이 성 피나의 집에서 불행했다고 생각지 않습니다. 그들은 그녀에게 큰 애정을 갖고 있어요. 이제 여기 있으니 날마다 전화를 하지요."

"성 피나의 집이라고요?"

"조세핀이 일했던 곳입니다. 나이 든 수녀들을 위한 기관이죠."

주전자가 끓었다. 침묵 속에 파워 수녀가 인스턴트 커피를 만들었다. 이런 침묵을 개의치 않는 듯했다. 그녀가 말했다.

"조세핀은 끝까지 기도를 멈추지 않았습니다. 항상 같은 것을 기도했답니다. 살아남은 사람들이 슬픔 속에서 위로받기를. 그녀는 하느님의 말씀이 아일랜드에 임하길 간구했어요."

아무 말도 하지 않았다. 수녀가 비스킷을 하나 더 권했지만 먹지 않았다. 파워 수녀가 일어났고 그녀를 따라 나이 든 여인이 죽어가고 있는 방으로 돌아갔다.

"조세핀." 나는 할 수 있는 한 부드럽게 그녀를 불렀다.

"그분들에게 마실 것을 내다 드리라고 네 아버지가 말했지. 타인의 어려움을 결코 외면하지 않는 분이셨어."

"그래요, 좋은 분이었죠."

"나는 어둠을 원해, 네 어머니가 말했어. 그녀를 위해 내가 바른 벽지에는 전혀 관심이 없었지. 새 집은 그녀에게 아무 의미도 없었어."

그녀는 눈을 감았다가 떴다.

"이멜다……." 그녀가 말했다. "은혜받은 이멜다."

말을 마치자마자 그녀는 숨을 거두었다. 두 손에는 묵주가 하릴없이 놓여 있었다.

살집 좋은 백발의 사제가 감정을 내비치며 장례 기도문을 읊조렸다. 난 그가 조세핀을 알고 그녀의 겸손과 경건함에 애정을 느꼈으리라고 추측했다. 성 피나의 집에서 온 수녀들은 무리를 지어 서서 필요할 때만 입술을 속삭이듯 움직였다. 단출한 조문객이 흩어지기 시작하자 인부 두 명이 삽을 들고 나타났다.

"죄송합니다만……." 사제가 내 뒤 어딘가에서 말했다. 난 몸을 돌려 그를 기다렸다.

"전 선생님이 누구신지 압니다." 그가 말했다. "이탈리아에서 오셨지요?"

"네."

"조세핀은 이제 평화를 얻었습니다."

"네, 그렇지요."

그는 나와 함께 걸었다. 그의 중백의가 바람에 나부꼈다. 뼛속까지 시린 날이었다.

"아일랜드에서 안전하게 지낼 수 있습니다, 선생님. 충분한 세월이 지났습니다."

"그래서 조세핀이 날 부른 걸까요?"

"이제 누구도 당신을 괴롭히지 않을 겁니다. 용서해주신다면, 퀸턴 씨, 그렇게 말하겠습니다."

난 이탈리아로, 나의 기를란다요 세계로, 노란 장미와 붓꽃으로, 이탈리아가 그렇게 존경하는 성인들에게로 돌아왔다. 조세핀이 언급하고 나의 딸이 그 축일을 공유하는 볼로냐의 은혜받은 이멜다, 아시시를 구한 성녀 클라라, 아무도 청혼하지 않도록 긴 머리를 싹둑 잘라버린 성녀 카타리나에게로. 성인 크리스피노는 제화공이었다. 성인 바오로는 천막을 만들었다. 성인 에우티미오가 기도하자 사막에 샘물이 콸콸 솟아났다. 성인 제노비오의 죽은 몸은 시들어 죽은 나무를 되살렸다. 인생의 말년에 나는 성인들을 추앙했다.

피렌체 기차역에는 거대한 테라코타 화분에 진달래가 풍성하게 꽃을 피웠다. 아주 멋지게 공을 들인 빨강, 노랑, 미색의 찬란한 꽃들이 우아하게 무리 지어 있었다. 나는 그것들을 보기 위해 피렌체를 경유해 여행했다. "성인들의 삶을 연구해보면……." 병원에서 조세핀이 은혜받은 이멜다를 언급한 후 수녀가 말했다. "공포와 비극이 그들을 지금의 모습으로 만들었다는 것을 알게 됩니다. 우리 주님의 삶도 그러하지요." 조세핀은 죽을 때까지 신과 인간의 중재자였고 신의 종이었다. 나의 딸이 킬네이에서 미쳐버렸는데도 조세핀은 내가 돌아가기를 바랐다. 일찍이 아일랜드에서는 미친 사람들이 일종의 성인으로 받아들여졌다. 아일랜드에서 전설적 인물은 거의 날마다 탄생한다.

메리앤

1971년 4월 4일

묘지에서 그는 나를 보지 않았다. 아니, 아예 나를 찾아 주위를 둘러보지조차 않았다. 이 모든 게 옳은 선택이었던가. 오래전에 도시, 그 예쁜 마을로 돌아가야 했을까? 끝나지 않는 전쟁에 대한 내 이야기는 말도 안 되고 바보 같았나?

그 대신 시간이 멈췄다. 아이, 신부, 고모들의 얼굴, 아무 의미 없는 시간을 기록하는 시곗바늘이. 날, 시간, 달, 해가. 기다리는 동안 뒤죽박죽이 되었다.

어둠 속에서 난 계단을 내려온다. 잠들 수 없다. 우리가 편지를 나눴더라도 모든 이야기를 다 하지는 못했을 것이다. 난 이해한다, 물론, 난 이해한다.

1976년 1월 12일

눈을 감는다. 난 우드컴 사제관에서 다시 안전하다. 피로가 내게서 멀어지다 다시 돌아온다.

그 애는 결혼해서 아이를 둘 수도 있었다. 윌트셔나 서머싯, 런던이나 사우샘프턴 어딘가에서 의사의 아내 혹은 건축가의 아내가 될 수도 있었다. 그 애가 의사나 건축가가 될 수도 있었다. 얼마나 기막힌 일인지!

1979년 6월 22일

킬개리프 신부가 장수를 누리다 오늘 운명을 달리했다. 살인은 돌아올 수 없는 강을 건넌 것이라는 그의 말은 옳았다. 라니건 씨의 사무실에서 내가 진실을 마주하던 순간, 그 애가 비밀 서랍을 열어본 순간, 그가 방문 앞에 서서 어머니의 죽음을 목도하던 순간. 군인들의 학살 이후 킬네이가 그랬듯 그 결정적인 순간들 이후 우리는 모두 돌아올 수 없는 강을 건넜다. 난도질당한 삶들, 그림자의 피조물들. 그의 아버지의 말처럼 운명의 꼭두각시들. 우리는 유령이 되었다.

1982년 8월 6일

오늘 그가 돌아왔다.

이멜다

연로한 부부는 서로 중얼거리며 일어나 밖으로 나가 가을 한낮의 온기 속으로 들어간다. 그녀의 작은 체구는 나이가 지긋해지면서 더욱 왜소해졌다. 그는 이탈리아의 노인 병원에서 나날을 보내는 것보다 여기에 있는 게 더 즐겁다고 생각한다. 이마의 검버섯이 그의 트위드 정장 색깔과 어울린다. 머리카락 없는 두피가 조개껍데기처럼 단단한 느낌이다. 절름발이 늙은 게. 손잡이에 금을 씌운 지팡이의 도움을 받아 걷기 때문에 스스로 그렇게 부른다. 오른쪽 광대뼈 근처에는 그가 살았던 많은 도시 중 하나인 푼타레나스를 추억하는 닻 모양의 흉터가 있다. 1942년 그곳에서 전차가 그를 받아 넘어뜨렸다. 그날 이후 그는 이 흉터와 함께했다.

그들은 뽕나무 아래를 걷는다. 가장 좋아하는 경이로움을 숙고한다. 인도에서의 염려가 그들을 함께하도록 했다. 손가락들이 닿는다. 한 손이 다른 손을 잡는다. 노년의 나이에 어색하게. 그녀는 자기 삶에서 만난 아주 많은 사람이 햇살 좋은 잔디밭에 모여 있는, 언젠가 꾸었던 꿈 이야기를 들려준다. 그들은 메이비스의 뾰루지가 여태 남아 있을지, 신시아는 여전히 살아 있을지 궁금해한다. 링과 드 커시와 아그네스 브론텐비의 근황을 궁금해한다. 그는 드 커시가 배우는 되지 못했지만 싱가포르에서 세탁소를 인수했다는 이야기를 어디선가 들었다. 할리웰 선생이 은행에 근무하는 남자와 결혼해 행복이 만개했다는 소문은 사실일까?

그들은 올해 대풍작인 오디를 곧 따야 한다고 말한다. 여름의 가뭄이 과일에 영향을 미치지 않았다는 게 뜻밖이다.

그들은 다른 문제는 이야기하지 않는다.

이멜다는 전혀 말을 하지 않고 말하고 싶은 마음도 결코 없다. 그녀의 부드러운 금발은 햇살이 닿는 부분마다 광채가 도는 것 같다. 중년의 나이에 공들여 화장한 그녀의 얼굴은 우아하고 아름답다. 그녀는 강과 버려진 제분소 옆을 걷는다. 그녀는 묘지에서 편히 쉬고 있는 킬개리프 신부의 유골과 마을 반대편 신교도 교회 묘지에 있는 퀸턴가의 유골들을 상상한다. 불의 아이들은 아버지 옆에 있고 어머니는 1미터 정도 떨어져 있다. 애나 퀸턴과 개를 닮은 그녀의 남편은 가까이 있고, 팬지 고모는 데렌지 씨와 멀리 떨어져 누워 있고, 피츠유스터스 고모는 혼자다. 퀸턴가가 묻힌 자리는 그들이 살았던 삶을 그대로 보여준다. 어떤 죽음을 맞았든 평안함이 그곳에 있다. "주님, 이제 주님의 종을 평안히 떠나게 해주소서." 일요일이면 목소리를 내어 읊조리고 계절에 상관없이 곰팡내 나는 교회에서 즐거운 시간을 보낸다.

이멜다에게는 특별한 재능이 있어 동네 사람들은 고통받는 사람들을 그녀에게 데려왔다. 한 여자는 치매에서 벗어났고 한 남자는 백내장이 나았다. 그녀의 행복은 그녀를 신비스럽게 둘러싸는 장막과 같아서 그 근원은 오직 그녀만이 알 뿐이다. 주홍색 응접실 벽난로에서 나무가 타오르는 동안 놋쇠로 된 장작 보관 상자의 한 남자가 음식을 나르는 여자의 손을 잡기 위해 등 뒤로 팔을 뻗는 것을 오직 이멜다만이 안다. 양파 같은 전구는 어슴푸레 빛나고 벽난로를 둘러싼 흰 대리석에 새겨진 잎사귀는 불꽃의 명멸만큼 섬세하다. 중국산 카펫 한가운데에 서서 정원과 응접실의 가구를 동시에 보고, 홍방울새의 날갯짓으로 가득 찬 저녁을 느낄 때 그녀가 가장 행복하다는 것을 아무도 모른다.

그들은, 그들 셋은 과수원 별채의 부엌에 앉는다. 동네 사람들이 가져온 닭고기 야채 스튜가 준비되었다. 하루나 이틀 후에 동네 사람들이 식료품을 가지고 다시 올 것이다. 드리스콜네 가게의 드리스콜과 결혼한 테레사 셰이마저도 퀸턴네를 위한 우유를 잊지 않으려고 신경을 쓴다.

"내일을 넘기면 안 됩니다." 그가 말한다. "우리는 내일 꼭 오디를 따야 합니다."

그는 사진 속의 미소를 짓고 그가 사랑하는 소녀는 밀짚모자 띠에 조화 장미를 달고 있다. 그들은 딸의 미친 상념 속 짧은 서사시에서 자신들이 그렇게 존재한다는 것을 안다. 그들은 이 끝에 볼로냐 소녀의 머리 위를 떠돌던 성체만큼이나 놀라운 기적이 있음을 안다. 그들은 오늘 같은 날이 허락된 것에 감사하고, 추함이라곤 없는 딸의 고요한 세계의 은총에 감사한다.

"그래요, 우리는 내일을 넘겨선 안 됩니다." 그가 다시 말한다. 이멜다는 그들이 오늘 밤에 어떻게 바구니들을 준비할지, 발을 딛고 올라갈 의자를 아침 일찍 어떻게 과수원으로 가져갈지 이야기하는 동안 귀를 기울인다. 열매를 수확하는 데는 일주일 가까이 걸릴 테고, 비가 훼방을 놓는다면 조금 더 길어질 것이다.

| 옮긴이의 말 |

애틀랜타 서쪽 Goodwill Store(라고 쓰고 공장이라 읽는다) 점심시간. 도시락과 함께 책을 펼치면 아일랜드 남쪽 코크주, 찬란한 여름 햇살 아래 리(Lee)강을 따라 걷고 있는 눈부신 청춘 윌리와 메리앤이 내게로 왔다. 닿을 듯 말 듯한 두 사람의 손끝은 지루한 오후 노동을 견디게 해주었다.

1983년, 이 소설이 출판된 해이자 소설이 시작되는 해이다. 그리고 시간을 거슬러 올라가 1918년 봄날 아침, 중국산 카펫이 깔린 주홍색 응접실에 앉아 라틴어 공부를 시작하는 금발에 파란 눈의 열 살 소년 윌리와 그의 에덴처럼 완벽한 집안 이야기가 펼쳐진다.

증오하는 영국을 지키고자 제1차 세계대전에 참전해야 했던 아일랜드인이 전쟁이 끝난 후, 영국의 식민지로부터 벗어나기 위한 독립전쟁에 나서자 영국은 이들을 진압하고자 '블랙 앤드 탠즈' 군대를 파병한다. 이런 역사적 배경 속에서 전통적으로 아일랜드 민족주의자들을 지지해온, 영국인과 아일랜드인의 혼인으로 결속된 윌리의 퀸턴 가문은 건잡을 수 없는 소용돌이에 휘말리게 된다. 그리고 그들은, 우리 모두처럼, 윌리 아버지가 타인들에 관해 즐겨 사용하는 '운명의 꼭두각시'들이 되어간다.

주인공 이름이 윌리, 윌리엄이라는 게 특별하다. 작가의 이름이 윌리엄이므로. 소설에도 등장하는 코크주, 미첼스타운 출신인 작가 윌리엄 트레버는 독자의 지성과 상상력을 어떤 작가보다도 존경하는지라 소설에는 많은 여백이 있다. 그 여백들은 우리를 침잠하게 만든다. 제국주의 영국과 식민지 아일랜드, 정의(正義)를 둘러싼 가족 간의 갈등, 독립을 놓고 입장의 차이로 벌어진 내전, 선함과 자비의 결과로 맞게 되는 비극, 상처와 그 치료를 향한 긴 여정, 성인(聖人)들의 삶에 드리운 공포와 비극…….

정성스럽게 문장들을 살피느라 고생이 많았던 김다인 님께 특별한 감사의 인사를 전하고 싶다. 그리고 이국에서의 고단한 육체노동에 영혼의 쉼표를 제공해주고, 소설가에 이어 과분하게도 '공식적으로' 번역가란 타이틀을 갖게 해주신 한겨레출판 모든 분께 감사드린다.

20여 년 전 초등학교 6학년 딸과 함께 떠났던 두 달간의 유럽여행 첫 기착지는 아일랜드 더블린. 그 땅을 여행하면서 소박하고 따뜻한 사람들과 바다를 배경으로 푸른 초원 위 우뚝 선 중세 성곽들과 조우했다. 천국이 있다면 이런 곳일 거라고 생각했다. 로크의 드리스콜네 잡화점의 드리스콜 부인이나 스위니네 펍의 스위니 부부가 그곳에서 만난 사람들이기라도 하듯 반가워서 작업하는 내내 행복했다.

다시 유럽여행을 떠날 수 있는 벼락같은 행운이 떨어진다면 코크주를 방문해 어느 성당이든 찾아 들어가 무릎 꿇고 기도하고 싶다. 살아남은 사람들이 슬픔 속에서 위로받을 수 있기를. 신과 인간의 중재자였고 신의 종이었던 소설 속 조세핀이 생의 마지막 순간까지 하던 기도를.

김 연

| 윌리엄 트레버 연보 |

1928년 5월 24일 아일랜드 코크주 미첼스타운의 영국계 아일랜드 신교도 가정에서 출생.

1950년 더블린 트리니티 칼리지(Trinity College Dublin)에서 역사학 취득.

1952년 제인 라이언(Jane Ryan)과 결혼.

1958년 첫 소설 〈행동 규범A Standard of Behaviour〉 출간.

1964~65년 장편소설 《동창생들The Old Boys》로 호손덴문학상 수상.

1967년 단편집 《우리가 케이크를 먹고 취한 날The Day We Got Drunk on Cake and Other Stories》 출간.

1969년 장편소설 《오닐 호텔의 에크도르프 부인Mrs. Eckdorf in O'Neill's Hotel》 출간. 해당 작품으로 1970년 부커상 최종 후보에 오름.

1972년 단편집 《로맨스의 볼룸The Ballroom of Romance and Other Stories》 출간.

1975년 단편집《리츠 호텔의 천사Angels at the Ritz and Other Stories》 출간, 왕립문학협회상 수상.

1976년 장편소설《딘머스의 아이들The Children of Dynmouth》 출간, 휫브레드상 수상. 같은 작품으로 부커상 최종 후보에 오름.

1977년 대영제국 훈장 사령관(Commander of the Order of the British Empire) 수훈.

1980년 단편집《도리를 벗어난Beyond the Pale》 출간, 길 쿠퍼상 수상.

1982년 소설 〈가을볕Autumn Sunshine〉 출간, 길 쿠퍼상 수상.

1983년 장편소설《운명의 꼭두각시Fools of Fortune》 출간, 휫브레드상 수상.

1991년 중편소설 〈투르게네프 읽기Reading Turgenev〉 출간, 해당 작품으로 부커상 최종 후보에 오름.

1992년 단편집《아일랜드 밖에서Outside Ireland: Selected Stories》 출간.

1994년 장편소설《펠리시아의 여정Felicia's journey》 출간, 휫브레드상 수상.

1996년 단편집《비 온 뒤After Rain》《도니스에서의 칵테일Cocktails at Doney's》 출간.

1999년 영국예술위원회(Arts Council of England)의 추천으로 데이비드 코언상 수상.

2000년 단편집《바첼러스 언덕The Hill Bachelors》 출간.

2001년 아일랜드문학상 수상.

2002년 장편소설《루시 골트 이야기The Story of Lucy Gault》 출간, 휫브레드상 수상, 부커상 최종 후보, 아일랜드 펜 어워드 수상. 대영제국 훈장 사령관 기사(Knight of the Order of the British Empire) 작위 수여.

2004년 단편집《밀회A Bit on the Side》출간.

2007년 단편집《그의 옛 연인Cheating at Canasta》출간.

2008년 밥 휴스 평생공로상(아일랜드문학 부문) 수상.

2009년 장편소설《여름의 끝Love and Summer》출간.

2010년 《윌리엄 트레버 단편선Selected Stories》출간.

2016년 11월 20일 88세로 작고.

2018년 사후 단편집《마지막 이야기들Last Stories》출간.

옮긴이 김 연

연세대학교 영문과를 졸업했다. 1997년《나도 한때는 자작나무를 탔다》로 한겨레문학상을 받았다. 장편소설《함께 가자 우리》《섬은 울지 않는다》《그 여름날의 치자와 오디》《나의 얼토당토않은 엄마》, 여행서《딸과 함께 유럽을 걷다》 등을 썼다. 국제작가프로그램(IWP)에 참여한 인연으로 미국 아이오와대학에 방문학자로 '방문'했다. 아이오와시티, 노스캐롤라이나의 채플힐을 거쳐 지금은 조지아주 애틀랜타에서 살고 있다.

운명의 꼭두각시

초판 1쇄 인쇄 2023년 10월 6일
초판 1쇄 발행 2023년 10월 20일

지은이 윌리엄 트레버
옮긴이 김 연
펴낸이 이상훈
문학팀 김다인 최해경 하상민
마케팅 김한성 조재성 박신영 김효진 김애린 오민정

펴낸곳 (주)한겨레엔 www.hanibook.co.kr
등록 2006년 1월 4일 제313-2006-00003호
주소 서울시 마포구 창전로 70 (신수동) 화수목빌딩 5층
전화 02-6383-1602~3 **팩스** 02-6383-1610
대표메일 munhak@hanien.co.kr

ISBN 979-11-6040-583-5 03840